rororo

Astrid Fritz studierte Germanistik und Romanistik in München, Avignon und Freiburg. Als Fachredakteurin arbeitete sie anschließend in Darmstadt und Freiburg und verbrachte mit ihrer Familie drei Jahre in Santiago de Chile. Zu ihren großen Erfolgen zählen «Die Hexe von Freiburg», «Die Tochter der Hexe» und «Die Vagabundin». Astrid Fritz lebt in der Nähe von Stuttgart.

Mehr über Astrid Fritz erfährt man auf *www.Astrid-Fritz.de*

«Ein unterhaltsamer Historienschmöker (...) Ein Lesevergnügen.» (Frankfurter Neue Presse über «Das Siechenhaus»)

Astrid Fritz

# Die Tote in der Henkersgasse

EIN FALL FÜR SERAFINA

ROWOHLT TASCHENBUCH VERLAG

Originalausgabe
Veröffentlicht im Rowohlt Taschenbuch Verlag, Hamburg, Oktober 2019

Covergestaltung any.way, Barbara Hanke / Cordula Schmidt
Coverabbildung akg-images; Malgorzata Maj / arcangel
Satz Adobe Garamond bei
Pinkuin Satz und Datentechnik, Berlin
Druck und Bindung GGP Media GmbH, Pößneck, Germany
ISBN 978-3-499-27654-5

# Die Tote
# in der Henkersgasse

# Dramatis Personae

## Die Hauptpersonen

*Serafina Stadlerin:* Hat zwar die dreißig schon überschritten, doch für ihren frischgebackenen Ehemann Adalbert Achaz ist sie noch immer die schönste Frau der Christenheit. Zu seinem Leidwesen begnügt sie sich nicht mit ihrem Dasein als Hausfrau, Stadtarztgattin und Armenapothekerin, sondern steckt weiterhin ihre Nase vorwitzig in alles, was ihr nicht koscher erscheint in Freiburg. Obendrein droht in diesem Fall auch noch ihre nicht eben ehrenvolle Vergangenheit aufzufliegen.

*Adalbert Achaz:* Als studierter Medicus, Freiburger Stadtarzt und mittlerweile auch Ratsherr stellt er nicht nur ein erfolgreiches, sondern auch stattliches Mannsbild dar. Seinem Dasein als einsamer Wolf hat er dank seiner großen Liebe zu Serafina endlich Lebewohl gesagt, muss aber feststellen, dass es im Ehealltag mit ihr alles andere als beschaulich zugeht. Dieses Mal gerät er selbst auf schmerzhafte Weise in Teufels Küche, und seine Großzügigkeit wird ihm fast zum Verhängnis.

*Irmla:* Achaz' bärbeißige alte Magd, die ihrem Dienstherrn seit Jahren treu ergeben ist, hat ihr Herz für Serafina entdeckt und wagt sich ihr zuliebe sogar an Orte, die sie sonst nicht im Traum betreten hätte. Allein dafür gebührt ihr ein Platz unter den Hauptfiguren.

## Die mit Serafina eng verbundenen Christoffelsschwestern

*Mutter Catharina:* Noch immer führt sie als Meisterin die Aufsicht über die kleine Beginengemeinschaft. Ihrer ehemaligen Mitschwester Serafina steht sie nach wie vor mit Rat und Tat zur Seite, klopft ihr aber auch mütterlich-streng auf die Finger, wenn Serafina in ihrer Neugier mal wieder zu weit geht.

*Grethe:* Die Jüngste im Bunde. Fröhlich, großherzig und allem zugetan, was mit Kochen, Backen und vor allem Essen zu tun hat, wie ihrem rundlichen Leibesumfang deutlich anzusehen ist. Auch nach Serafinas Abschied von den Christoffelsschwestern bleibt sie ihr als beste Freundin erhalten und stößt sie auf die erste wichtige Spur.

*Heiltrud:* Unter ihrer rauen Schale steckt ein verlässlicher Kern, der auch ihre sauertöpfische Miene manches Mal aufhellt.

*Die alte Mette:* Hat sich als Magd krumm und bucklig geschuftet und darf in diesem Fall eine kleine Nebenrolle übernehmen.

*Brida von Stühlingen:* Die verwöhnte junge Halbwaise aus einem verarmten Rittergeschlecht hat sich wider Erwarten bestens bei den Beginen eingelebt. Sie tritt nur ganz am Rande auf.

*Mischlingshündchen Michel:* Einziges männliches Mitglied im Beginenhaus. Er muss für dieses Mal nicht auf Verbrecherjagd gehen, was sich im nächsten Band aber schon wieder ändern kann.

## Wer noch zum Freundeskreis gehört

*Ratsherr Laurenz Wetzstein:* Zunftmeister der Bäcker und gemeinsam mit seiner Frau Unterstützer der Christoffelsschwestern. Der besonnene kleine Mann ist für Serafina und Achaz ein Fels in der

Brandung, wenn sich die übrigen Freiburger Ratsherren wieder einmal querstellen.

*Metzgermeister Eberhart Grieswirth:* Der dicke Mensch, mit seinen Zipperlein einer von Achaz' Dauerpatienten, hat sich zu einem guten Freund entwickelt, auch wenn nicht immer auf ihn Verlass ist.

*Kräuterfrau Gisla:* Noch fit im hohen Alter dank ihrer Kräutertränke. Serafina zuliebe nimmt sie sogar anstrengende Wanderungen auf sich.

*Gallus Sackpfeiffer:* Oberster Stadtbüttel und eher ein grober Klotz. Seit einiger Zeit aber ist er nicht nur dem Stadtarzt, sondern auch Serafina fast freundschaftlich zugeneigt. Nur leider hat er gegen Ende eine ziemlich schlagkräftige Rolle auszuüben.

## Mitspieler, bei denen Vorsicht geboten ist

*Magister Johans:* Der etwas zu klein geratene Stadtapotheker plustert sich gerne auf. Über die Ehe mit seiner zänkischen Frau ist er zum Griesgram geworden und macht Serafina das Leben schwer. Bis er über seinen eigenen Schatten stolpert.

*Der Rote Matthes:* Tagelöhner und stadtbekannter Taugenichts. Nachdem schon die falsche Frau in ihm Begehrlichkeiten geweckt hat, setzt er bei seinen frevelhaften Machenschaften auch noch aufs falsche Pferd.

*Hausmagd Käthe aus Waldkirch:* Scheitert gänzlich in ihrer Zukunftsplanung, womit sich wieder einmal bewahrheitet: Missgunst kommt vor dem Fall.

*Mohrenwirt Jeckli:* Der leicht bucklige Riesenkerl führt eine äußerst zwielichtige Schenke und nimmt's mit der Wahrheit nicht so genau.

*Quintlins Weib:* Die Frau des Goldschmiedemeisters Quintlin ist ein übertrieben frömmlerisches Weib und zugleich eine der schlimmsten Klatschbasen der Stadt.

## Weitere wichtige Mitspieler

*Peter Stadler:* Serafinas ältester Bruder hatte kein gutes Händchen für den elterlichen Bauernhof und auch sonst läuft so einiges schief in seinem Leben. Mit seinem unerwarteten Besuch in Freiburg führt er nichts Gutes im Schilde.

*Ignaz Zinkenhauer:* Schwerreicher Kaufherr aus Waldkirch. Der plötzliche Tod seiner zweiten Frau bringt den kühlen, beherrschten Mann völlig aus der Fassung. Zu Freiburg hat er einen ganz speziellen Bezug.

*Agnes, die Zinkenhauerin:* Die schöne junge Frau hat sich aus ärmlichsten Verhältnissen nach oben gearbeitet und darf jetzt nur noch die stumme Rolle des Leichnams spielen. Doch allzu still war sie schon zeit ihres Lebens gewesen.

*Der arme Jodokus:* Ein den Beginen wohlbekannter Habenichts und Pechvogel. Ein unerwarteter Geldsegen wird ihm nur kurz zur Freude.

## In kleineren, dennoch wichtigen Rollen

*Die Hure Theresia:* Sie hat bereits in «Hostienfrevel» mitspielen dürfen und auch hier einiges zu sagen. Am Ende steht sie vor einer wichtigen Lebensentscheidung.

*Elephantenwirt Jordan:* Stark wie ein Bär, lässt er sich nicht auf der Nase herumtanzen und zeigt sich gegenüber Serafina äußerst ritterlich, wenn auch im entscheidenden Moment wenig standfest.

*Heinrich, der Hurenwirt, und sein Weib Martha:* Die beiden glauben, das Geschäft ihres Lebens zu machen, und verlieren am Ende alles.

*Die Hure Rosa:* Mischt sich ständig ins Gespräch ein, bringt damit Serafina aber ein gutes Stück weiter.

*Wundarzt Meister Henslin:* Das Mitwirken des gutmütigen, ein wenig farblosen Manns beschränkt sich in dieser Folge auf Serafinas nächtlichen Begleitschutz.

*Der alte Marx:* Gefängniswärter im «Loch» des Heilig-Geist-Spitals. Fast schon ein alter Bekannter von Serafina, was in diesem Fall sehr nützlich ist.

*Resi:* Die junge Hure im fernen Konstanzer Frauenhaus bringt Serafina und ihren Bruder Peter zusammen, ohne es zu wissen.

## Historische Mitspieler am Rande

*Schultheiß Paulus von Riehen:* Entstammt einem der vornehmen Freiburger Geschlechter und war 1415–1419 Schultheiß der Stadt und damit auch Gerichtsvorsitzender.

*Abrecht von Kippenheim:* Ebenfalls ein Spross der Vornehmen. Er war einer der jährlich vom Rat gewählten Bürgermeister der Stadt.

*Die Snewlin-Sippe:* Diese weitverzweigte, steinreiche und einflussreiche Familie gehörte sozusagen zum Freiburger Hochadel und besetzte immer wieder die wichtigsten Ämter der Stadt.

*Bischof Humbert von Neuenburg:* Entstammt burgundischem Adel und war von 1395 bis 1417 Fürstbischof und damit Territorialherr zu Basel. Historisch tat er sich unrühmlich hervor, indem er zwischen 1405 bis 1410 die Basler Beginen enteignete und aus seinem Fürstbistum vertrieb.

# Kapitel 1

Serafina spürte, wie ihr ein wohliger Schauer über den Rücken fuhr, als sie das Fenster vor ihrem Arbeitstisch weit öffnete und die warme Frühlingsluft hereinließ.

Die dunkle Jahreszeit war endgültig überstanden, auch wenn die langen Winterabende an Achaz' Seite etwas sehr Gemütliches gehabt hatten. Aber jetzt zog es sie wieder hinaus, hinaus auf die Gassen und erst recht in den Garten draußen in der Lehener Vorstadt. Den hatten ihr die Christoffelsschwestern zur Bewirtschaftung überlassen, zumindest was die Kräuterbeete betraf. Sie liebte die Arbeit dort an der frischen Luft, fern dem Lärm und dem Gestank in der engen Stadt. Dabei vermochte sie wieder Klarheit in ihre oftmals dahinstürmenden Gedanken zu bringen, und obendrein war es die Gelegenheit, den kleinen Mischlingshund Michel bei sich zu haben. Schweren Herzens hatte sie ihn nach der Hochzeit bei ihren früheren Mitschwestern gelassen, nachdem die darum gebeten hatten, das tapfere Kerlchen als Wachhund behalten zu dürfen.

Nicht minder freute Serafina sich darauf, wieder am frühen Morgen mit der alten Kräuterfrau Gisla an die Dreisam und an die Waldränder zu wandern, um für ihre kleine Armenapotheke frische Zutaten zu sammeln. Adalbert hatte ihr zum Ende des Winters ein Fenster mit Laden in die Eingangsdiele bauen lassen, damit sie genügend Licht zum Salbenmischen hatte und bei gutem Wetter ihre Kundschaft gleich zur Straße hinaus beraten konnte. Das war die beste Lösung, konnte sie doch schlecht in seinem Behandlungszimmer mit ihren Kräuterelixieren hantieren, während er für den dicken Metzgermeister Grieswirth die Urinschau machte oder mit einem anderen vornehmen Herrn über dessen Verdauung disputierte.

Der einzige Wermutstropfen in diesem Frühjahr war gewesen, dass ihr über alles geliebter Sohn Vitus, der als Gaukler durch die Lande zog, nicht zum Jahrmarkt erschienen war. Aber sie gab die Hoffnung nicht auf. Vielleicht würde seine Straßburger Compania ja zur großen Kirchweih am Sonntag nach Johannes Baptist kommen.

Sie öffnete den Tiegel mit dem Gänseschmalz vom Vorjahr und kostete.

«Wunderbar», murmelte sie.

Das Fett war im Keller kein bisschen ranzig geworden und somit, angereichert mit etwas Mumia und frischem Geierschmalz, als Grundlage für ihre Salben weiterhin verwendbar.

«Was ist wunderbar?»

Achaz war von hinten an sie herangetreten und schloss die Arme um sie.

«Einfach alles!» Sie küsste ihn auf die leicht stoppelige Wange. «Dass der Winter endlich vorbei ist, dass es mit meiner Armenapotheke aufwärts geht und dass ich mit dem besten Mann der Welt verheiratet bin.»

Er lachte und ließ sie los. «Wobei Letzteres ja ums Haar danebengegangen wäre, wenn ich mich recht erinnere. Ich hab dir übrigens beim Schreiner ein Regal mit vielen kleinen Fächern bestellt, wie es auch unser lieber Stadtapotheker Johans in seiner Offizin stehen hat. Damit du besser Ordnung halten kannst.»

Er setzte seine Gelehrtenkappe auf das aschblonde Haar, das noch immer füllig und kräftig war, und schlüpfte in den bodenlangen, dunkelgrünen Mantel.

«Ich weiß schon», sie zwinkerte ihm zu, «mein heilloses Durcheinander hier, wie du es immer nennst, ist dir ein Dorn im Auge. Aber ausnahmsweise hast ja du recht, ich brauche wirklich mehr Platz für all meine Tiegel, Krüge und Holzdosen. – Musst du fort?», fragte sie, mit Blick auf seine Amtstracht.

«Ja, zum alten Snewlin von Bernlapp. Den plagt mal wieder die Gicht. Bis zum Mittagessen bin ich aber zurück.»

Sie sah ihm durch das offene Fenster nach, bis seine hochgewachsene, aufrechte Gestalt von der sonnenbeschienenen Barfüßergasse verschwunden war.

Es blieb noch genug Zeit, um bis zum Neun-Uhr-Läuten die restlichen leeren Tiegel auszuwaschen und die Diele zu kehren. Danach würde ihre Freundin und ehemalige Mitschwester Grethe sie zum Gang über den Wochenmarkt abholen, der dreimal die Woche auf der Großen Gass stattfand. Darauf freute sie sich jedes Mal wie ein Kind.

Das wenigstens hatte sie sich nicht von der alten Hausmagd nehmen lassen, die sich bei allem Wohlwollen ihr gegenüber anfangs sehr schwer damit getan hatte, die Zügel aus der Hand zu geben. In den ersten Wochen ihrer Ehe wäre es hierüber fast zum Streit zwischen ihnen gekommen.

«Liebe Irmla», war es schließlich aus Serafina herausgeplatzt, «ich schätze Euch und Eure Arbeit über alles, und ich weiß auch, wie meisterhaft Ihr die Haushaltung im Griff habt. Aber als

Herrin den ganzen Tag die Hände in den Schoß legen – das widerstrebt mir ganz und gar.»

«Wie? Dann wollt Ihr als Stadtarztgattin also Besen und Schrubber in die Hand nehmen? Mit dem Putzlumpen auf dem Boden herumkriechen? Niemals!» Irmla legte ihr Gesicht in grimmige Falten. «Lieber suche ich mir eine andere Anstellung.»

«Ach, dann wollt also letztendlich *Ihr* bestimmen, was im Haus getan werden muss und von wem? Das wäre ja noch schöner.»

Erst viel später war Serafina klar geworden, dass Irmlas barsches Auftreten in den ersten Wochen nach ihrem Einzug ins Haus Zum Pilger einen ganz anderen Grund hatte: Die alte Frau war schlichtweg eifersüchtig auf sie, sosehr sie Serafina als Achaz' Ehefrau auch guthieß. Aber wer konnte ihr das verdenken? Stand sie dem Stadtarzt doch schon seit dessen Baseler Zeiten als bischöflicher Leibarzt treu zu Diensten, hatte ihm Trost gespendet, nachdem seine erste Frau und sein einziges Kind im Wochenbett verstorben waren, und ihm all die Jahre in ihrer zupackenden, wenngleich etwas bärbeißigen Art den Rücken gestärkt.

Dank Achaz' Fingerspitzengefühl hatten sie sich schließlich geeinigt: Irmla sollte weiterhin die Hoheit über die Bereiche Putzen, Kochen und Einlass der Gäste behalten, dafür besorgte Serafina, in Absprache mit ihr, die Lebensmittel auf dem Markt, beim Bäcker oder an den Fleischbänken. Ihre kleine Apotheke in der Eingangshalle indessen blieb ganz allein ihr Reich, in dem Irmlas Staubwedel nichts verloren hatte.

Damit kamen sie beide inzwischen wunderbar zurecht, und Irmlas schlechte Laune wandelte sich in mütterliche Fürsorge, bei der sie sich allenfalls mal zu kleinen Sticheleien hinreißen ließ.

Als schließlich die Münsterglocke zur neunten Stunde schlug, war alles ordentlich aufgeräumt und der Arbeitstisch samt den beiden Mörsern blitzblank geputzt. Serafina setzte ihre frisch gestärkte linnene Haube auf das hochgesteckte Haar und tauschte ihre Hauspantoffeln gegen die Straßenschuhe.

Oben an der Treppe erschien Irmlas kräftige Gestalt.

«Denkt Ihr an den Schweinespeck für morgen, Frau Serafina?»

«Aber ja. Dazu soll ich beim Weißbeck Herrensemmeln für den Sonntag bestellen. Alles hier drinnen aufgeschrieben.» Sie tippte sich gegen die Stirn.

«Nun ja», kam es gutmütig zurück, «was für ein Durcheinander manchmal in Eurem Kopf steckt, weiß ich zur Genüge. Ich erinnere mich, wie Ihr zum Weihnachtsfest beim Bauern ein Huhn statt einer Weihnachtsgans bestellt hattet und …»

Serafina musste lachen.

«Das im Übrigen vorzüglich geschmeckt hat, auch wenn wir ein zweites dazukaufen mussten, weil es so klein war. Ach Irmla, was hat Achaz nur für ein Glück, Euch zur Hausmagd zu haben.»

Sie nahm ihren Umhang vom Haken, klemmte den Korb unter den Arm und beschloss, draußen in der schönen Maisonne auf Grethe zu warten. Was für ein herrlicher Tag! In manchen Momenten konnte sie es kaum fassen, wie gut es das Schicksal mit ihr meinte, seitdem sie ihr altes Leben aufgegeben hatte und in Freiburg lebte.

# Kapitel 2

Versonnen betrachtete Adalbert im schwachen Schein der Tranlampe seine Ehegefährtin, wie sie tief und fest mit einem zufriedenen Lächeln im Gesicht neben ihm schlief. Ihr langes, dunkles Haar, das einen so wunderbaren Gegensatz zu ihren tiefblauen Augen bildete, ergoss sich über das Kopfkissen wie ein dunkler Strom. Ihr Atem ging ruhig und gleichmäßig, nachdem sie sich eben noch voller Leidenschaft und Zärtlichkeit zugleich geliebt hatten. Nur manchmal zuckte ihr Augenlid unter der schmalen, schwarzen Braue. Für ihn war Serafina vom ersten Augenblick an die schönste und klügste Frau auf Erden. Dass sie damals in Konstanz aufeinandergetroffen waren, mochte man Schicksal oder Zufall nennen, dass er ihr indessen in Freiburg wieder begegnet war, in der grauen Kutte der hiesigen Beginen, konnte nur eine Fügung Gottes gewesen sein. Sie liebten und schätzten einander, verstanden sich ohne große Worte, und wenn sie sich doch einmal uneins waren, dann wegen irgendwelcher Behandlungsweisen von Krankheiten und Zipperlein.

Er musste lächeln, als er daran dachte, wie er heute Mittag entgegen seinem Versprechen viel zu spät zum Essen erschienen war. «Hat der alte Snewlin dich mal wieder nicht gehen lassen?», waren ihre verständnisvollen Worte gewesen. Niemals würde sie viel Aufhebens machen oder gar eine böse Bemerkung darüber verlieren, wenn er unpünktlich oder den ganzen Tag außer Haus war. Nun, das übernahm schon Irmla, die wie ein Rohrspatz schelten konnte, wenn das Essen kalt wurde.

Dass er dieses späte Glück in seinem Leben noch erfahren durfte! Nachdem seine erste Frau mitsamt seinem neugeborenen Töchterlein verstorben war, nach viel zu kurzer Ehezeit, hatte er der Frauenwelt den Rücken gekehrt. Das war Ewigkeiten her, inzwischen konnte er sich an Lena kaum noch erinnern. Vielleicht wäre er auch mit ihr bis ans Lebensende glücklich geworden, bei Serafina aber wusste er es mit Sicherheit. Wenn sie nur nicht hin und wieder der Teufel reiten würde und sie sich mit ihrer Neugier und ihrem Gerechtigkeitssinn in höchste Gefahr brächte, wie noch vor einem halben Jahr draußen in der Höllenschlucht. Dass er beim Magistrat durchgesetzt hatte, ihr die Gerechtsame für eine Armenapotheke zu erteilen, war auch ein wenig aus Eigennutz geschehen: Damit hatte sie eine Aufgabe, die sie voll und ganz erfüllte. Hoffentlich.

Er küsste sie sacht auf die Stirn, löschte das Licht und schmiegte sich mit einem wohligen Seufzer an ihre Seite. Da ließ ihn ein lautes Klopfen an der Haustür aufschrecken.

«Medicus! Meister Achaz, macht auf!», rief eine tiefe Männerstimme fordernd.

Mit einem Satz war er aus dem Bett, während sich Serafina leise grummelnd auf die andere Seite drehte.

«Schlaf weiter, mein Schatz», flüsterte er und tappte nackt, wie er war, durch die Dunkelheit zur Kleidertruhe. Rasch streifte er sich Hemd, Beinkleider und Obergewand über und öffnete die Tür zum Treppenhaus, wo des Nachts stets eine Laterne brannte.

Irmla, im Nachtgewand und mit einer riesigen Schlafhaube um das von Falten zerfurchte Gesicht, kam eben gerade die Stiege herunter. Sie musste ebenfalls von dem Klopfen wach geworden sein.

«Welcher Holzkopf weckt uns da mitten in der Nacht?», knurrte sie und ging Adalbert entschlossen voran. «Wenn das wieder der dicke Grieswirth ist, der wegen seinem läppischen Bauchgrimmen nach Euch schicken lässt, knöpf ich mir den endlich mal richtig vor. Soll er doch abends einfach weniger fressen und saufen.»

«Ein wenig mehr Respekt vor dem Herrn Zunftmeister, Irmla», rügte er sie gutmütig. Aber sie hatte schon recht: Es wäre nicht das erste Mal, dass er wegen einer Lappalie in die Nacht hinausgemusst hätte.

Mit einem energischen Ruck entriegelte Irmla die Haustür und leuchtete hinaus. Indessen wartete draußen kein Knecht hoher Herrschaften, sondern der oberste Stadtbüttel Gallus Sackpfeiffer. Unter Irmlas strengem Blick schien seine vierschrötige Gestalt zu schrumpfen.

«Verzeiht die späte Störung, Herr Medicus», wandte er sich an Adalbert, der neben Irmla im Türrahmen erschien. «Aber Ihr müsst sofort mitkommen. Es eilt.»

«Darf sich der Herr Stadtarzt vielleicht vorher noch fertig ankleiden, oder soll er barfuß auf die Gass?», warf die Magd mit schneidender Stimme dazwischen.

«So war das nicht gemeint», murmelte der gute Mann. «Wenn Ihr Euch nur beeilt. Ich will den Nachtwächter nicht so lang allein lassen mit … mit …»

Er unterbrach sich und trat von einem Bein aufs andere.

«Und was gibt es so Wichtiges, dass Ihr uns alle aus dem

Schlaf reißt?», setzte Irmla nach, während Adalbert schon dabei war, in die Schuhe zu schlüpfen und sich gleichzeitig den Mantel überzuwerfen.

Sackpfeiffer kratzte sich den schwarzen Vollbart. «Das darf ich Euch nicht sagen.»

«Dann eben nicht. Ich werd's ohnehin vom Herrn Medicus erfahren.»

# Kapitel 3

Ein schmaler Mond stand am sternenklaren Himmel und die Nachtluft war kühl, als Adalbert dem Büttel eiligen Schrittes hinüber zur Großen Gass folgte. Die Stadt schien in tiefem Schlaf zu liegen, aber er wusste, dass der Schein trog. Hinter den geschlossenen Fenstern stritt man sich und liebte sich, in den Hinterzimmern der Spelunken wurde noch gezecht, gewürfelt und gerauft, und in den dunklen Seitengassen lief man als Spätheimkehrer Gefahr, überfallen und seiner Geldkatze beraubt zu werden. Aus diesem Grund hatte er, wenn er zu später Stunde zu einem Krankenbesuch gezwungen war, nie etwas anderes dabei als seine Arzttasche und die Laterne, die er als anständiger Bürger nach Einbruch der Dunkelheit mit sich führen musste. Was nichts daran änderte, dass auch er schon Opfer solcher Erzlumpen geworden war.

Wie sicher fühlte er sich hingegen an Sackpfeiffers Seite. Der raubauzige Büttel war in Wirklichkeit ein braver, wagemutiger Kerl, und seit jenem Abenteuer in der Höllenschlucht letzten Herbst sah Achaz sich ihm fast freundschaftlich verbunden. Er hätte diesen Gang durch die nächtliche, stille Stadt genießen können, hätte er nicht gewusst, dass am Ziel ein Schwerverletzter oder Toter liegen würde. Auch das gehörte leider zu seinen Aufgaben, neben der Behandlung innerer Krankheiten, der Seuchenbekämpfung und der Aufsicht über die Apotheker, Hebammen und anderen Heilkundigen der Stadt: Zu jedem ungeklärten Todesfall oder unnatürlich zu Schaden gekommenen Schwerverletzten musste er hinzugerufen werden. Auch diesmal hoffte er, dass er nicht zu spät kam und das Opfer noch lebte.

«Wohin bringt Ihr mich?», fragte er, als sie sich dem spärlich mit zwei Pechpfannen erleuchteten Christoffelstor näherten.

«In die Neuburgvorstadt, zur Henkersgasse», war die knappe Antwort. Mehr würde Sackpfeiffer auf offener Straße nicht verraten, denn die Wände hatten Ohren, wie der Büttel immer sagte. Die Gerüchteküche würde früh genug zu brodeln beginnen.

In der nördlichen Vorstadt mit ihren schäbigen Holzhäusern und windschiefen Scheunen lebten die einfachen Leute, hier befanden sich Einrichtungen wie das Findelhaus und die Elendenherberge für arme Pilger und Reisende ebenso wie das Henkershaus oder das städtische Bordell. Die Gasse östlich von Sankt Nikolaus hieß eigentlich Steingasse, wurde aber von den Freiburgern wegen des dort wohnenden Scharfrichters nur Henkersgasse genannt.

Als sie in die holprige, enge Gasse einbogen, versperrte ihnen trotz der nächtlichen Stunde eine ansehnliche Gruppe Gaffer den Weg.

«Ab nach Hause mit euch, wenn ihr nicht den Rest der Woche im Turm verbringen wollt», blaffte der Büttel los. Zu Adalbert gewandt sagte er: «Dort vorne ist es.»

Vor der Einfahrt zu einer halb eingesackten Scheune, schräg gegenüber des Henkerhauses, sah man eine Laterne flackern. Adalbert wunderte sich, dass die Schaulustigen nicht näher ans Geschehen herangerückt waren, erkannte aber sogleich den

Grund dafür: Neben dem Nachtwächter stand breitbeinig, in gelbem Wams und gelber Kappe, der Freiburger Scharfrichter. Fast jeder fürchtete den Mann, dem einige in der Stadt Zauberkräfte nachsagten. Für Adalbert indessen war er ein verlässlicher, höflicher Zeitgenosse, der zudem erstaunlich gebildet war.

Der Nachtwächter trat ihnen einen Schritt entgegen.

«Dank unserem Meister Hans hier konnte ich die Meute zum Glück im Zaum halten. Hier ist die Leiche, Medicus ... Könnt Ihr mir mit Sicherheit sagen, ob sie tot ist? Mir scheint», seine Stimme begann zu zittern, «sie hat sich grad bewegt.»

Er leuchtete auf den großen Steinhaufen vor dem offenen Scheunentor. Dort lag rücklings auf den Steinbrocken eine zierliche Gestalt, in einen langen, dunklen Kapuzenmantel gehüllt, der nur einen Ausschnitt des Gesichts freigab. Der reichte aus, um zu erkennen, dass es sich um eine junge Frau handelte.

Für einen Moment krampfte sich Adalberts Herz zusammen. In diesem Alter war seine Lena gewesen, als der Tod sie mit sich gerissen hatte, und auch in dem feingeschnittenen Gesicht fand er eine gewisse Ähnlichkeit.

«Kennt einer von Euch die Frau?», fragte er, während er der Toten behutsam die Augen schloss. Ein einstimmiges Nein war die Antwort.

Er gab sich einen Ruck, zog der Toten die Kapuze aus dem Gesicht und drehte vorsichtig den Kopf zur Seite: Der hintere Teil des Schädels war eingeschlagen, das blonde, streng zurückgebundene Haar klebte blutverkrustet über der klaffenden Wunde. Er legte zwei Finger an den Hals, dann schüttelte er den Kopf in Richtung des Nachtwächters.

«Vielleicht ist ein Stein verrutscht, oder Ihr habt eine letzte Zuckung gesehen, aber sie ist eindeutig tot. Habt Ihr die Leiche denn genau so vorgefunden oder habt Ihr sie bewegt?»

«Um Himmels willen, nein! Ich hab ihr nur den Puls gefühlt, aber da war nichts mehr zu spüren.»

«Gut so.»

Fachmännisch betastete Adalbert die Muskeln und Gelenke an den Gliedmaßen, die sich zwar kalt, aber noch weich und teigig anfühlten. An einigen Stellen zeigten sich erste rötliche Flecken.

«Sie ist noch nicht allzu lange tot, soviel ist sicher», sagte er in die Runde und begann, die zarten, schmalen Hände genauer zu untersuchen.

«Vielleicht ist sie vor jemandem davongerannt und dann hier auf den Steinen gestürzt», warf Sackpfeiffer ein.

«Mag sein. Ich frage mich nur, warum sie beim Weglaufen über diesen Steinhaufen geklettert ist und warum sie an den Händen keine Abschürfungen hat, die man sich gemeinhin einfängt, wenn man sich nach einem Sturz auf solchen Steinen abfangen will. Stattdessen finden sich an den Handgelenken und am Hals Druckstellen, als ob sie jemand vor kurzem noch festgehalten und sogar gewürgt hätte. Außerdem frage ich mich, was eine junge Frau zu nachtschlafender Zeit auf dieser Gasse zu suchen hat.»

«Hier in der Neuburg treiben sich abends viele lose Weiber herum», gab Sackpfeiffer schulterzuckend zurück. «Zumal nicht weit von hier das Haus Zur Kurzen Freud ist.»

Er warf dem Scharfrichter, der sich in der Neuburgvorstadt bestens auskannte, einen fragenden Blick zu.

Der schüttelte den Kopf.

«Ich hab das Weib noch nie gesehen, und wie eine Hübschlerin sieht sie mir auch nicht aus.»

«Da habt Ihr recht», pflichtete Adalbert ihm bei. «Sie hat äußerst gepflegte Hände und ihr Mantel ist aus teurem flandrischen Tuch. Eher schon eine vornehme Bürgersfrau. Was mich aber am allermeisten verwundert, ist …», er ließ den Nachtwächter noch einmal zu ihrem Kopf leuchten, «dass ihr Gesicht so seltsam bemalt ist. Die Augenbrauen sind eindeutig mit Kohle nachgezogen, was überhaupt nicht zu dem Blondhaar passt. Und schaut, hier auf dem Kinn findet sich ein auffälliges Muttermal, das ebenfalls aufgemalt ist, und die Wangen sind künstlich gerötet. Was könnte uns das wohl sagen?», fragte er sich und den Büttel. Er wusste, dass Gallus Sackpfeiffer sich geehrt fühlte, wenn er in seine Überlegungen einbezogen wurde.

«Ich denke, sie wollte nicht, dass sie erkannt wird. Möglicherweise war sie tatsächlich auf der Flucht. Vor ihrer Familie, vor ihrem Ehemann, vor einem Gerichtsprozess …»

«Dann hätte sie eine Geldkatze am Gürtel, sie hätte Ersparnisse dabei. Aber da ist nichts.»

«Stimmt. Vielleicht hat irgendein Diebsgesindel sie niedergeschlagen und beraubt.»

«Gleich vor dem Henkershaus?» Adalbert blickte zweifelnd drein. «Jeder hier weiß, dass unser Meister Hans zu Tag- und Nachtzeiten auf den Beinen sein kann und ein Auge auf die Gasse hat. Und dieser jemand hätte sich deshalb umso mehr beeilt, eine Geldkatze kurzerhand vom Gürtel abzuschneiden, statt sie mühsam aufzuknoten. Aber, soweit ich sehe», er beugte sich hinab und inspizierte ihre Hüftgegend, «findet sich nicht der kleinste Rest eines Lederbandes.»

Er wandte er sich an den Scharfrichter: «Habt Ihr heute Abend Schreie gehört? Oder einen Tumult vor Eurer Haustür?»

«Nein, nichts. Aber ich muss zugeben, dass ich bis vor etwa einer Stunde zur peinlichen Befragung eines Falschmünzers im Marterhäuslein war. Leider ein äußerst hartnäckiger Fall, und ich musste ihn …»

«Gut, gut», winkte Adalbert ab, der sich weitere Ausführungen ersparen wollte. «Wem gehört eigentlich die Scheune hier?»

«Die hat mal zum Findelhaus gehört, aber jetzt steht sie leer und soll abgerissen werden, um neue Häuser zu bauen. Wird auch Zeit, diese Bruchbude war zum Treffpunkt von allerlei zwielichtigem Gesindel geworden. Und zum Liebesnest der Schlupfhuren.»

Achaz beugte sich noch einmal über das Gesicht der Toten. Was er zuvor als vagen Geruch wahrgenommen hatte, bestätigte sich, als er seine Nase über den offenstehenden Mund der Leiche hielt: Sie roch eindeutig nach starkem, saurem Wein.

Sie musste also zum Todeszeitpunkt angetrunken gewesen sein, doch diese Tatsache behielt er für sich. Ohnehin wussten der Henker und der Nachtwächter bereits weitaus mehr über die Leiche, als ihm lieb war. Gerade Letzterer war als rechte Tratschbase bekannt. Vielleicht hätte er seine Beobachtungen doch nicht so offenherzig mitteilen sollen.

«Bringen wir die Tote zur Aufbahrung in die Spitalkapelle, damit die Rats- und Gerichtsherren sie morgen früh beschauen können. Und hoffen wir, dass einer von ihnen sie kennt.»

Der Scharfrichter nickte. «Ich hol gleich meine Handkarre.»

Adalbert trat einen Schritt zurück. Was er als Stadtarzt auf jeden Fall morgen dem Kanzleischreiber als Tatsache in die Feder diktieren konnte, das war, dass die junge Frau keines natürlichen Todes gestorben war. Dass sie unglücklich gestürzt war, bezweifelte er, zumindest nicht hier war sie zu Fall gekommen. Entweder hatte sie sich selbst hierher geschleppt, dann müsste sie aber eher bäuchlings auf dem Haufen zusammengebrochen sein, oder aber jemand anderes war an ihr zugange gewesen. Hier jedenfalls war sie nicht gestorben, dazu hätte die Blutlache auf und zwischen den Steinen weitaus größer sein müssen.

«Meint Ihr», der Nachtwächter senkte die Stimme, «dass das ein Meuchelmord war?»

Adalbert zuckte die Schultern.

Nachdem Meister Hans zu ihnen zurückgekehrt war, hievten sie den Leichnam gemeinsam auf die Karre. Plötzlich entwich dem leblosen Körper ein hörbarer Seufzer, und vor Schreck ließ der Nachtwächter die Beine fallen.

«Heiliger Blasius! Sie lebt ja doch noch!», stammelte er.

«Unsinn.» Adalbert schüttelte den Kopf. «Das war nur die Luft, die aus den Lungen entweicht. Jetzt packt mit an.»

Sie verbargen die Tote vor den neugierigen Blicken möglicher Nachtschwärmer unter einer schweren Pferdedecke, dann machte Adalbert sich mit Sackpfeifer auf den Weg zum Heilig-Geist-Spital. Der Spitalknecht würde nicht gerade erfreut sein über ihren Besuch zu so später Stunde.

Nachtwächter und Scharfrichter hatte er angewiesen, noch einige Zeit unauffällig in der Nähe der Scheune zu bleiben, um zu beobachten, ob dort jemand verdächtigerweise auftauchte und nach dem Rechten sah. Für ihn als Stadtarzt indessen würde mit seiner Aussage morgen früh die Sache erledigt sein. Der Rest war Sache des Gerichts.

Dennoch beschlich ihn ein mulmiges Gefühl. Wenn die Tote auch den Ratsherren unbekannt sein sollte, würde man sich gezwungen sehen, einen weiteren Schritt in die Wege zu leiten: Man würde diejenigen Freiburger, die viel in der Stadt herumkamen, zur Leichenbeschau in die Spitalskapelle bitten, etwa die Kleinkrämer, Priester, Hebammen oder Wundärzte. Und eben auch die Schwestern der hiesigen Beginensammlungen. Nicht nur, dass dieser Todesfall damit zum Stadtgespräch würde. Nein, auch Serafina würde alles haarklein erfahren, und was das bedeutete, konnte er sich nur allzu gut vorstellen.

Als hätte Sackpfeiffer seine Gedanken gelesen, verzog der vor der Pforte des Spitals sein Gesicht zu einem schiefen Grinsen.

«Wenn Ihr das nur nicht alles brühwarm Eurer Ehegefährtin erzählt.»

«Es wird sich wohl kaum vermeiden lassen», murmelte Adalbert, «dass sie von der Toten erfährt.»

# Kapitel 4

Als Serafina beim ersten Morgenlicht erwachte, lag ihr Ehegefährte noch schlafend neben ihr. Was nichts Ungewöhnliches war, war sie es doch aus ihrer Zeit als Begine gewohnt, mit dem ersten Hahnenschrei und damit einiges früher als er aufzustehen. Jetzt aber blinzelten schon die ersten Sonnenstrahlen durch den geschlossenen Fensterladen, und aus der Küche hörte sie Irmla das Feuer anschüren. Also hatte auch sie länger als sonst geschlafen. Vage erinnerte sie sich daran, wie sie im Halbschlaf mitbekommen hatte, dass Adalbert in der Nacht noch einmal aufgestanden war.

Einen Moment lang betrachtete sie liebevoll sein bartloses, längliches Gesicht mit der hohen Stirn, der etwas spitzen Nase und den vollen Lippen. Ein paar Jahre älter als sie war er, im besten Mannesalter also, und seit neuestem zeigten sich die ersten silbergrauen Haare an den Schläfen.

Jetzt ruhte seine Linke auf ihrer Hüfte. Obwohl er ungewöhnlich groß und kräftig war, hatte er feingliedrige, wunderschöne Hände.

Sie nahm seine Hand weg und küsste ihn auf die Wange.

«Aufstehen, Adalbert. Die Sonne lacht.»

Verwirrt schlug er die Augen auf.

«Hab ich etwa verschlafen?» Er hob leicht den Kopf.

«Wir beide. Wahrscheinlich hatten wir nicht genug Schlaf.»

Sie musste lächeln, als sie an ihre nächtliche Stunde der Leidenschaft zurückdachte. Dann stutzte sie: «Warst du etwa länger fort mitten in der Nacht?»

Ruckartig setze er sich auf und sprang wie aufgescheucht aus dem Bett.

«Ach herrje, ich muss hinüber in die Kanzlei und Bericht ablegen. Es gab einen Todesfall in der Neuburgvorstadt.»

«Einen Toten?»

«Nun ja», druckste er herum, während er sich eilig ankleidete, «genauer gesagt, eine junge Frau.»

«Wo ist sie jetzt?»

«Drüben in der Spitalkirche aufgebahrt.»

In diesem Augenblick klopfte es unten mehrfach gegen die Haustür.

«Ich komme ja schon», hörten sie die Magd rufen. Kurz darauf ertönte eine Männerstimme, dann rief Irmla erneut herauf: «Meister Achaz, hier ist der Kanzleidiener. Wo bleibt Ihr denn?»

Adalbert drückte Serafina einen Kuss auf den Mund, dann stürzte er hinaus.

«So warte doch», rief sie ihm hinterher. «Wenn ihr die Tote in die Spitalkirche gebracht habt, dann wisst ihr also gar nicht, wer sie ist?»

Sein Gesicht erschien noch einmal im Türrahmen. «Erzähle ich dir alles später.»

Serafina und Irmla hatten ihr Morgenessen schon beendet, als Adalbert zurückkehrte. Er wirkte abgespannt und unruhig zugleich.

«Das ist gar nicht gut für Eure Gesundheit, Doctor Adalbert», schalt die Magd und stellte ihm die Schüssel mit süßem Hirsebrei auf den Tisch, «so ganz ohne einen Bissen aus dem Haus zu gehen.»

Gedankenverloren ließ er sich auf die Küchenbank sinken und löffelte den Brei hastig in sich hinein.

«Und schnelles Herunterschlingen schadet erst recht, wie ich von unserem Freiburger Stadtarzt weiß», setzte Serafina nach und zog ihn am Ohr.

«Ich hab nicht viel Zeit», rechtfertigte er sich. «Gleich findet eine außerordentliche Ratssitzung statt.»

«Wegen der Toten in der Spitalskapelle?»

«Was für einer Toten?», fragte Irmla erschrocken. «Hat uns deshalb dieser Grobian heute Nacht aus dem Schlaf geholt?»

Entmutigt ließ er den Löffel sinken.

«Nun gut. Damit ihr beiden mich nicht weiter löchert: Der Nachtwächter hat gestern in der Henkersgasse eine tote junge Frau aufgefunden, und offenbar ist sie eine Fremde. Keiner von uns Ratsherren kennt sie.»

«Und was geschieht jetzt mit ihr?», fragte Serafina.

«Das werden wir nachher in der Sitzung beschließen. Im Übrigen», er warf Serafina einen halb besorgten, halb warnenden Blick zu, «hat der Spitalknecht die Anweisung, vorerst niemanden in die Kapelle zu lassen. Auch nicht die Frau Stadtärztin.»

# Kapitel 5

Die Münsterturmuhr schlug zu Mittag, und in der Küche duftete es schon herrlich nach knusprig angebratenem Schweinespeck.

«Drei Vaterunser warten wir noch», brummte die Magd, «dann fangen wir beide zu essen an.»

Serafina nahm auf der Bank Platz. «Hat Achaz nicht gesagt, dass er nach der Sitzung noch mit zum Schultheißen muss, weil dessen Frau Leibkrämpfe hat? Das kann dauern …»

Missmutig trug Irmla die Platte mit Kraut und Speck auf. Sie hatten gerade zu essen begonnen, als es erneut gegen die Tür klopfte.

Irmla schob ihren Teller zurück und erhob sich.

«Herrschaftszeiten! Hat man nicht mal zu Mittag seine Ruhe?»

Es war Serafinas Freundin Grethe. Die Wangen ihres runden Gesichts waren gerötet, als sei sie gerannt.

«O! Ich störe euch beim Essen, das tut mir leid. Aber es ist wichtig.»

«Immer ist alles wichtiger in diesem Hause als eine geregelte Mahlzeit», schnaubte die Magd.

«Es tut mir ehrlich leid, Irmla.» Besänftigend legte Grethe ihr die Hand auf die Schulter. Die zwei mochten sich schon deshalb, weil sie beide leidenschaftliche Köchinnen waren und sich stundenlang über ihre Lieblingsgerichte austauschen konnten.

«Hör zu, Serafina», fuhr Grethe fort, «der Gerichtsdiener war bei uns, und wir Beginen sollen alle ins Spital kommen, wo in der Kapelle eine unbekannte Tote aufgebahrt ist. Der Stadtrat hofft wohl, dass eine von uns sie erkennt. Weißt du davon? Achaz ist doch auch seit letztem Johanni im Magistrat.»

«Ich weiß nur, dass der Nachtwächter sie zu später Stunde in der Henkersgasse gefunden hat. Aber ich dachte, der Spitalknecht darf niemanden zu der Toten lassen?»

Grethe lachte ihr herzhaftes Lachen. «Wir sollen alle Stillschweigen bewahren, aber wahrscheinlich weiß schon die ganze Stadt, dass dort ein Leichnam liegt. Stell dir vor, sämtliche Beginen und Heilkundigen und was weiß ich, wer sonst noch so in der Stadt herumkommt, soll den Leichnam beschauen. Ich hab den Gerichtsdiener natürlich gleich gefragt, ob man dir auch Bescheid geben würde, aber der trottelige Kerl hat gemeint, davon wisse er nichts. Und außerdem wärst du ja keine Begine mehr.»

«Wie lächerlich», entfuhr es Serafina. «Schließlich hab ich lange genug als Christoffelsschwester dem Gemeinwohl der Stadt gedient und außerdem kenne ich hier Gott und die Welt. Das könnte doch nützlich sein. Komm, gehen wir.»

«Und was ist mit dem Essen?», hörten sie die Magd rufen, während sie die Treppe zur Eingangsdiele hinuntereilten. «Für wen koche ich eigentlich noch in diesem Tollhaus?»

«Bin gleich wieder da, liebe Irmla», gab Serafina zurück und schlüpfte in Umhang und Straßenschuhe. Trippen brauchte man keine mehr, da nach dem tagelangen milden Frühjahrswetter der winterliche Schlamm und die Pfützen auf der Gasse endlich abgetrocknet waren.

Bis hinüber zum Heilig-Geist-Spital, das sich zur Großen Gass hin mit einer prächtigen Fassade und einer doppelläufigen Freitreppe präsentierte, war es nur ein Katzensprung. Eine Menschenmenge hatte sich dort versammelt, man tuschelte und reckte die Hälse in Richtung Eingangsportal. Am Fuße der Freitreppe warteten ihre ehemaligen Mitschwestern auf Einlass. Freudig begrüßte Serafina eine nach der anderen mit einer Umarmung: Erst Meisterin Catharina, dann die alte, krumme Mette, die ewig griesgrämige Heiltrud, der sofort die Bemerkung entfuhr: «Dich wird man nicht hereinlassen, da wette ich drauf!», und zum Schluss Brida, die jüngste im Bunde.

«Von wegen!» Grethe knuffte Heiltrud in die Seite. «Sowohl Mutter Catharina als auch Serafina kennen den Spitalmeister gut genug. Wenn man wirklich wissen will, wer die Tote ist, wird man Serafina auch reinlassen.»

Grethe sollte recht behalten. Als sich kurze Zeit später die schwere Eichenholztür öffnete und die Lämmlein-Schwestern aus dem Gebäude wieder ins Sonnenlicht traten, stellte sich heraus, dass auch die frommen Frauen die Tote nicht kannten. Als nächstes wurden die Christoffelsschwestern hereingerufen, und nach einem kurzen, freundlichen Wortwechsel zwischen dem Spitalknecht und Meisterin Catharina durfte Serafina den anderen in die altehrwürdige Kapelle folgen.

Der Leichnam lag unter einem weißen Laken vor dem Marienaltar aufgebahrt. Er dünstete bereits den Geruch des Todes aus, wie Serafina sofort bemerkte.

Sie erschrak fast, als sie in das Gesicht der noch sehr jungen Frau blickte. Nicht, dass sie nicht schon genügend Tote gesehen hätte, aber im fahlen Licht der Kapelle hatte dieses wachsbleiche Leichengesicht etwas ganz und gar Unnatürliches: Mit den beiden roten Flecken auf den schmalen Wangen und den schwarzen Augenbrauen unter dem hellblonden Haaransatz hatte es etwas von einer dieser übertriebenen, bunten Masken, mit denen in der Gauklertruppe ihres Sohnes die Weibsbilder dargestellt wurden.

Grethe, die neben ihr stand, murmelte: «Irgendwie kommt mir das Gesicht bekannt vor.»

«Bist du dir sicher?»

«Ich weiß nicht …»

Mutter Catharina winkte den Spitalknecht heran.

«Hat denn noch niemand den Leichnam gewaschen?»

Der schüttelte den Kopf. «Vorerst haben wir nur Anweisung, die Tote hier aufzubewahren, bis sie jemand erkennt. Der Spitalpriester war aber schon bei ihr und hat für sie gebetet, und ein Leichensack liegt auch bereit.»

«Dann holt bitte lauwarmes Wasser mit Spezereien für die Waschung.»

«Aber …»

«Bitte!» Wenn Catharina etwas wollte, war es nur schwer, ihr zu widerstehen. Und nun wollte sie nur eins: dieser Frau die ihr gebührende Ehre erweisen, ihre sterbliche Hülle waschen, wie es sich gehörte.

Nachdem der Knecht ihnen Seifenwasser und Tücher gebracht hatte, zogen sie das Leintuch weg und machten sich unter Psalmengesang an die Arbeit, reinigten den Unterleib von den Exkrementen, wuschen das verklebte Blut aus dem Haar. Sie alle hatten das schon oft genug getan, und selbst die junge Brida verzog dabei keine Miene. So lag der zierliche, nackte

Frauenkörper wenig später sauber und nach Kampfer und Lorbeer riechend vor ihnen, das dereinst hübsche Gesicht nun zur Gänze bleich und blutleer. Selbst das auffällige Muttermal am Kinn war verschwunden. Umso deutlicher traten nun die blau verfärbten Abdrücke an Handgelenken und Hals hervor.

«Seltsam ist das alles», murmelte Serafina, als Grethe sie in die Seite stieß.

«Jetzt weiß ich, wer das ist! Die Agnes aus der Schneckenvorstadt.»

Mutter Catharina starrte sie an. «Ganz gewiss?»

«Aber ja. Sie ist ein, zwei Jahre jünger als ich und mit mir in derselben Gasse aufgewachsen. Die alte Kräuterfrau Gisla kennt sie auch. Sie ist irgendwann als Dienstmädchen nach Waldkirch gegangen, in das Haus eines reichen Kaufmanns. Der hat sie sogar vor einiger Zeit geheiratet, nachdem er Witwer geworden war.»

«Wie heißt der Kaufmann?»

Grethe musste nur kurz überlegen. «Zinkenhauer. Ignaz Zinkenhauer. Das arme Ding, was hat sie wohl Furchtbares erleiden müssen?»

Ihr stiegen die Tränen in die Augen, und Serafina legte der Freundin tröstend den Arm um die Schulter.

Derweil hatte Mutter Catharina den Spitalknecht zu sich gerufen.

«Wir wissen nun, wer die Tote ist. Könntet Ihr jemanden in die Schneckenvorstadt schicken, um die Kräuterfrau Gisla herzuholen? Sie soll bestätigen, was unsere Mitschwester Grethe herausgefunden hat. Und holt den Schultheißen aus der Kanzlei, damit wir es vor ihm bezeugen können.»

«Und wer ist das jetzt?», fragte der Knecht neugierig.

«Ich weiß nicht, ob ich Euch das sagen darf. Lasst auf jeden Fall niemand von draußen mehr in die Kapelle. Und noch etwas: Könntet Ihr einen Eurer Maultierkarren richten lassen und vor den Seiteneingang bei den Lugstühlen bringen? Wenn es der Schultheiß erlaubt, möchten wir den Leichnam heimführen und dem armen Witwer Trost spenden. Ganz, wie es Aufgabe von uns Beginen ist.»

# Kapitel 6

Nachdem sie die tote Agnes in das Leichentuch eingehüllt hatten – die alte Kräuterfrau Gisla hatte im Beisein des Schultheißen und des Bürgermeisters ebenfalls bestätigt, dass es sich um die Zinkenhauerin handelte, und diese hatten den Leichnam freigegeben –, trugen sie sie zu der Karre, die vor den hölzernen Buden der Kaufleute bereitstand. Leider erregten sie hier nicht weniger Aufsehen, als es vorne auf der Großen Gass der Fall gewesen wäre. Inzwischen ging es gegen zwei Uhr, und auch wenn viele, die einen Handel tätigen wollten, noch beim Mittagstisch saßen, gab es genug Volk in der engen Münstergasse, das sich neugierig um die Karre drängte.

«Ist das die Tote aus dem Spital?», «Wer ist die arme Frau?», «Stimmt es, dass ein Dieb sie gemeuchelt hat?», wurden sie mit Fragen überhäuft.

Zum Glück hatte Schultheiß Paulus von Riehen ihnen einen der Stadtbüttel geschickt, der sie bis vor das nördliche Mönchstor bringen und ihnen diese Leute vom Hals halten sollte. Bis Waldkirch hinaus waren es nur drei Wegstunden Fußmarsch, und da es inzwischen lange hell blieb, würden sie glücklicherweise noch vor Einbruch der Dunkelheit zurück sein.

Die Meisterin nahm Serafina, die darauf bestand mitzukommen, beiseite.

«Warum willst du uns unbedingt begleiten? Doch nicht etwa, um den armen Witwer oder sonst jemanden mit neugierigen Fragen zu löchern?»

«Aber nein», wehrte sie ab. «Ich möchte das nur gemeinsam mit euch zu Ende bringen.»

Catharina sah sie durchdringend an. «Das gehört nicht mehr zu deinen Aufgaben. Du bist keine Begine mehr.»

«Aber wir sind uns doch noch immer Gefährtinnen, oder etwa nicht?»

Die Meisterin unterdrückte ein Lächeln. «Gut. Du kannst mitkommen, sofern du dich zurückhältst. Einverstanden?»

«Einverstanden.»

Der Tag war nicht mehr so sonnig und warm wie die vorherigen Tage, doch es blieb trocken. Draußen vor den Toren der Stadt blühte und grünte es, dass einem das Herz aufgehen konnte. Doch Serafinas Begeisterung über den Frühling war verschwunden, und sie marschierte ebenso bedrückt wie die Beginen neben der Karre her. Obgleich sie Agnes nicht gekannt hatte, ging ihr der gewaltsame Tod der jungen Frau nahe. Und dass sie dem Witwer die Schreckensnachricht überbringen mussten, lag ihr wie ein Stein im Magen. Obendrein würde Adalbert alles andere als erbaut sein, wenn er erfuhr, wohin sie unterwegs war. Denn selbstredend wollte sie zwar ihre Mitschwestern unterstützen, aber es trieb sie natürlich auch die Neugier nach Waldkirch, die Frage, was es mit dem Tod von Agnes auf sich haben könnte. Und Adalbert kannte sie gut genug, um das zu durchschauen. Seine Vorwürfe heute Abend hatte sie jetzt schon in den Ohren.

In einer Traube von Kindern und jungen Tagedieben erreichten sie den Marktplatz von Waldkirch, wo Kaufmann Ignaz Zinkenhauer sein Domizil hatte.

Lebte Serafina seit ihrer Heirat mit Adalbert Achaz in einem durchaus ansehnlichen Haus, so staunte sie nun doch, in was für Verhältnisse die ehemalige Dienstmagd Agnes eingeheiratet hatte: Das dreigeschossige, rostrot getünchte und überaus großzügige Anwesen war ganz aus Stein errichtet und zweimal so breit wie das des Stadtarztes. Durch die Toreinfahrt neben der Haustür passte ein ganzes Fuhrwerk. Fenster- und Türrahmen waren aus kunstvoll geschnitztem, dunklem Holz, aus dem Obergeschoss wölbte sich zur Straße hin ein Erker mit kostbaren bunten Bleiglasfenstern. Das Wappen mit den drei silbernen Zinken über der Tür verriet dem Besucher, dass der Kaufherr selbst oder einer seiner Vorväter in den Ritterstand erhoben worden war.

«Das Hoftor steht offen», stellte Catharina fest, während Heiltrud mit ihrem Gehstock die jungen Gaffer verscheuchte. «Gehen wir lieber gleich hinein.»

Im Innern des Hofes waren zwei Knechte damit beschäftigt, Fässer von einem Wagen zu laden und zum Kellerhals zu rollen.

«Sind wir hier richtig beim Kaufherrn Zinkenhauer?», rief Catharina mit lauter Stimme.

Die Knechte hielten in ihrer Arbeit inne.

«Ganz recht, liebe Schwestern», gab der Ältere zurück.

«Ist der Hausherr da?»

«Er ist eben zurück. Aber ich glaub nicht, dass er jemanden sehen will. Es ist nämlich so, dass seine …»

Er unterbrach sich und starrte das Bündel auf der Karre an. Angesichts ihrer ernsten Mienen schien er zu begreifen.

«Los, Hannes, ruf den Herrn heraus!»

Es herrschte ein angespanntes Schweigen, als Ignaz Zinkenhauer kurz darauf in der Tür zum Hof erschien. Er war nicht besonders groß, dabei kräftig und untersetzt. Das schüttere, halblange Haar wirkte verschwitzt, seine Augen waren gerötet.

«Was … was ist das?», fragte er statt eines Grußes mit bebender Stimme und wies auf den Leichensack.

Catharina trat zu ihm.

«Wir sind die armen Schwestern von Sankt Christoffel, und der Freiburger Schultheiß schickt uns.»

Sie nahm ihn beim Arm.

«Ihr müsst jetzt stark sein, lieber Kaufherr. Ich fürchte, die Tote dort ist Eure Frau. Man hat sie letzte Nacht in Freiburg in der Neuburgvorstadt gefunden.»

Der Mann schüttelte verständnislos den Kopf.

«Nein, nein, das kann nicht sein. Meine Frau ist nicht tot. Sie ist jung und gesund und quicklebendig.»

«Ich bitte Euch, seht sie Euch an.»

Wie ein Schlafwandler ließ er sich von ihr zu der Karre führen, wo Serafina das Leichentuch zurückschlug, um einen Blick auf Agnes' Gesicht freizugeben.

Der Aufschrei, der folgte, ging ihr durch Mark und Bein. Dann sackten dem Kaufmann die Beine weg, und die herbeigeeilten Knechte konnten ihn gerade noch auffangen.

Durch den Schrei kam eine ältliche, mehr als füllige Frau aus dem Haus gestürzt.

«Was ist geschehen, Herr? Hat man sie etwa gefunden?»

«Ich fürchte, ja», erwiderte Catharina und deutete auf die Karre.

Die arme Frau bekreuzigte sich unablässig. «Allmächtiger», stammelte sie dabei. «Allmächtiger Herr im Himmel …»

Sie wirkte völlig außer sich.

Kurz darauf hatten sie die tote Agnes in der Wohnstube aufgebahrt und Kerzen entzündet. Kraftlos hing Ignaz Zinkenhauer in seinem Lehnstuhl am Erkerfenster, dabei schluchzte er leise vor sich hin. Serafina tat der arme Mann von Herzen leid.

«Wenn Ihr nun den Herrn Pfarrer herholen mögt», bat Catharina die dicke Magd, die, wie sie inzwischen wussten, Käthe hieß. «Bis dahin wollen wir mit dem Kaufherrn beten.»

«Aber sicher, ich bin schon unterwegs. Gütiger Herr im Himmel!»

Kaum war Käthe verschwunden, griff sich Zinkenhauer in seinen langen Kinnbart und stieß hervor: «Ich hab sie überall gesucht, meine liebe Agnes, die halbe Nacht lang, und heute wieder seit dem Morgengrauen. Und jetzt ist sie tot, liegt da und rührt sich nicht mehr.»

«Seit wann war sie denn verschwunden?», konnte sich Serafina nicht verkneifen zu fragen und erntete dabei einen mahnenden Blick von der Meisterin.

«Sie wollte gestern Abend noch frische Luft schnappen, kam aber nicht zurück nach Hause.» Die Stimme versagte ihm.

«Aber was tat sie dann in Freiburg? Hat sie dort noch Familie oder Verwandte?»

«Nein, sie hat niemanden mehr», brachte er noch gerade so heraus.

Bevor Serafina in ihrer Verwunderung weiter nachfragen konnte, wurde sie von Catharina unterbrochen.

«Lasst uns gemeinsam beten», beschied die Meisterin, nachdem sie Serafina erneut einen tadelnden Blick zugeworfen hatte. «Vater unser, der Du bist im Himmel, geheiligt werde Dein Name …»

Als sie bei den Bußpsalmen angelangt waren, kehrte die Magd mit dem Waldkircher Pfarrer zurück, dem Catharina sich und ihre Gefährtinnen ebenfalls als Christoffelsschwestern aus Freiburg vorstellte. Zinkenhauer, der sich mittlerweile etwas gefangen hatte, brach erneut in lautes Schluchzen aus.

«Ich danke Euch, liebe Schwestern», sagte der Pfarrer leise, während er tröstend den Arm um Zinkenhauers Schultern legte. «Aber jetzt solltet ihr zurück nach Freiburg, bevor es zu dämmern beginnt.»

Als sie das Maultier mit der nunmehr leeren Karre aus dem Hof führten, war vor dem Tor kaum ein Durchkommen. Die halbe Stadt schien mittlerweile auf den Beinen, und alle reckten sie die Hälse und tuschelten, nachdem das Hoftor hinter der Maultierkarre donnernd ins Schloss gefallen war.

«Aus dem Weg, ihr Gaffer», schimpfte Heiltrud, doch Serafina konnte die Neugier der Menschen gut verstehen. Zinkenhauer war sicher ein bekannter und angesehener Mann im Ort, und dass seine Frau spurlos verschwunden gewesen war, hatte sich ganz gewiss herumgesprochen.

Die Meisterin schien dasselbe zu denken. Sie stellte sich auf die Stufen zur Haustür.

«Hört, ihr Leut! Dem Kaufherrn ist großes Leid geschehen: Er hat seine junge Frau verloren. Wer von euch ein guter Nachbar oder Freund des armen Mannes ist, der mag sich rüsten und ihm bei der Totenwache mit Trost und Gebet oder einer warmen Mahlzeit zur Seite stehen. Ihr andern geht nach Hause.»

Die Menge wurde still. Einige nickten, die meisten begannen, sich zu zerstreuen. Vier, fünf Frauen und ein älterer Mann blieben vor der Haustür stehen.

«Ihr habt recht, liebe Schwester», sagte der Mann. «Wir sind Nachbarn und wollen unsere Christenpflicht erfüllen. Störenfriede und Maulaffen brauchen wir hierbei nicht.»

«Mögt Ihr vielleicht noch seinen engsten Freunden Bescheid geben, guter Mann?», bat Catharina.

«Nun, wahrhaftige Freunde hat der Kaufmann hier in der Stadt nicht. Aber die Agnes, die hat jeder gemocht.»

«Vielleicht», flüsterte Serafina ihr zu, «sollten wir diese Nachbarn fragen, was für ein Mensch der Zinkenhauer ist. Und wie seine Ehe mit Agnes war.»

«Untersteh dich!», zischte Catharina ihr zu.

Als sie kurz darauf das kleine Städtchen verließen, ging die Rede des Nachbarn Serafina nicht mehr aus dem Kopf.

«Es ist doch schon seltsam, dass ein stadtbekannter Kaufmann so gar keine Freunde hat», sagte sie.

«Je reicher der Mensch», erwiderte Grethe, «desto mehr Neider und desto weniger Freunde hat er. Ich finde das gar nicht seltsam.»

Und die alte Mette fügte hinzu: «Falsche Freunde dafür zuhauf.»

«Jetzt hört auf mit diesem Tratsch», rügte Catharina. «Wir haben unsere Pflicht als Beginen getan, und damit lasst es gut sein.»

# Kapitel 7

Zuhause in Freiburg erwartete Serafina eine böse Überraschung: Ein junger Büttel stand vor dem Haus Zum Pilger und stritt aufgebracht mit Irmla. Der zweiflügelige Laden ihres neuen Apothekenfensters war mit Holzlatten verrammelt.

«Was soll das?», fragte sie entgeistert.

Die Magd schnaubte. «Dieses halbe Hemd hier hat sich nicht von mir abhalten lassen, Euer Fenster zu vernageln. Nun gut, dann reißen wir die Bretter halt wieder raus.»

Sprach's, packte den Hammer, der auf der Erde lag, und begann, die unterste Latte herauszuschlagen. Krachend donnerte sie zu Boden.

«Hört sofort auf!» Der Junge fiel ihr in den Arm. «Sonst hol ich den Gallus Sackpfeiffer.»

Sie schüttelte ihn mit Leichtigkeit ab. «Der macht mir schon gar keine Angst.»

«Bitte, Irmla … das hat doch keinen Sinn.» Serafina nahm ihr den Hammer aus der Hand und reichte ihn dem Büttel. «Wer hat Euch den Befehl für diesen Unfug gegeben?»

«Beschluss vom Kleinen Rat», erwiderte der Büttel, der von der energischen Hausmagd sichtlich eingeschüchtert war, «und der sorgt bekanntlich für gute Sitten, Ruhe und Ordnung.»

«Und wo verstoße ich, bittschön, gegen die guten Sitten?», setzte Serafina nach und spürte, wie sie allmählich ebenfalls wütend wurde.

«Weil Ihr …», druckste der Junge herum, «… weil Ihr dem Magister Johans ins Handwerk pfuscht.»

Von daher wehte also der Wind. Der Stadtapotheker fühlte sich von ihr ans Bein gepinkelt! Dieser elende Kleinkrämer! Nun, der arme Büttel konnte nicht anders, als brav seinen Befehl auszuführen. Da musste sie sich schon an die Quelle des Übels begeben.

«Wo ist eigentlich Achaz?», fragte sie Irmla, während der Büttel das Brett mit verunsicherter Miene wieder anbrachte.

«Der ist wegen dieser Sache schnurstracks zu unserem Bürgermeister, dem Abrecht von Kippenheim. Stinksauer war er.»

«Sehr schön. Dann mache ich mich jetzt auf den Weg zum Stadtapotheker. Wenn Ihr das meinem Mann bitte ausrichtet.»

«Das wird ihm gar nicht gefallen, Frau Serafina, dass Ihr das selbst in die Hand nehmen wollt. Doctor Adalbert war eh schon außer sich, weil Ihr die Schwestern nach Waldkirch begleitet habt.»

«Keine Sorge, ich bin gleich wieder zurück.»

Es war zwar noch nicht richtig dunkel, doch als Serafina die Schustergasse in Richtung Oberlinden entlangeilte, hörte sie vom Münsterturm bereits den Torglockenschlag, der allen Freiburgern wie Fremden bekanntgab, dass in Kürze die Stadttore schließen würden und die Wirte nur noch an Reisende ausschenken durften. Verkündete dann das Lied des Nachtwächters zur neunten Stunde die Nachtruhe, hatte man nur noch mit gutem Grund und deutlich sichtbarem Licht unterwegs zu sein, sonst setzte es Strafpfennige, wurde man vom Nachtwächter oder einer anderen Amtsperson erwischt.

Nun war es schon nicht gerade schicklich, zu so später Stunde als Weib allein unterwegs zu sein, aber einen ehrenwerten Bürger bei der Abendruhe zu stören, galt schon als Dreistigkeit. Doch das war Serafina gleich, war es doch mindestens ebenso dreist, ihr die Fenster vernageln zu lassen.

Das Haus Zum Gulden Stern, wo Magister Johans seine Offizin hatte und mit Weib und Kindern wohnte, befand sich bei der Oberen Linde. Da die Apotheke natürlich längst verschlossen war, betätigte sie beherzt den Türklopfer, als sie an ihrem Ziel angekommen war.

Nichts rührte sich.

Sie klopfte erneut und rief in Richtung eines offen stehenden Fensters hinauf: «Macht bitte auf, noch ist keine Nachtruhe.»

Oben im Fenster erschien das verkniffene Gesicht der Apothekerin, die missgelaunt auf Serafina hinabblickte.

«Wer seid Ihr und was wollt Ihr zu dieser späten Zeit?»

«Das braucht nun wirklich nicht die ganze Gasse zu hören. Außerdem kennt Ihr mich sehr wohl. Schickt bitte Euren Mann herunter.»

Serafina hatte sich Mühe geben müssen, einen halbwegs höflichen Ton anzuschlagen. Sie mochte die Apothekerin nicht, die ein missgünstiges und zänkisches Weib war und ihre Familie unter der Knute hielt. So war es Magister Johans nicht zu verdenken, dass er ein reichlich sauertöpfisches Wesen besaß, sich tagsüber in seine Arbeit und abends nicht selten in mehr oder minder zwielichtige Schenken flüchtete, wie man hinter vorgehaltener Hand munkelte. Und zwar, um sich haltlos zu betrinken und hernach lose Weiber aufzusuchen.

«Der ist nicht da», fauchte es von oben.

Mit einem lauten Knall fiel der Fensterladen zu.

Nun, dann würde sie eben in der Schenke beim Kaufhaus vorbeischauen, die nicht weit von hier sozusagen auf ihrem Heimweg lag, und es ansonsten morgen noch einmal in der Offizin versuchen.

In dem kleinen Wirtshaus in einer Seitengasse des Kaufhauses fanden sich vorwiegend auswärtige Kaufleute zum Mittagstisch und, wie jetzt, zum abendlichen Umtrunk ein. Aus diesem Grund drückte der Kleine Rat hier, was die Sperrstunde betraf, beide Augen zu, und nicht wenige Freiburger Bürger, die sich den überteuerten Wein leisten konnten, nutzten dies weidlich aus.

Serafina blieb im Eingang der Schenke stehen, während sich ihre Augen an das dämmerige Licht zu gewöhnen suchten. Wie immer war in der düsteren Schankstube jeder Platz besetzt, und sie brauchte eine Weile, bis sie den zierlichen Mann entdeckte, den böse Mäuler auch Giftmischerzwerg nannten. Er saß gar nicht weit entfernt mit Wundarzt Henslin und einigen anderen Männern nahe dem Ausschank. Lautstark versuchten sie, mit ihrem Gespräch den Lärm rundum zu übertönen. Am Nebentisch krachten Würfelbecher auf den Tisch, anderswo stritt man sich beim Kartenspiel, zwei sichtlich Sturzbetrunkene grölten ein Trinklied. Unter der niedrigen Eichenholzdecke stand der Geruch nach Männerschweiß und altem Bratfett. Ja, genauso kannte sie die abendlichen Kaschemmen aus ihrer Konstanzer Zeit, lose Weiber allerdings konnte sie keine entdecken.

Rasch wischte sie die unangenehme Erinnerung an jene Jahre beiseite und holte tief Luft, als ein rotgesichtiger Kerl sie am Arm festhielt.

«He Weib! Solltest du nicht besser zuhaus am Herd sitzen?»

«Lass sie! Das ist die Frau des Stadtarztes …», zischte sein Begleiter.

«Umso schlimmer, wenn die sich spätabends noch herumtreibt.»

Ohne sich weiter um dieses Geschwätz zu kümmern, drängte sie sich durch die Gäste hindurch bis zu Johans' Tisch.

«Einen schönen Abend, die Herrschaften», grüßte sie mit einem kurzen Lächeln in Richtung Wundarzt. Dann wandte sie sich an den Apotheker und fragte ihn ohne Umschweife, ihre Wut nur mühsam unterdrückend:

«Habt *Ihr* die Schließung des Ladens veranlasst?»

Seine Mundwinkel sackten nach unten.

«Und wenn dem so wäre?», fragte er zurück. So, wie er die Worte zerkaute, hatte er schon einiges getrunken.

«Was soll das?» Es kostete sie alle Mühe, ruhig zu bleiben. «Wart Ihr selbst es nicht gewesen, der mir bei meinem Hochzeitsfest feierlich verkündet hat, dass der Kleine Rat mir die Gerechtsame für eine Armenapotheke erteilt hat, um unsere Bedürftigen mit Arzeneien zu versorgen?»

Der Magister streckte seinen kurzen Rücken durch.

«Genau das ist der Punkt. Scheint es mir doch, dass Ihr Größeres vorhabt mit Eurem Ladenfenster zur Straße hinaus.»

Sie lachte auf. «Ha! Als ob ich das bei den Einkünften meines Mannes nötig hätte.»

«Wer weiß, vielleicht treibt Euch ja Euer Ehrgeiz an?»

«Was mich dazu antreibt, es mir bequemer zu machen, geht Euch einen feuchten Kehricht an. Außerdem wisst Ihr genau, dass ich mich verpflichtet habe, meine Heilmittel und Beratungen zum Gotteslohn anzubieten.»

Seine Augen verengten sich zu Schlitzen. «Und wer prüft das nach? Ich will's Euch sagen: Derselbe, der auch die Aufsicht über meine Apotheke innehat, nämlich Adalbert Achaz. Wenn das keine Vetternwirtschaft ist.»

Kopfschüttelnd betrachtete Serafina ihn. Dieser Mensch war noch verbohrter, als sie gefürchtet hatte.

«Als ob wir beide uns je ins Gehege kommen würden», sagte sie schließlich. «Ihr macht Euer Geschäft vor allem mit unerschwinglich teuren Zutaten wie Geierhirn, Mumienharz oder Armsünderschmalz, während ich nichts als Kräutertränke und Salben anbiete, und das auch nur den Freiburger Hausarmen.»

Da er nicht gleich antwortete, warf sie ihm einen scharfen Blick zu.

«Ist dieser Angriff gegen mich womöglich auf dem Mist Eurer Frau gewachsen?»

Prompt schlug der Apotheker mit der Faust auf den Tisch. «Lasst mein Weib aus dem Spiel!»

Spätestens jetzt starrte die ganze Gesellschaft zu ihnen herüber, und Wundarzt Henslin begann unbehaglich auf seiner Bank hin und her zu rutschen.

«Mit diesem Fenster habt Ihr jedenfalls die Grenze eindeutig überschritten», fuhr Johans mit schneidender Stimme fort, «und ich werde dafür sorgen, dass Euch die Gerechtsame wieder entzogen wird.»

«Ist das Euer letztes Wort?»

«Worauf Ihr Euch verlassen könnt.» In einem Zug trank er seinen fast vollen Becher leer und gab dem Schankmädchen ein Zeichen, ihm neuen Wein zu bringen. «Und jetzt lasst uns in Ruh und verschwindet. Ich glaube nicht, dass das hier der rechte Ort für eine Stadtarztgattin ist.»

«Aber für Euch schon, als angesehener Apotheker und Ratsherr, ja? Ihr wisst genau, dass zu dieser Stunde nur noch an Reisende ausgeschenkt werden darf. Ob das unseren Bürgermeister Abrecht von Kippenheim nicht interessieren könnte?»

Seine Rechte, die den leeren Becher hielt, begann zu zittern.

«Ihr wollt mir also drohen? Was für eine Impertinenz!»

«Umgekehrt wird ein Schuh draus.» Serafina merkte, wie sie die Beherrschung zu verlieren drohte. «Unverschämt ist, dass Ihr mir unterstellt, gegen die Vorschriften zu verstoßen. Das ist nichts anderes als eine ehrverletzende und strafbare Verleumdung. Bringt mir nur einen einzigen Beweis dafür, dass ich auf Vorteil und Gewinn aus bin, dann sehen wir weiter. Bis dahin aber wird mein Ladenfenster von *keinen* Brettern verrammelt sein.»

Henslin hatte sich erhoben.

«Bitte, Frau Serafina, erlaubt mir, dass ich Euch nach Hause begleite.»

Nach kurzem Zögern nickte sie. Sie hatte sich wieder im Griff.

«Ihr habt recht, ich habe gesagt, was ich zu sagen habe. Ich gehe davon aus, dass der Herr Apotheker genug Traubensaft vertragen kann, sich auch noch morgen daran zu erinnern. Gehen wir. Auf Wiedersehen, Meister Johans.»

Da die schmale Gasse draußen nun fast ganz dunkel dalag, war Serafina froh um ihre Begleitung. Obwohl der Wundarzt ein gutmütiger, eher einfältiger und schweigsamer Mensch war, schien der Zank von eben ihm nahezugehen.

«Ihr kennt doch unsern Herrn Apotheker», sagte er leise, als sie vor dem Haus Zum Pilger angelangt waren, und warf einen verstohlenen Blick auf den Bretterverschlag. «Er ist ein unglücklicher, alter Griesgram. In der Regel meint er es nicht so, und vielleicht wird sich ja alles wieder von selbst einrenken.»

«Hoffen wir's», murmelte sie und tastete vergebens nach dem Hausschlüssel an ihrem Gürtel. In der Aufregung des heutigen Tages musste sie ihn vergessen haben.

Sie klopfte gegen die Tür. «Habt vielen Dank, Meister Henslin, für Eure Begleitung.»

«Sehr gerne. Aber ich warte noch, bis Ihr wohlbehalten im Haus seid.»

Natürlich war es ausgerechnet Adalbert, der ihr öffnen musste. Was er mit mehr als verdrießlicher Miene tat, die sich kaum aufheiterte, als er den Wundarzt erkannte. Der Disput mit ihm schien nun unausweichlich.

«Wie schön, Meister Henslin, dass Ihr mir meine Frau zurückbringt. Ich wollte sie bei der Nachtwache schon als vermisst melden», sagte er mit beißendem Spott in der Stimme.

Der Wundarzt bemerkte den Tonfall offensichtlich nicht, denn er lächelte freundlich. «Keine Ursache, Medicus. Eine gesegnete Nachtruhe noch.»

Kaum war die Tür hinter ihnen ins Schloss gefallen, packte Achaz sie bei den Handgelenken.

«Bist du von allen guten Geistern verlassen? Erst verschwindest du den ganzen Tag nach Waldkirch, ohne dass ich davon weiß, dann kommst du auch noch im Stockdunkeln heim. Himmel, kannst du dir vorstellen, welche Sorgen ich mir gemacht habe?»

«Hätte ich dich wegen Waldkirch etwa um Erlaubnis fragen sollen? Du warst nicht da, und was meinen Besuch bei Johans betrifft: Irmla wusste Bescheid.»

«Das macht's nicht besser, wenn ich von meiner Magd erfahren muss, dass du nichts Besseres zu tun hast, als zur halben Nacht den Apotheker zu behelligen. Hättest du damit nicht bis morgen warten können, damit ich dich begleite? Von deinem unpassenden Beginendienst will ich jetzt gar nicht reden.»

So ungehalten hatte sie Achaz selten erlebt. Aber sie sah auch, dass seine Wut daher rührte, dass er sich wirklich Sorgen um sie gemacht hatte. Zumal er mit seiner Frau damals Schlimmes erlebt hatte. Ja, sie war wieder einmal allzu kopflos vorgeprescht. So spät abends hinauszugehen, das war dumm von ihr gewesen. Nicht nur, weil es gefährlich sein konnte, sondern auch, weil die Leute redeten. Und wenn sie eins nicht wollte, dann Achaz und seinem Ansehen schaden. Mit ihm als Begleitung hätte ihr Anliegen bei Johans obendrein weitaus mehr Gewicht gehabt, auch wenn es sie ärgerte, dass sie als Frau allein nicht so viel galt. Aber hier ging es um die Sache, nicht ums Prinzip.

«Du hast ja recht», lenkte sie ein. «Es tut mir wirklich leid, dass du dir Sorgen gemacht hast. Ich hätte das nicht tun sollen. Aber du siehst doch selbst, was dieser Johans angerichtet hat. Bist ja deshalb eigens zum Bürgermeister gelaufen.»

Sie hielt inne und blickte ihn flehentlich an. «Bitte lass mich jetzt los, du tust mir weh.»

«Entschuldige.»

Er gab ihre Handgelenke frei. Der Ärger war aus seinem Gesicht gewichen.

«Erzähl mir also, was beim Apotheker herausgekommen ist», fuhr er mit einem leichten Kopfschütteln fort

Enttäuscht zuckte sie die Schultern. «Eigentlich gar nichts.»

Sie berichtete ihm von dem unerquicklichen Streitgespräch, verschwieg aber wohlweislich, wo es stattgefunden hatte.

«Und was war beim Bürgermeister? Was sagt *er* zu dem Fenster?», fragte sie ihn im Gegenzug.

«Nun, Abrecht von Kippenheim schien mir unangenehm berührt von der Sache. Aber es würde nun einmal eine Anzeige beim Ratsgericht vorliegen, und die müsse denn auch in alle Richtungen überprüft werden. Allerdings kann das seine Zeit dauern, und bis dahin dürfen wir die Holzlatten wieder entfernen.»

«Ist das nun als Erfolg zu bewerten?»

«Das wird sich zeigen», erwiderte er und zog sie in die Arme. «Jedenfalls werde ich nichts unversucht lassen, damit unser schönes neues Ladenfenster offen bleibt. Du kannst dich also getrost zurückhalten mit deinen Unternehmungen. Und nun lass uns wieder gut sein.»

# Kapitel 8

Eigenhändig hatte Adalbert noch am selben Abend zu später Stunde die Latten von den Fensterläden entfernt, was Serafina fast zu Tränen gerührt hatte. Zugleich fragte sie sich, was sich Johans wohl als Nächstes ausdenken würde.

Da das Wetter auch am folgenden Tag trocken blieb, ließ Serafina ihren geliebten Marktgang mit Grethe ausfallen und sammelte stattdessen in den frühen Morgenstunden mit Gislas sachkundiger Unterstützung Kräuter. Danach hängte sie einige Büschel zum Trocknen auf die Bühne, andere kochte sie frisch ein, um anschließend bis zur Mittagsstunde die Läden zu öffnen. Durch das Fenster hinaus beriet sie die Armen und Bedürftigen bei ihren Leiden, gab Arzeneien aus oder holte auch mal den einen oder die andre in die Diele herein, um eine Verletzung zu begutachten. Dabei hielt sie ihre Tätigkeit wie immer strikt getrennt von Adalbert, der ohnehin kein Wundarzt war, sondern als studierter Medicus für die weitaus angesehenere innere Medizin zuständig war. In der zweiten Tageshälfte war der Laden geschlossen, und sie widmete sich der Herstellung ihrer Heilmittel. Dies war gemeinhin die Zeit, wo Adalbert seine Patienten empfing. Serafina hatte aus eigenen Stücken diesen Zeitplan vorgeschlagen, da sie ihrem Mann nicht in die Quere kommen wollte. War ihr doch klar, dass sich kein Ritter, kein Ratsherr mehr hätte blicken lassen, müsste er erst an einem Pulk von Lumpenmenschen vorbei. Aber das war es nicht allein, warum ihr der Fensterladen zur Straße hinaus so wichtig war. Viele dieser Ärmsten, die in dunklen, zugigen Mansarden oder gar in Bretterverschlägen an der Stadtmauer hausten, hatten eine viel zu große Scheu davor, das vornehme Haus des Stadtarztes zu betreten. Das Fenster diente also dazu, dass die Armen sie überhaupt aufsuchten und Hilfe bekommen konnten.

Den Fall der toten Agnes hatte im Übrigen ohne Aufschub das Gericht von Waldkirch an sich gezogen. Bereits einen Tag später hatten die dortigen Richter, wie Serafina von Adalbert erfuhr, auf tödlichen Sturz unter zu starkem Weingenuss plädiert.

«Das ging ja schnell», meinte sie, als sie mit ihm und Irmla beim Abendessen saß. «Allzu schnell, finde ich.»

«Die Waldkircher wollten die Sache eben vom Tisch haben», murmelte Adalbert und angelte mit seinem Messer nach einem knusprig angebratenen Hühnerschlegel.

Serafina sah ihn prüfend an. «Gestern hab ich zufällig den Nachtwächter getroffen, eben den, der den Leichnam gefunden hat.»

«Und?» Adalbert hörte auf zu kauen.

«Er hat mir gesagt, dass Agnes ganz woanders zu Tode gekommen war. Weil nämlich kaum Blut auf den Steinen war. Das war sogar ihm aufgefallen, als er dir den Steinhaufen hatte ableuchten müssen.»

«Diese Tratschbase! Schlimmer als ein altes Waschweib.»

«Stimmt das also?»

«Was?», fragte er ausweichend.

«Dass sie gewaltsam zu Tode gekommen ist und nicht durch

einen Sturz auf diesem Steinhaufen. Weil sie nämlich an den Händen keine Abschürfungen hatte.»

«Ein Meuchelmord könnte möglich sein, hatte ich zu Protokoll gegeben. Mehr aber auch nicht.»

«Und wenn die Zinkenhauerin nun doch erschlagen wurde? Lässt dich der Gedanke überhaupt noch schlafen?»

«Jetzt hör aber auf, Serafina.» Er lächelte schief. «Wenn ich nach jedem Toten, den ich zu Gesicht bekomme, nicht mehr schlafen könnte, wäre ich längst schwermütig geworden. Ich muss zugeben, ganz zufrieden bin ich mit der vermuteten Ursache für den Tod selbst nicht. Aber meine Aufgabe ist es nun mal lediglich, festzustellen, ob jemand natürlich oder unnatürlich zu Tode kommt. Alles andere ist Sache des Gerichts. Und Waldkirch hat nun einmal so und nicht anders entschieden. Also lass gut sein, Serafina.»

Seine Stimme war lauter geworden. Um ihn nicht wieder gegen sich aufzubringen, wechselte sie rasch das Thema.

«Was gibt es Neues von unserem hochverehrten Stadtapotheker?»

«Nun, er lässt nicht locker beim Kleinen Rat. Wir müssen also damit rechnen, dass wir schlimmstenfalls das Fenster wieder zumauern müssen. Aber die Eingangsdiele bleibt dir ja allemal.»

«Das ist nicht dasselbe.» Sie verzog das Gesicht.

«Warten wir's ab. Übrigens muss ich morgen ganz früh los, zum Hanman Snewlin auf die Burg Landeck. Der ist wohl ziemlich krank und schwach inzwischen. Falls ich also wieder verschlafen sollte, dann weck mich bloß. Du bist ja bei dem guten Wetter sicher schon zum Morgengrauen mit deiner Kräuterfrau verabredet.»

«Das heißt, du bist den ganzen Tag fort?»

«Leider. Du hast schon ein recht einsames Leben an der Seite eines Stadtarztes.»

Er zwinkerte ihr zu, und sie musste lachen. «Ich werde es aushalten, bis wir denn beide alt und grau sind.»

In Wirklichkeit kam ihr das sehr gut zupass. Sie würde Gisla morgen früh überreden, sie nach Waldkirch zu begleiten. Mochte der Fall von Amts wegen auch abgeschlossen sein, so ließ sie das Wenige, das sie von Adalbert und dem Nachtwächter erfahren hatte, nicht mehr los. Die vielleicht wichtigste Frage war doch: Was hatte eine reiche Kaufmannsgattin aus Waldkirch bei Dunkelheit in der Freiburger Vorstadt zu suchen? Vielleicht wusste Ignaz Zinkenhauer doch mehr, als er im ersten Entsetzen über die Todesnachricht preisgegeben hatte.

# Kapitel 9

Das Wetter an diesem Morgen schien umzuschlagen. Ein steter Wind aus Westen trieb dunkle Wolken heran, und es war merklich kühler als an den vergangenen Tagen.

«Hoffentlich bleibt's trocken, bis wir wieder daheim sind», sagte Gisla und schritt noch forscher aus. Die Kräuterfrau war von kleiner, drahtiger Gestalt und von einer Kraft, die man ihr in ihrem hohen Alter niemals zutrauen würde. Sie hatte etliche gesunde Kinder zur Welt gebracht und war in ihrem Leben nie länger als einen Tag krank daniedergelegen. In der Stadt genoss sie inzwischen den Ruf einer Heilerin.

«Du hast die Agnes also auch gekannt?», fragte Serafina, während sie innehielt, um sich nach einem großen Büschel blühender Kamille zu bücken.

«Nun ja, wie man sich in der Schneckenvorstadt halt so kennt. Vom Alter her hätte sie ja fast mein Enkelkind sein können, und um die vielen Kinder dort auf den Gassen hab ich mich nie groß gekümmert. An eines aber erinnere ich mich noch: Die blonde Agnes war ein sehr stilles Kind. Oft saß sie ganz allein am Gerberbach und hat aufs Wasser gestarrt, während die andern Kinder miteinander herumgetobt sind. Und ein sehr hübsches kleines Mädchen war sie auch.»

«Was ist mit den Eltern?»

«Soweit ich weiß, war sie das uneheliche Kind einer Taglöhnerin. Schon dadurch hatte sie es sehr schwer. Aber frag besser deine Freundin Grethe, die kannte sie um einiges näher als ich. Die waren ja auch im selben Alter damals.»

Mehr erfuhr sie nicht von Gisla, aber schon das Wenige reichte aus, dass vor Serafinas Augen ein Bild von Agnes entstand: ein einsames kleines Mädchen zunächst, mit harter Kindheit, eine schöne junge Frau dann, der am Ende nach ihrer Zeit als Dienstmagd das Glück einer mehr als vorteilhaften Heirat beschieden war. Nur damit sie dann auf einem kalten Steinhaufen in der Henkersgasse zu Tode kam. Wie ungerecht das Schicksal sein konnte.

Mit einem Mal wurde Serafina klar, dass nicht nur ihre Neugier sie vorantrieb, sondern vor allem das Gefühl, dass man es der Frau schuldete, die wahren Hintergründe dieses schrecklichen Todes aufzudecken. Nur leider schien das keiner mehr als seine Aufgabe anzusehen, und für die Obrigkeit war die Sache erledigt.

Dabei wäre da noch so einiges aufzuklären gewesen: War Agnes öfters zur Abendstunde allein unterwegs gewesen, um «frische Luft zu schnappen», wie Zinkenhauer es ausgedrückt hatte? Und warum war sie an jenem Abend bis nach Freiburg gewandert, wenn sie doch dort gar keine Verwandtschaft mehr hatte? Hatte sie womöglich diesen ehrenwerten Kaufmann verlassen wollen? Und wie war ihr Leichnam auf den Steinhaufen gekommen, wenn sie doch woanders verblutet war?

Serafina merkte, wie ihr Schritt schneller wurde. Ja, sie musste noch einiges mehr erfahren über Agnes, sowohl von Grethe als auch von Zinkenhauer. Und wenn es sich bei ihrem Tod um ein Verbrechen handelte, wovon Serafina inzwischen fast ausging bei all diesen Ungereimtheiten, musste es gesühnt werden. Das war man der jungen Frau, deren Leben viel zu früh geendet hatte, schuldig.

Nach nicht einmal drei Stunden Fußmarsch erreichten sie Waldkirch. Der Wächter ließ sie ohne Torgeld passieren, nachdem sich Serafina als Frau des Freiburger Stadtarztes vorgestellt hatte, die noch einmal nach dem armen Witwer Zinkenhauer sehen wolle.

Dann standen sie vor dem prächtigen rostroten Haus am Markt. Drei Tage waren vergangen, seitdem Serafina und ihre Gefährtinnen hier mit der Leichenkarre vorgefahren waren. Drei Tage, in denen Agnes betrauert und christlich bestattet worden war und währenddessen sich der Witwer vielleicht ein wenig gefangen hatte.

Die dicke Magd namens Käthe, die ihnen nach mehrmaligem lautem Klopfen die Haustür öffnete, erkannte Serafina erst auf den zweiten Blick wieder. Sie schien alles andere als erfreut. Weder grüßte sie, noch bat sie die Besucherinnen herein in die weitläufige Eingangsdiele.

«Was wollt Ihr schon wieder hier?», fragte sie stattdessen barsch. «Wir sind mitten in der Trauerzeit, wie Ihr Euch vielleicht erinnert.»

Serafina sah hinüber zum Hoftor, das weit offen stand. Männerstimmen drangen heraus, zwischendurch polterte es, als würden schwere Kisten abgeladen. Nach Trauerzeit hörte sich das nicht an, aber sie konnte sich schon denken, dass gerade bei den Kaufleuten die Geschäfte weitergehen mussten.

Sie setzte ihren sanften Beginenblick auf, wie Grethe ihn in ihrer gemeinsamen Zeit immer scherzhaft genannt hatte. Mit

Irmla hatte sie täglich vor Augen, dass man ohne das Wohlwollen der Hausmagd nur selten Einlass in ein fremdes Haus erhielt, zumindest wenn die Magd ihrem Herrn so treu ergeben war wie Irmla oder diese Käthe.

«Ebendeshalb sind wir gekommen, gute Frau, in der Hoffnung, dass sich der werte Kaufherr Zinkenhauer in seinem unsagbaren Schmerz ein wenig gefangen hat.»

«Ja und?» Käthes Blick wurde noch misstrauischer.

«Ich hatte mich beim letzten Mal gar nicht vorgestellt: Ich bin Serafina Achaz, die Frau des Freiburger Stadtarztes. Er war es, der den Leichnam von Agnes Zinkenhauer noch am Fundort untersucht hatte. Und meine Freundin hier hat Eure Herrin als Kind gut gekannt. Möglicherweise hat der Hausherr ja noch Fragen an uns, die ihm wichtig erscheinen und die ihm niemand sonst beantworten kann. Wenn Ihr ihm das bitte ausrichtet?»

«Wartet hier», kam es immer noch reichlich unfreundlich zurück.

«Ob das was gebracht hat?», flüsterte Gisla ihr zu, nachdem die Tür mit lautem Knall wieder zugefallen war.

«Ich denke schon. Die Neugier der Leute ist stärker als alles andere.»

# Kapitel 10

Tatsächlich dauerte es keine drei Ave Maria, bis die Magd sie einließ und die vornehme Steintreppe hinauf in die Wohnstube führte. Kurz darauf erschien der Hausherr, grüßte knapp und marschierte, die Hände auf dem Rücken gefaltet und sichtlich beunruhigt, in der Stube auf und ab. Trotz seiner rundlichen Gestalt, schmerbauchig, untersetzt und mit fleischigen Wangen, machte er auf Serafina einen verhärmten Eindruck. Bei der Schreckensnachricht hatte er noch anders gewirkt. Der Tod seiner Frau schien ihm mächtig zugesetzt zu haben.

«Ich habe wenig Zeit, die Geschäfte, wenn Ihr versteht.» Er blieb stehen und warf den beiden Frauen einen abweisenden Blick zu, bevor seine Miene auf Serafinas mitfühlendes Beginenlächeln hin freundlicher wurde. «Aber es rührt mich auch zutiefst, dass Ihr den weiten Weg von Freiburg auf Euch genommen habt. Zurück wird Euch selbstredend einer meiner Fuhrknechte fahren, das Wetter soll nämlich umschlagen.»

Er wies auf die Steinbank im Erkerfenster, und sie setzten sich. Zugleich brachte ihnen die Magd zur Stärkung zwei Becher mit Apfelmost und feines Herrenbrot. Eine solche Gastfreundschaft hatte Serafina gar nicht erwartet, und so bedankte sie sich herzlich.

«Ihr seid also die Ehegefährtin von Adalbert Achaz, dem Freiburger Stadtarzt», fuhr er fort. «Nun, ich kenne ihn nicht selbst, habe aber viel Gutes über ihn gehört.»

Er ließ sich in den Lehnstuhl sinken, in dem er schon das letzte Mal gesessen hatte. Für diesmal aber hielt er sich aufrecht und wirkte beherrscht.

«Das freut mich.» Serafina lächelte zurück. «Ihr müsst wissen, dass ich vor meiner Ehe einer Beginensammlung angehört habe, mich also ganz dem Seelenheil der Armen, Kranken und Sterbenden gewidmet habe. Aus diesem Grund war ich auch mit meinen einstigen Gefährtinnen zu Euch gekommen. Weiß ich doch aus Erfahrung, wie schwer der Tod für die engsten Angehörigen ist.»

«Das ist wohl war.» Er schluckte und fuhr sich mit dem Handrücken über die Augen. «Wie gesagt, es rührt mich zutiefst, dass Ihr den Weg jetzt schon zum zweiten Mal gekommen seid, und ich möchte Euch hierfür danken. In der Tat habe ich eine Frage, die mich Tag und Nacht umtreibt und die Ihr mir als Frau des Stadtarztes vielleicht beantworten könnt.»

Seine Hände begannen merklich zu zittern, und Serafina war gespannt, was folgen würde.

«Hat denn meine liebe, kleine Agnes sehr leiden müssen?», brach es aus ihm heraus.

«Nein, Kaufherr, sie war sofort tot.» Serafina entging nicht Gislas erstaunter Blick, doch der Herrgott würde ihr diese kleine Notlüge schon verzeihen. «Dank Eurer und unserer Gebete hat sie nun gewiss schon ihren Platz an der Seite des Allmächtigen.»

Dem Mann entfuhr ein tiefer Seufzer. «Ihr glaubt gar nicht, wie sehr mich das erleichtert. Ich träume jede Nacht von ihr.»

Einen Moment lang fürchtete Serafina schon, dass er außer Fassung geraten würde, da ihm die Tränen übers Gesicht zu rinnen begannen. Doch er gab sich einen Ruck, schnäuzte sich in den Ärmel und fuhr fort:

«Verzeiht. Ihr müsst wissen, dass Agnes das Liebste in meinem Leben war.» Er starrte ins Leere und schwieg.

Nun war Ignaz Zinkenhauer zwar nicht die Sorte Mensch, mit der Serafina Freundschaft hätte schließen wollen. Er gab sich genau so, wie sie sich einen erfolgreichen und wohlhabenden Kaufmann vorstellte: ein wenig von oben herab und zugleich betont leutselig, unnahbar kühl und doch von geschäftsfördernder Liebenswürdigkeit. Doch jetzt stand in seinem Blick die schiere Verzweiflung, und er tat ihr von Herzen leid.

Geduldig wartete sie, bis er weitersprach.

«Ihr müsst wissen, werte Frau Stadtärztin: So manch einer hier hatte sich das Maul zerrissen über unsere Ehe. Der große Altersunterschied, der Umstand, dass Agnes zuvor Magd in meinem Haushalt war … Aber was tut das alles zur Sache, wenn man als Mannsbild weiß: Das ist die Frau, die das Schicksal dir zugedacht hat, an ihrer Seite möchtest du alt werden und sterben? Und dann, ganz plötzlich, holt Gevatter Tod sie lange vor mir zu sich. Möge Gott mir die Kraft und Weisheit geben, dies zu begreifen.»

«Die Wege des Herrn sind unergründlich», murmelte Serafina und schlug das Kreuzzeichen. Sie war überrascht über die Offenheit dieses sonst eher abweisend wirkenden Mannes. Doch in ihrer Zeit als Glaubensschwester hatte sie mehr als einmal erlebt, dass der Mensch angesichts des Todes seine Maske fallen ließ. Im guten wie im schlechten Sinne.

«Möchtet Ihr mit uns beten?», fragte sie.

Er schüttelte den Kopf.

«Das hab ich wahrlich genug getan, Tag und Nacht. Wie gesagt, ich habe im Augenblick leider wenig Zeit, aber eines möchte ich noch wissen.» Er wandte sich Gisla zu. «Ihr habt meine Agnes also gekannt in jungen Jahren. Noch in der Freiburger Schneckenvorstadt, nehme ich an.»

«Ganz recht, Herr. Aber Ihr mögt mich ruhig duzen, der Standesunterschied zwischen uns ist gar zu groß. Man kennt mich als Gisla, die Kräuterfrau.»

«Nun gut, Gisla. Wie war sie denn damals als Kind, meine Agnes? Ebenso zart, wie ich sie kennenlernen durfte?»

«O ja, ein zartes, sehr hübsches Kind. Und artig und gottesfürchtig obendrein. Ich komme viel herum in den Häusern, aber nie ist mir etwas Schlechtes über sie zu Ohren gekommen.»

Das wiederum erstaunte Serafina. Hatte Gisla ihr nicht gesagt, dass sie Agnes kaum gekannt hatte? Innerlich musste sie lächeln. Ganz offensichtlich wollte nun auch Gisla dem Witwer Einzelheiten über die Tote entlocken.

Er nickte ihr versonnen zu «Wie ein sanftes Lämmchen war sie.»

Doch anstatt mehr preiszugeben, schwieg er und starrte ins Leere. Das Zittern seiner Hände hatte indessen aufgehört, und so wagte Serafina, jene Frage hervorzubringen, an deren Antwort ihr am meisten gelegen war.

«Ihr hattet damals gesagt, Agnes habe nur ein wenig an die frische Luft gewollt. Wie aber war sie dann bis nach Freiburg gekommen? Noch dazu in eine so düstere Vorstadtgasse wie die am Henkershaus?»

«Was glaubt Ihr, wie oft mich das die Waldkircher Richter gefragt haben? Ich habe doch auch keine Erklärung hierfür.»

Sein Blick flackerte, und sie hätte es dabei belassen können. Doch ihr untrüglicher Spürsinn sagte ihr, dass Ignaz Zinkenhauer mehr wusste über das plötzliche Verschwinden seiner Frau, als er zugab. Seine Augen hatten ihr verraten, dass seine Ruhe nur gespielt war. Machte er sich Vorwürfe? Fühlte er sich schuldig an ihrem Tod?

Sie musste ihn aus der Deckung locken und machte einen gewagten Vorstoß, der, wenn er nicht gelang, das Ende dieses Gesprächs bedeuten konnte.

«Ich weiß von meinem Mann, der auch im Stadtrat ist, dass das Waldkircher Gericht auf einen tödlichen Sturz, also auf ein Unglück befunden hat. Nach Genuss von zu viel Wein. Ich nehme aber doch stark an, dass Eure liebe Agnes gar keine Trinkerin war?»

«Bei Gott, nein! Gegen diese Unterstellung hatte ich mich bei Gericht auch vehement verwehrt.»

«Nun, für einen solchen Sturz, auf einem Steinhaufen abseits des Weges, muss schon eine gehörige Menge Wein im Spiel gewesen sein.» An seinem rot anlaufenden Gesicht erkannte sie, dass ihre Worte für ihn schwer zu ertragen waren. «Oder aber, und das erscheint mir wahrscheinlicher, es hatte jemand gehörig nachgeholfen. Irgendein erzböser Freiburger Spitzbube …»

Er rang sichtlich nach Luft. «Ihr meint, sie sei … sie sei gemeuchelt worden?»

«Ja, und dann müsste diese Tat gesühnt werden.»

«Das ist … das wäre … ungeheuerlich!»

Hinter seiner Stirn begann es sichtlich zu arbeiten, seine Finger trommelten auf die Armlehnen des Stuhls.

«Warum sagt Ihr der Frau Stadtärztin nicht», ließ sich die Magd vernehmen, die plötzlich im Türrahmen stand, «dass der

Rote Matthes, dieser aufdringliche Nichtsnutz, seit Jahren ein Aug auf Eure Ehegefährtin hatte?»

Erstaunt wandte sich Serafina zu ihr um. Hatte diese Käthe ihnen schon die ganze Zeit zugehört?

«Weil es nichts zur Sache tut», gab der Kaufherr ihr streng zurück.

«Wer ist dieser Rote Matthes?», ließ Serafina nicht locker. «Bitte sagt es mir, vielleicht ist es ja wichtig.»

Zinkenhauer machte eine abwehrende Handbewegung. «Ach, so ein junger Haudrauf aus der Freiburger Neuburgvorstadt. Ein roher Mensch, ein Taglöhner, immer in Raufhändel und kleine Betrügereien verstrickt. Im Turm saß er deshalb auch schon mehrere Male. Er hatte sich wohl tatsächlich Hoffnungen gemacht. Aber Agnes hat ihn verabscheut.»

Wiederum mischte sich Käthe ein. «Sie hatte regelrecht Angst vor ihm.»

Das Gespräch wird ja immer aufschlussreicher, dachte sich Serafina. Laut fragte sie: «Warum das?»

«Weil er ihr nachstellte», gab die Magd eifrig Auskunft. «Einmal war er sogar am Abend hier in Waldkirch vorm Haus gestanden und hatte sturzbesoffen nach ihr gerufen. Zum Glück haben die Knechte meines Herrn ihm mit vereinten Kräften eine Tracht Prügel verabreicht und anschließend dem Torwächter übergeben.»

«So halt endlich den Mund, Käthe, und geh in die Küche!», fuhr Zinkenhauer sie an, und sie gehorchte widerstrebend.

Doch jetzt war Serafinas Neugier erst recht geweckt. «Wann war das, Kaufherr?»

Die Sache war Zinkenhauer sichtlich unangenehm.

«Ich weiß nicht mehr genau. Irgendwann letzten Herbst. Ja,

jetzt erinnere ich mich: Er hat durch die ganze Gasse gebrüllt, dass ich die Agnes nicht verdient hätte, sie gehöre ihm. Aber ich habe dem keine große Bedeutung beigemessen.»

Serafina überlegte. «Könnte es sein, dass dieser Rote Matthes Eure Frau unter irgendwelchen Vorwänden nach Freiburg gelockt hat? Und dass es dort dann zum Streit gekommen ist?»

«Gütiger Gott! Ihr meint, dieser Dreckskerl hätte meine Agnes erschlagen?»

Er rang nach Luft und fasste sich ans Herz.

«So beruhigt Euch, Kaufherr. Glaubt mir, ich werde der Sache nachgehen. Wenn dieser Matthes mit dem Tod Eurer Frau zu tun hat, werde ich das herausfinden. Und dann Gnade ihm Gott.» Besorgt deutete sie auf Zinkenhauers Hand. «Habt Ihr Schmerzen in der Brust? Soll ich nach dem Bader oder einem Arzt rufen?»

«Nein, nein, es geht schon wieder. Am besten lasst Ihr mich jetzt allein. Vielleicht brauche ich nur etwas Ruhe.»

«Natürlich, wie Ihr wünscht.»

Sie gab Gisla ein Zeichen aufzubrechen und erhob sich. Das mit dem Roten Matthes war mehr, als sie herauszufinden gehofft hatte.

«Alles Gute, Kaufherr, und wenn Ihr jemanden als Beistand braucht, auch zum Beten, so könnt Ihr jederzeit meine einstigen Mitschwestern von Sankt Christoffel oder auch mich selbst holen lassen.»

«Ich denke, das ist nicht nötig, vielen Dank.» Er hatte sich wieder gefasst. «Vor allem aber bitte ich Euch: Lasst die Sache mit dem Roten Matthes auf sich beruhen. Was Ihr eben über diesen Nichtsnutz erfahren habt, sollte unter uns bleiben.»

«Ihr wollt den möglichen Mörder Eurer Frau unbehelligt lassen?», fragte Serafina vollkommen verdutzt über diesen plötzlichen Gesinnungswechsel.

«Würde das meine Agnes etwa wieder lebendig machen? Nein! Sie ist nun einmal nicht mehr, damit muss ich mich schweren Herzens abfinden. Und dieser Matthes? Nun, der Mann muss mit seiner Schuld leben, das wird ihm Strafe genug sein. Womöglich würde er mich sogar wegen Verleumdung anzeigen und sich einen guten Batzen an Entschädigung erstreiten wollen. Alle Welt glaubt ja, dass wir Kaufleute in Geld nur so schwimmen. Nein, nein, nein. Meine Agnes liegt nun unter der Erde und hat ihren Frieden. Und mich würde es viel zu sehr aufwühlen, käme ihr Tod erneut vor Gericht.»

«Wie Ihr meint, Kaufherr, wie Ihr meint», murmelte Serafina, und sie verabschiedeten sich.

Im Türrahmen drehte sie sich noch einmal um.

«Habt Ihr eigentlich Kinder, die Euch in dieser schweren Zeit zur Seite stehen?»

«Zwei erwachsene Töchter, ja. Aus meiner ersten Ehe. Die eine hier in Waldkirch, die andre drüben in Emmendingen. Ein Sohn und Stammhalter, den ich mir immer von Agnes ersehnt hatte, ist mir indessen leider nie geschenkt worden.»

Wieder hatte er Tränen in den Augen, und Serafina wusste nicht mehr, ob er ihr, wie noch vor wenigen Augenblicken, leidtat oder ob sie seine Krämerseele, die sich noch beim Tod seiner Frau um Geld scherte, verachtete.

# Kapitel 11

Hanman Snewlin von Landeck würde nicht mehr allzu lange verweilen auf dieser Welt, aber der Tod, sagte sich Adalbert Achaz, würde ihm in all seinen Schmerzen Erlösung sein. Dass seine drei Söhne es augenscheinlich kaum erwarten konnten, Burg und Herrschaft zu übernehmen, war ihnen, wie sie da ums Krankenbett herumgestanden waren, deutlich anzusehen gewesen.

Innerlich schüttelte er den Kopf. Je höher der Mensch aufstieg, desto weniger schienen ihm Blutsbande, Freundschaft und Liebe noch zu bedeuten. Er war jedenfalls froh, dass er den düsteren, zugigen Burgmauern schon zu Mittag hatte entkommen können, eine Einladung zum gemeinsamen Mahl hatte er dankend abgelehnt. Jetzt musste er nur noch diesen grauenhaften Ritt hinter sich bringen, und obendrein hatte es leicht zu nieseln begonnen. Sein Hintern tat ihm jetzt schon weh, gerade mal nach einer Stunde im Sattel. Das Angebot der Snewlinsöhne, ihm Pferd und bewaffnete Begleitung für den Heimweg zur Verfügung zu stellen, hatte er vergebens abzulehnen versucht.

Der junge Knappe neben ihm auf seinem stolzen, glänzenden Rappen grinste breit.

«Das Reisen hoch zu Ross ist Eure Sache nicht. Hab ich recht, Medicus?»

«Wie kommt Ihr nur darauf?», gab Adalbert spöttisch zurück. «Gebe ich nicht eine äußerst ritterliche Gestalt ab?»

«Mit Verlaub: Ihr hängt auf dem Gaul wie ein nasser Sack.»

Adalbert lachte schallend. «Nun gut. Bleibt nur zu hoffen, dass dieses Pferdchen wirklich so gutmütig ist, wie Ihr es mir gepriesen habt.»

Keine Stunde später wurde er eines Besseren belehrt. In jenem Waldstück hinter Emmendingen, wo sich ihr Weg mit den Straßen von Waldkirch und dem Glottertal kreuzten, tauchte unerwartet hinter einer scharfen Biegung ein Zweispänner auf. Als dessen Kutscher mit der Peitsche knallte, scheute Adalberts braune Stute und machte eine plötzliche Kehrtwendung. Schon landete er in hohem Bogen und reichlich unsanft auf der Erde.

Für einen kurzen Moment tanzten ihm Sterne vor den Augen, dann sah er wieder klar: Seine Stute stand friedlich grasend am Wegrain, das Fuhrwerk hatte angehalten, und der Knappe schimpfte wie ein Rohrspatz in Richtung Kutscher.

«Kreuzsackerment, dass dich der Teufel hol! Hast du keine Augen im Kopf? Uns einfach vor den Weg fahren und dann auch noch mit der Peitsche knallen wie ein Tollhäusler!»

«Am Hinterkopf sind mir leider keine Augen gewachsen», rief der Mann ihnen zu. «Außerdem geh ich davon aus, dass ein Ritter auch reiten kann.»

«Dieser hier leider nicht», stöhnte Adalbert, der sich längst wieder aufgerappelt hatte, und klopfte sich den Staub vom Mantel. «Aber alles halb so schlimm, Ihr könnt Euren Weg ruhig fortsetzen.»

Er stutzte. Neben dem Fuhrmann saßen zwei Weibspersonen auf dem Bock, und die jüngere starrte mit offenem Mund zu ihm herüber.

«Adalbert? Bist du das?»

«Serafina! Was in aller Welt machst du denn hier?»

Mühsam humpelte er zum Wagen, während Serafina ihm entgegenlief. Oben auf dem Kutschbock erkannte er die alte Kräuterfrau Gisla. Die beiden hätte er nie im Leben hier draußen erwartet. Aber seine Frau war ja immer wieder für Überraschungen gut.

«Sammelt ihr eure Kräuter jetzt schon im Glottertal?», fragte er, als sie ihn voller Mitleid beim Arm nahm.

Sie wirkte mehr als verlegen. «Das ist ja aber mal ein Zufall! Nein, wir kommen gerade aus Waldkirch. Ich wollte mich noch einmal nach Kaufmann Zinkenhauers Befinden erkundigen, und freundlicherweise hat er sich für den Rückweg um ein Fuhrwerk gekümmert.» Besorgt strich sie ihm über die Wange. «Hast du dir sehr weh getan bei dem Sturz?»

«Es geht schon wieder», wehrte er ab und runzelte die Stirn. Mit Sicherheit war es ihr nicht um Ignaz Zinkenhauer, sondern um die Frage nach der Ursache für den Tod seiner Frau gegangen. Mit Blick auf den Kutscher bohrte er indessen nicht weiter nach. Wenn es noch größere Klatschmäuler gab als Nachtwächter und Waschweiber, dann waren das die Fuhrleute. Nein, er würde ihr daheim ins Gewissen reden.

Er liebte Serafina über alles, auch in ihrer Sturheit, ihrer Neugier und ihrem unstillbaren Drang, Dingen auf den Grund zu gehen, die sie eigentlich nichts angingen. Nicht nur einmal hatte sie sich damit in höchste Not gebracht. Er schickte ein Stoßgebet zum Himmel, dass im Falle der toten Agnes die Sache überstanden war und nichts und niemand das Gericht zu Waldkirch von seinem Beschluss abbringen würde. Auch wenn ihm normalerweise viel an der Wahrheit gelegen war, würde das die arme Frau nicht lebendig machen. Was er nämlich zuallerletzt wollte, war, dass sich Serafina wieder einmal in Gefahr begeben würde.

In diesem Augenblick kam der Knappe mit der Stute neben sich am Zügel herangeritten.

«Was ist, Medicus, wollt Ihr nicht wieder aufsteigen?»

«Ich weiß nicht so recht …» Er warf dem Kutscher einen fragenden Blick zu. «Vielleicht gibt es ja noch ein Plätzchen auf dem Fuhrwerk für mich?»

«Bitte, Fuhrmann», mischte sich nun Serafina ein. «Der arme Mensch ist mein Mann, der Freiburger Stadtarzt, und wie Ihr seht, ist er verletzt.»

Sie zwinkerte Adalbert verschwörerisch zu.

«Du übertreibst», knurrte er, dabei taten ihm Hüfte und Knie tatsächlich höllisch weh.

«Meinetwegen.» Der brave Mann überreichte Gisla die Zügel, kletterte auf den Wagen und rückte Fässer und Kisten zurecht. Kein Vaterunser später saß Adalbert zusammen mit Serafina hinten auf der Ladefläche, Schulter an Schulter. Er winkte dem grinsenden Knappen noch einmal zu, dann zogen die Pferde an.

«Du musst nachher unbedingt Wundarzt Henslin kommen lassen», sagte Serafina mitfühlend und lehnte ihren Kopf gegen seine Schulter. «Du kannst ja kaum noch laufen.»

«Unsinn. Gebrochen ist nichts, und der Schmerz vergeht. Kannst mir ja eine deiner Wundersalben auftragen», neckte er. Dann wurde er ernst und senkte die Stimme.

«Was soll das, einfach so mir nichts dir nichts nach Waldkirch zu marschieren und diesen armen Witwer zu belästigen?»

«Ich denke nicht, dass er sich belästigt gefühlt hat», erwiderte sie ein wenig spitz. «Im Gegenteil. Er schien mir froh, sich noch einmal aussprechen zu können. Ich glaube, er ist ein ziemlich einsamer Mensch. Wenn auch kein besonders liebenswerter anderen gegenüber, was man so hört.»

«Trotzdem geht dich das ganz und gar nichts an. Und überhaupt habe ich noch eine Frage: Hättest du mir von deinem Ausflug erzählt, wenn du *vor* mir daheim gewesen wärst?»

Sie sah ihn mit großen Augen an. «Warum hätte ich dir das verheimlichen sollen?»

«Bitte, sag mir die Wahrheit, Serafina: Du warst nicht dort, um Seelentrost zu spenden, sondern weil dir im Kopf herumschwirrt, dass es kein Unfall, sondern Totschlag war. Dabei ist das ganz allein Sache der Obrigkeit. Weder du noch ich haben hierbei das Recht, uns als Untersuchungsrichter aufzuspielen.»

Ein tiefes Schlagloch ruckelte die beiden auseinander, und Achaz unterdrückte einen Schmerzenslaut. Seine Hüfte tat schon verdammt weh. Wie sollte er da die Ratssitzung auf den harten Bänken heute Nachmittag durchhalten?

«Du Armer.» Sie fasste nach seiner Hand und drückte sie zärtlich. «Ich werde dir heute Abend eine Kompresse bereiten. Übrigens», fuhr sie fort, und er bemerkte sehr wohl, dass sie damit geschickt von seiner Frage ablenkte, «hat Irmla mir heute Morgen, als du weg warst, etwas Merkwürdiges erzählt. Nämlich, dass da jemand seit vorgestern um unser Haus schleicht. Zweimal habe sie beobachtet, wie ein dunkel verhüllter Mann von der Klosterkirche her unsere Haustür beobachtet hat. Weißt du davon?»

«Ja, sie hat's mir berichtet.» Nun war es an ihm, verlegen zu sein.

«Und da sagst du mir gar nichts? Sie schien ziemlich beunruhigt.»

«Keine Sorge, ich werde die Augen offen halten. Ich wollte nicht, dass du dir Gedanken machst. Und ich verspreche euch beiden, dass ich noch heute den Nachtwächter aufsuche und ihn bitte, häufiger eine Runde durch die Barfüßergasse zu drehen. Aber ich glaube eher, dass das mit dem Mann Zufall war.»

# Kapitel 12

Da es am nächsten Morgen in Strömen regnete, blieb Serafina zu Hause. Sie sortierte ihre Salben, räumte auf, plauderte mit Irmla in der Küche, die sich schließlich, wenn auch widerwillig, von ihr bei der Hausarbeit helfen ließ. Immer wieder dachte Serafina dabei an den kurzen Wortwechsel mit Zinkenhauers Magd zurück, die sie gestern mit einem noch verkniffeneren Gesicht als bei der Begrüßung zur Haustür geleitet hatte.

«Wisst *Ihr* vielleicht, wohin Eure Herrin noch so spät hinwollte an jenem Abend?», hatte Serafina sie gefragt.

«Ha! Als ob die je ein Wort zu viel mit mir geredet hätte, so hoch, wie die die Nase nach der Hochzeit getragen hat. Dabei war sie vorher nichts andres als eine Putzmagd gewesen.»

Je länger sie über diese schroffe Antwort nachdachte, desto wilder schlugen ihre Gedanken Purzelbäume. Könnte es sein, dass diese Käthe mit Agnes' gewaltsamem Tod zu tun hatte? Weil sie neidisch war auf das junge Ding, das von der Magd zur Herrin aufgestiegen war? Oder gar weil sie selbst in den Kaufmann verliebt gewesen war? Eifersucht, verschmähte Liebe, Missgunst, all das waren heftige Gefühle, die nicht nur Mannsbildern den Verstand rauben konnten. Auch Frauen konnten da zu Raubtieren werden, diese Erfahrung hatte sie in ihrer Konstanzer Zeit im Blauen Haus zur Genüge gemacht. Kräftig genug für einen tödlichen Schlag war die Hausmagd allemal. Vielleicht hatte sie mit dem Roten Matthes nur von sich ablenken wollen, so bereitwillig wie sie seinen Namen genannt hatte.

Bloß: Dann hätte Käthe an jenem Abend ebenfalls sehr viel Zeit außer Haus verbringen müssen. Was Zinkenhauer mit Sicherheit aufgefallen wäre und ihn misstrauisch gemacht hätte. Oder hatte der Kaufmann das gar nicht bemerkt, weil er selbst nicht zu Hause war und dies aus einem ganz eigenen Grund nicht zugab? War er unterwegs gewesen bei heimlichen Geschäften, von denen die Zunft nichts erfahren durfte, oder womöglich zum verbotenen Glücksspiel verabredet? Oder lag Serafina doch vollkommen falsch, und es war jener Taglöhner Matthes, der seine Hände im Spiel hatte? Sie musste unbedingt Grethe fragen, ob ihr dieser Kerl bekannt war. Die Kräuterfrau Gisla kannte ihn jedenfalls nicht.

«Liebe Frau Serafina, jetzt fegt Ihr schon drei Vaterunser lang auf derselben Stelle den Küchenboden. Das nenn ich wahrlich eine große Hilfe. «

«Entschuldige, Irmla. Ich war in Gedanken.»

«Wie so oft.» Missbilligend schüttelte die Magd den Kopf. «Und auf dem Markt wart Ihr die letzten drei Tage auch nicht. Wollt Ihr nun für die Einkäufe verantwortlich sein oder nicht?»

Serafina stellte den Besen in die Ecke. «Ihr habt ja recht. Aber ich musste doch das schöne Wetter ausnutzen. Jetzt ist die beste Zeit, Wildkräuter zu ernten, weil im sonnigen Frühjahr die meiste Kraft in den Pflanzen steckt. Ich verspreche Euch: Morgen gehe ich wieder mit Grethe einkaufen.»

«Gut. Da Ihr ja ohnehin nicht bei der Sache seid, könntet

Ihr auch rasch zum Fischhändler gehen, bevor er schließt, und den frischen Fisch fürs Mittagessen holen. Drei große Schleien hab ich beim Krummholz bestellt.»

«Bin schon unterwegs …»

Zum Glück hatte es zu regnen aufgehört, und so machte Serafina kurzerhand noch den kleinen Umweg über das Brunnengässlein, wo die Schwestern zum Christoffel seit Jahrzehnten ihr Domizil hatten. Vielleicht hatte ihre Freundin Grethe ja Zeit und Lust mitzukommen, und dabei könnte sie sie gleich nach diesem Roten Matthes fragen.

Als sie vor der hohen Mauer stand, die das schlichte, kleine Anwesen umschloss, erfasste sie wieder einmal ein Anflug von Wehmut. So glücklich sie mit Adalbert war, so vermisste sie doch immer wieder ihre alten Gefährtinnen und den mal beschaulichen, mal beschwerlichen Alltag dieser willigen armen Schwestern, wie sie von den Freiburgern auch genannt wurden. Selbst ihr Hund Michel mit der so drollig nach oben geringelten Rute fehlte ihr, ja sogar die Hühner und Ziegen, die sie damals versorgt hatte.

Zwei Jahre hatte sie in dieser Gemeinschaft verbracht, bevor sie vor einem halben Jahr Adalbert Achaz geheiratet hatte. Zwei Jahre, die ihr in ihrem mehr als dreißigjährigen Leben zu den wertvollsten geworden waren. Wie die anderen auch, hatte sie sich der Caritas gewidmet, indem sie den Armen in der Stadt bei Krankenpflege und Sterbebegleitung zur Seite gestanden oder mit ihren Gebeten zum Seelenheil der Verstorbenen beigetragen hatte. Anders als die Klosterfrauen versteckten sich die freien Schwesternsammlungen nicht hinter Mauern, sondern gingen zu den Menschen in ihre Häuser und Behausungen, in die Spitäler und Siechenhäuser. Sie lebten überdies getreu ihres

Regelbuchs von ihrer Hände Arbeit, um niemandem mit Almosengesuchen zur Last zu fallen.

Mitunter brauchte es schon ein dickes Fell und eine gehörige Portion Unerschrockenheit für die Bestimmung als Begine. Weder durfte man sich vor offenen Geschwüren und eiternden Wunden ekeln, noch davor, einen von Exkrementen verklebten Leichnam zu waschen. Außerdem wurde ihnen oft genug die Nacht zum Tage gemacht, denn das Sterben hielt sich an keinen Glockenschlag. Nicht zuletzt lief jede von ihnen Gefahr, als Ketzerin gebrandmarkt zu werden, wie die Ereignisse vom letzten Herbst, wo man den Beginen nicht nur mit Wandschmierereien nachgestellt hatte, wieder einmal mehr als deutlich gezeigt hatten. Und das allein durch den Umstand, dass sie sich ihre Hausregel selbst geben wollten, anstatt sich einem der ansässigen Klöster zu unterwerfen. Das ungebundene, selbständige Leben einer Begine, die sich nicht hinter Klostermauern sperren lassen wollte, war der städtischen Obrigkeit wie auch dem Klerus schlichtweg ein Dorn im Auge.

Serafina unterdrückte einen kleinen Seufzer. Nicht nur die Schwesterngemeinschaft fehlte ihr manchmal, sondern auch deren Verpflichtung zur Caritas. Umso wichtiger war ihr deshalb ihre Armenapotheke, hatte sie damit doch weiterhin eine sinnvolle Aufgabe an Adalberts Seite. Und nun drohte ausgerechnet dieser misslaunige Giftmischerzwerg ihr in die Kur zu pfuschen.

Kaum hatte sie gegen das Hoftor geklopft, begann der Hund von drinnen zu bellen.

«Ich bin's doch, Michel», rief sie, und das Bellen ging in freudiges Winseln über. Im selben Moment erschien Grethes rundes, immer strahlendes Gesicht am offenen Küchenfenster.

«Serafina, wie schön! Du hast mir richtig gefehlt die letzten Tage. Warte, ich mach dir auf.»

«Eigentlich wollte ich fragen, ob du mit mir zum Fischhändler gehst. Oder bist du am Kochen?»

«Nein, noch nicht. Ein Stündchen hätte ich schon noch Zeit.»

Als Grethe kurz darauf das Tor öffnete, warf sich Michel vor Freude auf den Rücken. Serafina kraulte ihm erst den hellbraunen Bauch, dann die Ohren, was er besonders liebte.

«Für den Fischhändler bist aber reichlich spät dran», grinste Serafinas Freundin. «Da kriegst höchstens noch ein paar halbtote Flusskrebse.»

«Irmla hat den Fisch bestellt, keine Sorge. Übrigens kannst du mich ab morgen wieder zum Einkauf abholen.»

Während sie das kurze Stück zum Fischbrunnen hinübergingen, fragte Serafina nach dem Taglöhner Matthes.

«Hm … Kerle namens Matthes gibt es haufenweise in Freiburg. Aus der Neuburgvorstadt soll der sein? Dann glaub ich noch weniger, dass ich den kenne. Hab ja immer in der Schneckenvorstadt gewohnt, bevor ich bei den Christoffelsschwestern gelandet bin. Aber warum fragst du?»

«Ich war gestern nochmals in Waldkirch, zusammen mit Gisla …»

«Von daher weht der Wind», unterbrach Grethe sie. «Ich verwette meinen Beginenschleier, dass ihr nicht zum Kräutersammeln dort wart.»

«Mit geht einfach Agnes' Tod nicht aus dem Sinn, verstehst du das? Du hast doch auch den Leichnam gesehen, die schreckliche Wunde am Schädel. Da hat jemand ganz übel zugeschlagen, dessen bin ich mir sicher. Und auch Achaz ahnt das, da bin ich mir auch sicher. Aber mir gegenüber lässt er kein Wort zu viel heraus. Redet immer nur davon, dass das Sache des Gerichts sei.»

«Aus gutem Grund.» Grethe stieß sie in die Seite. «Du bist ja schon wieder drauf und dran, dich in Teufels Küche zu bringen. Hör auf damit, Serafina. Das macht die arme Agnes auch nicht lebendig.»

«Willst du etwa, dass ein Meuchelmörder frei herumläuft? Und sich irgendwann das nächste Weib schnappt? Na also. Denk bitte noch mal nach. Der Zinkenhauer hat den Kerl den Roten Matthes genannt. Ein junger Haudrauf soll er sein, ist wegen Raufhändel und Betrug schon im Turm gesessen. Er ist wohl der Agnes bis zu ihrer Hochzeit nachgestiegen, und zwar ziemlich aufdringlich. Laut Zinkenhauer soll Agnes regelrecht Angst vor ihm gehabt haben.»

«Dazu gehörte bei ihr nicht viel, die duckte sich ja schon, wenn sie einer nur scharf angeguckt hat. Außerdem hab ich die Agnes aus den Augen verloren, als sie ihre Stellung in Waldkirch angetreten hatte. Und eng befreundet waren wir eh nie.» Plötzlich schlug sich Grethe gegen die Stirn. «Warte … Sie hat tatsächlich mal einen Roten Matthes erwähnt, der sie bei der Kirchweih belästigt hatte. Das war kurz bevor ich zu den Schwestern gegangen bin, es ist also Jahre her. Ich hatte ihr damals angeboten, meinen älteren Bruder zu bitten, dem Matthes eine gehörige Tracht Prügel zu verabreichen. Aber davon wollte sie nichts wissen.»

«Du hast einen älteren Bruder?»

Serafina erstaunte es, wie wenig sie doch über Grethes Herkunft wusste: nur, dass diese mit ihrer Familie nichts mehr zu tun haben wollte.

«Ja, und zwar ist der ein Erzlump», erwiderte sie grimmig. «Gewalttätig und dabei dumm wie Bohnenstroh. Eines Tages ist er spurlos verschwunden, hat sich wohl irgendwo in der Welt als Söldner anwerben lassen. Aber lassen wir das. Jedenfalls kenn ich den Roten Matthes sogar vom Sehen, der wohnt irgendwo in der Nähe vom Armenspital. Dem würde ich fürwahr alles zutrauen, der ist vom selben Schrot und Korn wie mein Bruder.»

«Bleibt trotzdem die Frage, wie Agnes so spätabends in die Neuburgvorstadt gekommen ist. Sie wird sich wohl kaum freiwillig mit so einem Malefizkerl verabredet haben, noch mit irgendeinem anderen Mannsbild. Gisla hat mir nämlich erzählt, dass sie, zumindest als Kind, ein sehr stiller und zurückhaltender Mensch war.»

«O ja! So eine ganz Schüchterne, die sich nie zu wehren getraut hatte. Aber vielleicht wollte sie gar keinen Spaziergang machen, sondern ist dem Zinkenhauer davongelaufen? Wenn ich jetzt so zurückdenke, hab ich den Eindruck, dass sie bei ihm schon als Dienstmagd nicht grad glücklich war. So hat sie jedenfalls dreingeschaut, wenn sie sonntags mal zu Besuch bei ihrer Mutter war. Und als dann dem Zinkenhauer die Frau weggestorben war, und er die Agnes heiratete, ging der Tratsch in unsrer Gasse erst richtig los: Für die einen hatte sie damit ein unverdientes Gnadengeschenk erhalten, die andern wussten angeblich, dass der Kaufmann ein unausstehlicher reicher Sack sei, der seine Magd genau wie seine Ehefrau gar schmählich behandeln tät. Du weißt ja selbst, was die Leut so reden. Aber dass es jetzt so mit ihr hatte enden müssen, ist schon grauenhaft.»

# Kapitel 13

Sie hatten die Große Gass erreicht, wo sich vom Untertor bis vor das Heilig-Geist-Spital die Karren, Planwagen und mit Stoffbahnen überspannten Verkaufsstände drängten. Bauern und Handwerker, Metzger und Bäcker, Kleinkrämer und jüdische Geldwechsler boten hier ihre Waren und Dienste an. Hinzu kam die Münstergasse mit den geöffneten Lugstühlen der Tuchhändler, Gewandschneider, Kürschner, Hafner und Schuster, und an manchen Tagen wurden vom Spital bis hin zum Christoffelstor auch noch Rinder, Schweine und Pferde verkauft.

Serafina grüßte hier und grüßte da, stadtbekannt wie sie inzwischen war. Dafür dass die Marktleute demnächst mit dem Elf-Uhr-Läuten ihre Lauben schließen würden, herrschte noch erstaunlich viel Umtrieb. Sonst war sie mit Grethe weitaus früher unterwegs, um die «besten Stücke» abzubekommen, wie ihre Freundin immer sagte, und tatsächlich waren die Körbe im Fischbrunnen nur noch spärlich bestückt mit ein paar silbrig schillernden Rotaugen, grünlichen Schleien, spitzköpfigen Äschen und einem einzigen Karpfen mit großen, traurigen Augen.

«Einen schönen guten Tag, Krummholz», begrüßte Serafina den Händler, der seinen Stand zwischen dem Brunnen und der nach allen Seiten hin offenen hölzernen Gerichtslaube hatte. «Für den Stadtarzt müssten drei Schleien bestellt sein.»

«Ganz recht, Frau Serafina. Drei wahre Prachtfische hab ich hier für Euch.»

Mit geübtem Griff holte er einen Fisch nach dem anderen aus den Käfigen im Brunnenwasser, schlug ihm den Kopf ab und weidete ihn aus.

Sie ließ sich die glänzenden Leiber in ein Tuch einschlagen und legte sie in ihren Korb. An heißen Sommertagen war das Durcheinander von Gerüchen rund um den Fischbrunnen kaum zu ertragen: Der Gestank der Fische vermischte sich dann mit dem von blutigem Fleisch, geräucherten Würsten und überreifen süßen Früchten, von Schweiß, Urin und Schweinemist. Noch aber hatten sie Frühling, und nach dem Regen der letzten Stunden war die Luft besonders frisch und klar.

Da sie nichts weiteres einzukaufen hatten, schlenderten sie noch ein wenig zwischen den Lauben herum, wo die Menschen zusammenstanden, um zu handeln und zu feilschen, zu lachen und zu tratschen. War doch der Gang zum Markt genau wie das Wasserholen am Brunnen für die meisten Frauen die beste Gelegenheit, aus ihren Häusern herauszukommen und Neues zu erfahren.

Bei der Brotlaube vor dem Haus Zum Weißen Löwen bemerkten sie einen Tumult, und Grethe, nicht weniger neugierig als Serafina, zog ihre Freundin am Arm dorthin.

«Der Kerl hier wollte einen Vierpfünder klauen, hab's genau gesehen!», hörte Serafina ein altes Weib keifen.

«Ihr lügt!», rief eine aufgebrachte Männerstimme.

Serafina schob sich durch die Menge. Bäckermeister Greiner hielt den Arm eines dunkelhaarigen Mannes wie ein Schraubstock in seinen Händen. Dem ledernen Sack nach, der am Boden lag, handelte es sich vermutlich um einen fremden Reisenden.

«So lasst mich los, Kreuzdonnerwetter noch mal», fluchte der. «Das Brot war von der Auslage gefallen, und ich wollt's bloß aufheben.»

Serafina musste an sich halten, nicht zu grinsen. Sie kannte diesen Kniff aus Konstanz, wo die Gassenjungen sich gern mal dicht vor den Lauben drängten und gegenseitig schubsten, bis etwas herunterfiel. Bemerkte es niemand, steckten sie es flugs unters Hemd und schlenderten in aller Ruhe davon. Bloß war der hier kein Gassenjunge, auch wenn sein speckiger, dunkler Mantel schon bessere Zeiten gesehen hatte, sondern ein ausgewachsenes Mannsbild. Groß und hager war er, und seine Stimme hatte in ihren Ohren merkwürdig vertraut geklungen.

«Das stimmt.» Ein Fuhrknecht trat hinzu. «Das Brot fiel runter, und er hat sich danach gebückt.»

Dankbar dreht sich der des Diebstahls Geschmähte zu seinem Verteidiger um, und Serafina konnte sein schmales, bartstoppliges Gesicht sehen.

«Sag ich doch. Als ehrliche Haut wollt ich das Brot nur zurücklegen.»

Ihr glitt fast der Korb aus der Hand. Träumte sie? Der Mann in dem abgerissenen, dunklen Kapuzenmantel war ein paar Jahre älter als sie, und dennoch erkannte sie in ihm sofort ihren ältesten Bruder Peter, den sie als Vierzehnjährige zum letzten Mal gesehen hatte.

«Peter? Kann das sein?» Ungläubig näherte sie sich ihm. «Bist du's wirklich?»

«Serafina! Schwesterherz!» Seine schwarzen Augen blitzten auf vor Freude, und Greiner ließ ihn augenblicklich los. «Allmächtiger, wie lange ist das her? Fünfzehn, zwanzig Jahre?»

In zwei großen Schritten war er bei ihr und umarmte sie überschwänglich vor aller Augen. Fast erschrocken löste sie sich von ihm.

«Ihr kennt den Burschen, Frau Serafina?», fragte Greiner bass erstaunt.

«Aber ja. Das ist mein Bruder Peter Stadler aus der Gegend von Radolfzell.»

«Dann verzeiht vielmals», murmelte der Bäcker. «Das Ganze muss ein Irrtum sein. Und nehmt das Brot ruhig mit. Ich darf's eh nicht mehr verkaufen, wenn's am Boden lag.»

«Danke, Meister. Aber schenkt es lieber einem Bedürftigen.» Sie wandte sich an Peter, der sich den Reisesack über die Schulter warf, um ihr dann ritterlich den Korb abzunehmen. «Gehen wir ein Stück weg aus dem Getümmel.»

Grethe, die dem Schauspiel mit offenem Mund zugesehen hatte, folgte ihnen auf die ruhigere Sattelgasse.

«Ich glaub es einfach nicht.» Sie blieb stehen. «Ihr seid tatsächlich Serafinas Bruder? Was für ein Zufall!»

Peter lachte, was sein Gesicht nicht weniger verhärmt aussehen ließ. Serafina hatte den Eindruck, dass er eine lange Zeit der Entbehrung hinter sich haben musste. Der einst so kräftige Junge war mager geworden, um die Mundwinkel hatten sich tiefe Falten eingegraben, und die Augen blinzelten immer wieder unruhig.

«Ich kann es auch kaum glauben.» Mit verlegenem Lächeln strich er Serafina flüchtig über die Wange. «Dass wir uns nach so vielen Jahren wiedersehen, hier in Freiburg auf dem Markt!

Wie kommst du in diese Stadt? Warum hast du nie wieder unseren Hof besucht? Ich hatte keine Ahnung, wo du steckst.»

Die Berührung wie auch schon die Umarmung zuvor war Serafina unangenehm. Nein, sie hatte nicht vergessen. Wie sollte sie auch?

Statt einer Antwort fragte sie mit belegter Stimme zurück: «Seit wann bist du in Freiburg?»

«Seit gestern. Ich war auf dem großen Pferdemarkt in Villingen, um zwei Stuten zu kaufen, die sowohl zum Reiten als auch zum Ackerbau taugen. Aber es gab nichts Passendes, noch dazu alles maßlos überteuert. Da hat mir jemand den Rat gegeben, es doch in Freiburg zu versuchen. Und morgen habt ihr ja euren Viehmarkt, nicht wahr?»

Serafina nickte. Ein klein wenig Neugier kam nun doch auf, trotz alledem.

«Wie geht es Vaters Hof? Sieht er noch aus wie früher?»

«Aber ja, ein bisschen größer sogar, weil ich mich ganz auf Rinder- und Pferdezucht eingelassen habe.»

«Dann bist du sicher auch Dorfschultes wie Vater damals.»

Seine Miene verdüsterte sich.

«Das ist nichts für mich. Das kostet nur wertvolle Zeit, verstehst du.»

Nein, das verstand sie nicht. Aber dann erinnerte sie sich wieder an ihre Kindheit und wie der Vater, der nicht nur der reichste Bauer im Dorf, sondern als kluger und umsichtiger Mann auch stets Schultes gewesen war, Peter, seinen Ältesten, unablässig gerügt hatte: «So übernimm endlich mal Verantwortung als Hoferbe und streng dein Hirn an, sonst wird das später nie was mit dem Hof.» Dazu kamen die ewigen Vergleiche mit dem zwei Jahre jüngeren Nikolaus, der um einiges gescheiter und auch fleißiger gewesen war. Im Grunde, das war ihr erst später klargeworden, hatte Peter niemals ein Bauer sein wollen. Viel lieber wäre er in die Stadt gezogen, um Hufschmied zu lernen. Und Nikolaus hätte sich als Hoferbe weitaus besser geeignet, doch der war zum großen Schmerz des Vaters an den Pocken gestorben, mit gerade mal dreizehn Jahren. Ihre Mutter, an die sie sich kaum erinnern konnte, war damals schon viele Jahre tot gewesen, der Vater längst mit einer jüngeren Frau verheiratet.

Verunsichert betrachtete Peter sie. «Warum sagst du nichts mehr, Serafina?»

Sie sah an ihm vorbei zum Markt, wo sich das Volk allmählich zerstreute. Was hätte sie ihm sagen sollen? Dass sie ihn, der ihr als junges Ding die Heimat genommen hatte und jetzt nach so langer Zeit wie der Blitz aus heiterem Himmel vor ihr stand, schon fast aus dem Gedächtnis gestrichen hatte? Nicht einmal Adalbert, der fast alles wusste über ihr Leben, hatte sie von Peters Hartherzigkeit damals erzählt. Sie hatte schlichtweg nicht mehr daran rühren wollen, so sehr hatte sie das damals verletzt.

«Ich hab gerade an unser Dorf und an unseren Hof zurückgedacht», erwiderte sie schließlich ausweichend. «Das ist alles so unendlich lang her …»

Tat ihr Bruder nur so oder wusste er wirklich nicht, was sie beschäftigte?

Betont munter fuhr er fort: «Stell dir nur vor, unsere jüngste Schwester, die Elisabeth, hat vor acht Jahren den Dorfmüller geheiratet und fünf Kinder in die Welt gesetzt. Das Kleinste ist jetzt zwei Jahre alt. Ist das nicht wunderbar?»

Ihre Miene hellte sich ein wenig auf. Elisabeth hatte sich

immer eine große Familie gewünscht, genau wie sie selbst. Doch schon versetzte ihr diese freudige Nachricht einen Stich. Schließlich lag es nicht an ihr, dass das Band zu ihrer Familie vollständig durchschnitten war.

«Wo bist du eigentlich untergebracht?», fragte sie, nur um überhaupt etwas zu sagen.

«In einem kleinen Gasthof vor der Stadtmauer, den Namen hab ich vergessen. Aber für heut Nacht ist dort kein Schlafplatz mehr frei. Wegen des Viehmarkts morgen, nehme ich an.»

Sie zögerte. Sollte sie Peter zu sich einladen, nach allem, was geschehen war? Andererseits war er immer noch ihr Bruder, und Achaz wäre entsetzt, wenn sie ihn jetzt hätte gehen lassen.

«Du kommst selbstverständlich mit zu uns», beschied sie.

Sie standen noch immer in der Sattelgasse, und eine Handvoll Weiber auf der anderen Straßenseite glotzte unverhohlen zu ihnen herüber. Wahrscheinlich fragten sie sich, was dieser fremde Reisende mit der Frau Stadtärztin zu schaffen hatte.

«Gehen wir also», drängte sie. «Zuvor bringen wir aber noch meine Freundin Grethe heim. Sie ist Begine, wie auch ich es lange Zeit war.»

«Du warst mal eine freundliche arme Schwester?», fragte Peter sichtlich erstaunt.

«Ja», platze Grethe heraus. «Aber jetzt ist sie mit dem Stadtarzt Adalbert Achaz verheiratet. – Mensch, Serafina, wie sehr musst du dich freuen, einfach so mir nichts, dir nichts jemanden aus deiner Familie wiederzutreffen.»

Serafina rang sich ein Lächeln ab. «Ja, ich freu mich.»

Grethe wusste zwar um ihre unrühmliche Vergangenheit, als Einzige neben Achaz und Meisterin Catharina, doch dass Peter damals eine ganz entscheidende Rolle in ihrem Schicksal gespielt hatte, das hatte sie keinem je erzählt. Aber vielleicht sollte dieses Wiedersehen ja für eine Versöhnung vorgesehen sein, wer weiß?

Sie gab sich einen Ruck. Was damals geschehen war, sollte endlich vorbei sein, auch wenn es immer noch schmerzte. Ihr Bruder mochte sich verändert haben, und mit diesem Wiedersehen war ihr die Gelegenheit gegeben, das herauszufinden. Hatte sie nicht auch schöne Momente erlebt mit Peter? Als Kind war er ihr großer Beschützer gewesen, hatte sie bei so manchem Zwist mit den Dorfkindern verteidigt, bis sie sich selbst zu wehren vermochte. Wenn die Arbeit in Haus und Hof getan war, waren sie oft zusammen an den nahen Bach gegangen, um Löwenzahn für ihre Hasen und Ziegen zu pflücken, nur um dann beim Bau eines Stauwehrs aus Ästen und Steinen die Zeit zu vergessen. Oder waren Hand in Hand in den dunklen Wald geschlichen, um Beeren und Pilze zu sammeln, und hatten sich dabei Schauergeschichten erzählt, bis sie es vor Angst schier nicht mehr aushielten und blitzschnell wieder nach Hause rannten. Überhaupt hatte sie eine schöne, eine unbeschwerte Kindheit verlebt, trotz des frühen Verlusts der Mutter. Aber vielleicht war gerade Letzteres der Grund dafür gewesen, dass ihr ältester Bruder sich irgendwann verändert hatte. Vielleicht hätte die Mutter sich hin und wieder auf Peters Seite gestellt, ihn in Schutz genommen vor den ständigen Nörgeleien und Schmähungen des Vaters. Hatte sich ihr Bruder anfangs auf fast hündisch ergebene Weise bemüht, es dem Vater recht zu machen, war er am Ende, als junger Bursche, zu einem rechten Eigenbrötler geworden, launenhaft und unberechenbar, ohne Freunde im Dorf. Vor allem aber war er hart geworden, hatte sie, die eigene Schwester, sein eigen Fleisch und Blut, wenn man so wollte, ohne mit der Wimper zu zucken ihrem Schicksal ausgeliefert.

Sie waren vor dem Haus Zum Christoffel angelangt, wo Serafina sich von Grethe verabschiedete, während jenseits der Mauer Michel freudig zu winseln begann.

«Gehen wir rasch weiter, sonst wird der Hund noch ganz närrisch», sagte sie zu Peter.

Sie streifte ihn mit einem Seitenblick. Wie war er wohl inzwischen, ihr Bruder, der da jetzt so aufgeregt und ein wenig erschöpft zugleich neben ihr herging?

Fast hätte sie ihn beim Arm genommen, ließ es dann aber bleiben.

«Ist es dir auch wirklich recht?», fragte er fast schüchtern.

«Aber ja. Achaz wird sich freuen, dich kennenzulernen.»

# Kapitel 14

Während sie alle vier beim Mittagessen in der Küche saßen und sich den gebratenen Fisch mit Bohnen in Knoblauchtunke schmecken ließen, waren Serafinas Gefühle über das Wiedersehen mit ihrem Bruder immer noch mehr als zwiespältig. Einerseits hatte sich schnell die wohlige alte Vertrautheit aus Kinderzeiten zwischen ihnen eingestellt, dann wieder sah sie den Achtzehn- oder Neunzehnjährigen vor sich, der ihr in ihrer Not hartherzig den Zutritt zum Elternhaus verwehrt und sie eigenhändig zurück zu ihrem Radolfzeller Dienstherren gebracht hatte. «Ich warne dich: Mach unserer Familie ja keine Schande!», klangen ihr seine letzten Worte noch immer bedrohlich in den Ohren. Aber konnte sich ein Mensch nicht auch ändern? Vielleicht tat es ihm ja längst leid, so frohgemut, wie er jetzt mit ihr und Adalbert plauderte. Seine Freude über das Wiedersehen schien echt zu sein.

Nur diese Unruhe in seinen Augen, die sie schon zuvor auf der Gasse bemerkt hatte, die war geblieben. Ob ihn wohl Gewissensbisse plagten, während er als Gast in einem fremden Haus so tun musste, als sei nie etwas geschehen? Nun, sie würde schon noch Gelegenheit finden, unter vier Augen mit ihm zu reden.

Wenn Irmla nicht allzu erbaut schien von ihrem unerwarteten Besuch, so hatte Adalbert ihn voller Herzlichkeit begrüßt. Er war begeistert, endlich jemanden aus Serafinas Familie kennenzulernen. Schnell war er zum vertrauten Du übergegangen und löcherte Peter mit Fragen über Viehzucht und Ackerbau, schließlich nach Weib und Kindern.

Erstaunt lauschte Serafina den Worten ihres Bruders, als er begeistert von seiner braven, fleißigen Frau und drei gut geratenen Söhnen erzählte. Das Bild des fürsorglichen Familienvaters hatte in ihren letzten Erinnerungen so gar nicht zu ihm gepasst, was nur wieder einmal bewies, dass der Mensch sich ändern konnte.

«Wie heißen denn deine Söhne?», fragte sie nach.

«Matthias, Andreas, und der Älteste, der eines Tages den Hof übernehmen will, heißt Petermann.»

«Wie schön!», entfuhr es ihr. «Er heißt wie unser Vater.»

«Darauf ein Prosit», rief Adalbert und stieß mit ihm an. «Und jetzt musst du mir noch von Serafina erzählen. War sie eigentlich schon als kleines Mädchen so waghalsig?»

«O ja! Auf die höchsten Bäume ist sie geklettert und hat sich selbst das Schwimmen beigebracht. Und so mit zehn oder elf, da hat sie sich», Peter zwinkerte ihr zu, «gerauft wie ein Junge und so manchen Kampf gewonnen.»

Adalbert lachte auf. «Das kann ich mir lebhaft vorstellen.»

Während Serafina der Magd dabei half, den Tisch abzuräumen und den Abwasch zu machen, musste sie noch etliche Geschichten aus ihrer Kindheit mit anhören, was ein unerwartet warmes Gefühl in ihr auslöste.

Schließlich schenkte Adalbert sich und Peter den Rest des Burgunderweins ein, den er zur Feier des Tages aus dem Keller geholt hatte.

«Du kannst so lang bleiben, wie du möchtest, Peter. Oben unterm Dach haben wir noch eine Gästekammer. Zwar nicht gerade vornehm, aber das Bett ist breit, und es gibt eine warme Daunendecke.»

«Ich will euch nicht zur Last fallen. Für heut Nacht nehm ich das Angebot dankend an, vielleicht ja noch für morgen nach dem Viehmarkt. Das wäre schon ganz wunderbar. Länger bleibe ich aber auf keinen Fall. Meine Familie wartet schließlich auf mich.»

«So ist's recht. Aber einstweilen bist du ja noch hier, und wenn du magst, kannst du mich nachher begleiten. Ich muss ins Heilig-Geist-Spital, einen jungen Wundarzt examinieren. Das kann recht spannend werden, und dabei lernst du eine ganze Menge.»

Peter nickte. «Gerne.»

«Aber nicht in diesem staubigen Mantel», erhob Serafina Einspruch. «Da will ich dir erst mal den Reisedreck ausbürsten.»

Sie trocknete sich die Hände ab und ging hinunter in die Eingangsdiele. Der Mantel sah aus, als sei Peter damit schon wochenlang unterwegs gewesen. Kopfschüttelnd begann sie zu bürsten. Dass die allermeisten Mannsbilder so gar keinen Wert auf Äußeres legten! Adalbert war da von anderer Art, er wäre so niemals unter die Leute gegangen.

Kurz darauf verließen die Männer in bester Stimmung das Haus. Oben in der Küche hatte Irmla inzwischen alles blitzblank aufgeräumt und geputzt. Nur der Geruch nach gebratenem Fisch hing noch in der Luft.

«Warum schaut Ihr so griesgrämig? Auch eben beim Essen schon», fragte Serafina sie. «So übel ist mein Bruder nun auch wieder nicht. Und hat er nicht andauernd Eure Kochkünste gelobt?»

«Der hat reingehauen wie ein Scheunendrescher», knurrte die Magd. «Als hätt' er seit Tagen nichts zu essen gehabt.»

Dann ließ sie sich auf die Küchenbank sinken.

«Ich muss Euch was sagen, Frau Serafina. Diese dunkle Gestalt, die seit Tagen auf der Gasse herumlungert und unser Haus beobachtet ... Das war niemand anderes als Euer Bruder.»

«Wie?» Verdutzt starrte Serafina sie an. «Peter ist erst seit gestern in der Stadt, hat er mir gesagt.»

«Dann hat er eben gelogen. Ich hab noch sehr gute Augen. Derselbe dunkle Kapuzenmantel, dieselbe große, hagere Gestalt. Mit dem stimmt was nicht.»

«Ich bitte dich, Irmla, du musst dich irren. Das ist doch völlig an den Haaren herbeigezogen.»

Serafina war trotzdem verunsichert. Sie wusste, dass die Magd die Allerletzte war, die ohne Grund Gerüchte in die Welt setzte. Im Gegenteil: Was sie sagte, hatte stets Hand und Fuß, und sie hatte wahrlich ein Gespür für Menschen.

«Wie gut kennt Ihr Euren Bruder, Frau Serafina?»

«Nun ja, das letzte Mal, das ich ihn gesehen habe, ist schon fast zwanzig Jahre her.»

Prompt stand ihr wieder das Bild vor Augen, wie Peter sie zum Haus ihres einstigen Dienstherrn, des Radolfzeller Bäckermeisters Frühauf, zurückbrachte und ihr an der Haustür mit kaltem Blick jene hässlichen Abschiedsworte entgegenschleuderte. Dabei hatte er gewusst, dass man ihr dort Gewalt angetan hatte – fünf junge Dreckskerle waren über sie hergefallen, darunter der Knecht des Bäckers und der jüngste Sohn ihres

Herrn. So groß war Peters Angst vor der Schande gewesen, dass er sie für immer aus dem Haus hatte haben wollen, wo doch der Vater so krank gewesen war. Dabei hatte sie selbst sich schon genug Vorwürfe gemacht und zumindest damals geglaubt, die Schuld an ihrem Unglück zu tragen. Jedenfalls war sie nie zuvor von jemandem so enttäuscht gewesen wie in diesem Augenblick von ihrem großen Bruder. Und letztlich wegen ihm hatte sie ihren Vater nicht mehr wiedergesehen, denn der war wenige Monate später gestorben.

Sie spürte, dass es doch nicht so leicht sein würde, diese Verletzung zu vergessen, mochte Peter heute auch ein anderer sein. Und jetzt auch noch diese Bemerkung von Irmla … Vielleicht sollte sie Adalbert doch erzählen, was damals geschehen war.

«Zwanzig Jahre», hörte sie die Magd ihre letzten Worte wiederholen. «Und dass er jetzt auf einmal hier auftaucht, haltet Ihr für einen Zufall? Gerade Ihr, die Ihr immer so messerscharfe Schlüsse zieht?»

«Warum hätte er uns beobachten sollen? Anstatt schnurstracks anzuklopfen und zu sagen: ‹Wie mich das freut, liebe Schwester. Eben habe ich erfahren, dass du in Freiburg lebst!› Aber wenn's Euch beruhigt, werde ich ihn nachher zur Rede stellen.»

# Kapitel 15

Erst am späten Nachmittag kehrten Adalbert und Peter zurück. Sie seien noch im Elephanten gewesen, erklärte Adalbert, mit dem Bürgermeister und dem frischgebackenen Wundarzt, der seine Prüfung tadellos bestanden habe.

Seine Wangen hatten sich rosig gefärbt, und er grinste wie ein kleiner Junge, während er erzählte – ein Zeichen dafür, dass er sich ein Schlückchen zu viel genehmigt hatte. Normalerweise liebte Serafina ihn in diesem Zustand der leichten Weinseligkeit, zumal sie wusste, dass er seine Grenzen kannte. Jetzt indessen war ihr gar nicht nach lustigen Neckereien, wo sie doch mit Adalbert über ihren Bruder reden wollte.

Der hingegen schien so einiges über den Durst getrunken zu haben. Er schwankte ein wenig, während er sich aus dem Mantel herausarbeitete und schließlich täppisch nach seinem Reisesack griff.

«Wo ist meine Kammer?», fragte er sie.

«Ich bring dich hinauf.»

Nun, vielleicht war das die Gelegenheit herauszufinden, was es mit Irmlas Beobachtungen auf sich hatte. Kinder und Betrunkene sagten meist die Wahrheit, hatte die Erfahrung sie gelehrt.

Adalbert nickte den beiden zu. «Dann mach ich's mir mal

bequem in Pantoffeln und Morgenrock. Muss ja heut nicht mehr außer Haus, so hoffe ich jedenfalls. Und Konsultationen hab ich freitags auch keine.»

Sichtlich mühsam schleppte sich ihr Bruder hinter Serafina die Treppen hinauf. In der Dachkammer, wo bereits frisch gelüftet und das Bettzeug gerichtet war, ließ er sich auf die Bettkante sinken.

«Du hast wohl ein bisschen viel gebechert, was?», begann sie in scherzhaftem Ton und fühlte sich plötzlich alles andere als wohl in ihrer Haut. Sie durfte ihn auf keinen Fall reizen.

«Pah! Kann noch viel mehr wegstecken.» Die Worte kamen ihm undeutlich über die Lippen. «Aber dein Achaz, der ist schon ein großartiger Mensch. Hast fürwahr Glück mit dem, Schwesterchen.»

Täuschte sie sich, oder klang da Neid heraus?

«Hör zu, Peter, ich muss dich etwas fragen. Und ich hoffe, du antwortest mir ehrlich. Seit wann bist du schon in der Stadt?»

Er sah sie verständnislos an und wirkte plötzlich ernüchtert. «Warum fragst du das?»

«Weil unsere Magd dich gestern und vorgestern vor dem Haus hat stehen sehen. Sie hat dich erkannt.»

Er blinzelte heftig, dann schluckte er. «Nun ja, ich will dich nicht anlügen. Ich bin schon seit ein paar Tagen hier, war drüben in der Neuburgvorstadt in der Elendenherberge. Aber mehr als drei Trage dulden die ja keine Pilger und armen Reisenden. Verstehst du nicht? Ich muss jeden Pfennig zusammenhalten für den Viehkauf, da kann ich mir ein vornehmes Gasthaus gar nicht leisten.»

«Aber warum bist du nicht gleich zu uns gekommen, statt immer wieder vor unserem Haus herumzulungern?»

«Ich wusste ja erst gar nicht, dass du hier lebst. Bis ich in einer Schenke ganz zufällig erfahren hab, dass der hiesige Stadtarzt mit einer gewissen Serafina Stadlerin aus Radolfzell verheiratet wär. Da hab ich meinen Ohren nicht getraut. Dass du so vornehm lebst jetzt, als angesehene Stadtarztfrau. Und was soll ich sagen», er zuckte die Schultern, «ich hab mich schlichtweg nicht getraut, bei einem Stadtarzt und Ratsherrn anzuklopfen.»

So, wie er knapp an ihr vorbeiblickte, hatte sie den Eindruck, dass er auch jetzt flunkerte, und schüttelte den Kopf.

«Was soll das? Das passt so gar nicht zu dir. Früher hast du dich niemals geduckt vor vornehmen Herrschaften, im Gegenteil. So sag mir doch einfach die Wahrheit. Bitte, Peter!»

«Es ist, weil … weil ich …» Er schien mit sich zu kämpfen.

«Wegen der Geschichte von damals?», fragte sie leise.

«Ja.» Er starrte zu Boden. «Ja, Serafina. Ich hab verdammt noch mal ein schlechtes Gewissen deswegen.»

So hatte ihr Eindruck beim Mittagessen sie also nicht getrogen, und er hatte mit seiner fröhlichen Unbekümmertheit die Gewissensbisse ihr gegenüber zu überspielen versucht. Dass er jetzt so frank und frei darüber sprach, rührte sie mit einem Mal. Sie setzte sich neben ihn auf die Bettkante und griff nach seiner Hand. Vielleicht war hiermit tatsächlich der Augenblick der Versöhnung gekommen.

«Wir sind beide noch halbe Kinder gewesen damals», sagte sie. «Was wussten wir schon vom Leben?»

Er wirkte verlegen, als er seine Hand zurückzog. «Ich habe Angst, dass du mir das niemals verzeihst.»

Sie zögerte. Konnte sie ihm wirklich verzeihen?

«Was vorbei ist, ist vorbei», sagte sie schließlich. «Aber da gibt es noch etwas, das ich wissen muss: Habt ihr, ich meine Vater und du, habt ihr erfahren, dass der Bäckermeister mich kurz drauf weggejagt hatte?»

«Was glaubst du?» In seinen dunklen Augen funkelte es. «Das ging herum wie ein Lauffeuer.»

«Was genau?»

«Dass du im Radolfzeller Armenspital ein uneheliches Balg zur Welt gebracht hättest. Und dass man den Jungen dann in ein Kloster gesteckt hätte.»

Erschrocken starrte sie ihn an. «Wie du das sagst …»

«Wie soll ich's denn sonst sagen? Was meinst du, was für ein widerliches Geschwätz damals herumging? Dass du dich an den Bäckerssohn rangeschmiert hättest, obwohl der dich gar nicht wollte. Den Vater jedenfalls hat's schließlich ins Grab gebracht.»

Sie sprang auf wie von einer Wespe gestochen.

«Das … das glaube ich nicht! Vater war schwer krank gewesen damals, und ich bin sicher, er wäre auf meiner Seite gestanden, hättest *du* mich nur zu ihm gelassen.»

«So beruhig dich doch, Serafina. Es tut mir leid, wenn ich das grad so schroff gesagt habe. Aber ich versteh dich auch nicht, warum du das Kind nicht hast wegmachen lassen von einer Hebamme. Da gibt es doch Mittel und Wege. Du hast uns großen Schaden zugefügt mit deinem eigensüchtigen Handeln.»

«Wegmachen? Bist du noch bei Trost? Das ist eine Todsünde. Außerdem war ich im Spital ständig unter Aufsicht, wie eine Gefangene, und hab dort bis zur Niederkunft geschuftet wie eine Sklavin. Und wenn du's genau wissen willst: Das *Balg* hat den Namen Vitus und ist zu meinem größten Geschenk auf Erden geworden!»

Sie ging zur Tür. Ihre Hoffnung auf eine Versöhnung war zerstoben. Eben noch hatte er sie um Verzeihung gebeten, und nun tat er ganz so, als wenn *sie* Schuld auf sich geladen hätte!

«So warte doch!» Er hastete ihr nach. «Ich wollte dir nicht weh tun. Ich weiß ja inzwischen, wie schwer das alles für dich gewesen sein muss. Sich so ganz alleine durchschlagen …»

«Keine Sorge, das ist mir gelungen», gab sie spitz zurück. «Und zu meinem Glück habe ich am Ende zu den Christoffelsschwestern gefunden und zu Adalbert Achaz.»

«Weiß denn dein Mann von alledem?»

«Selbstverständlich. Was glaubst du denn?»

«Dann weiß er auch, dass ich dich von daheim weggeschickt habe, nach deinem … deinem Unglück?»

«Nein, davon hab ich ihm nie erzählt. Und hätte ich es getan, dann hätte er dich auch niemals so gastfreundlich aufgenommen bei uns.»

# Kapitel 16

Am nächsten Morgen war Serafina in aller Herrgottsfrühe auf den Beinen, um zusammen mit Gisla noch einen Korb voll Kräuter am Dreisamufer zu pflücken. Danach wollte sie mit Grethe und ihrem Bruder auf den Markt. Auch wenn sie nach ihrem Gespräch am Vortag kein bisschen Lust mehr auf Peters Gesellschaft hatte. Sie wusste schlichtweg nicht mehr, was sie von ihm halten sollte. Wie gerne hätte sie sich gestern noch mit Adalbert ausgesprochen, ihm erzählt, was damals geschehen war, doch er hatte den ganzen restlichen Tag an Kopfschmerzen gelitten und war deshalb früh zu Bett gegangen.

Als sie sich von der alten Kräuterfrau kurz nach dem Schneckentor verabschiedete, bemerkte diese mit einem Augenzwinkern: «Dein Stadtarzt war über unseren Ausflug nach Waldkirch wohl reichlich angesäuert?»

«Ach, er hat sich schon wieder beruhigt.»

Gisla musterte sie mit scharfem Blick. «Du hast aber nicht etwa vor, dich wegen der toten Agnes noch weiter aus dem Fenster zu lehnen, oder?»

«Nein, warum sollte ich? Die Sache ist doch ohnehin von den Waldkirchern entschieden», gab sie müde zurück. Tatsächlich hatte sie seit dem Wiedersehen mit Peter kein einziges Mal mehr an Agnes gedacht.

«Ach, Kindchen.» Die Kräuterfrau wiegte den Kopf hin und her. «Warum hast du dann dem Zinkenhauer gesagt, dass du's schon herausfinden würdest, falls dieser Matthes mit Agnes' Tod zu tun hat?»

«Hab ich das?»

«Und ob. Hast sogar noch ein ‹dann Gnade ihm Gott› obenauf gesetzt. Versprich mir, dass du dich für diesmal ganz und gar raushältst. Ich hab mich nämlich kundig gemacht: Der Rote Matthes ist ein brandgefährlicher Bursche. Der fackelt nicht lang, sondern schlägt zu. Auch bei Weibspersonen. Also, versprichst du's?»

«Versprochen. Hab ohnehin grad andere Sorgen.»

«Doch nicht etwa wegen Achaz?»

«Der Himmel bewahre, nein. Aber ich hab dir doch erzählt, dass mein Bruder zu Gast ist. Inzwischen frage ich mich, was er wirklich in Freiburg will.»

Die Kräuterfrau lachte leise. «Du wirst es herausfinden, da bin ich mir sicher.»

Dann ging sie flinken Schrittes davon in Richtung Spitalbad, wo sie ihre bescheidene Wohnstatt hatte.

Gedankenverloren machte sich Serafina auf den Heimweg. Als sie gestern neben Peter auf der Bettkante kurz dessen Hand gehalten hatte, hatte sie gespürt, wie sehr sie noch immer an ihrem älteren Bruder hing, wie sehr sie sich eine Versöhnung gewünscht hätte. Und dann sein Angriff aus heiterem Himmel! Dass sie der Familie großen Schaden zugefügt hätte und das Balg besser hätte wegmachen sollen! Am liebsten wäre ihr inzwischen, er würde ebenso schnell wieder aus ihrem Leben verschwinden, wie er darin aufgetaucht war.

Doch das war es nicht allein, was ihre Gedanken umtrieb.

Warum nur wurde sie den Eindruck nicht los, dass ihre Begegnung kein Zufall war?

Sie kehrte gerade rechtzeitig zum Frühstück heim, die Hafergrütze in der Schüssel mitten auf dem Tisch dampfte noch.

«Ist Peter schon unterwegs?», fragte sie mit Blick auf den freien Platz neben Adalbert.

«Der ist mir der Richtige», gab Irmla brummig zur Antwort. «Nicht aus den Federn kommen, aber auf dem Viehmarkt einen guten Handel machen wollen.»

Adalbert brach sich ein Stück Brot ab. «Er wollte gestern Abend noch mal weg. Da hab ich ihm Hausschlüssel und Laterne gegeben, ihn aber nicht heimkommen hören. Wahrscheinlich ist es spät geworden.»

«Dann will ich ihn mal wecken.»

Oben in der Dachkammer fand Serafina ihren Bruder laut schnarchend im Bett vor.

«Aufstehen, Peter.» Unfreundlich zog sie ihm die Bettdecke weg. «Die Sonne steht schon hoch.»

«Was? Ach herrje, wie mir der Schädel brummt. Ich glaub, ich brauch erst mal kaltes Wasser ins Gesicht.»

Innerlich schüttelte sie den Kopf. Ganz offensichtlich trank ihr Bruder öfters mehr, als ihm guttat.

«Das findest du in der Küche», erwiderte sie kühl. «Aber beeil dich, wenn du zum Pferdemarkt willst. Grethe kommt uns bald abholen, und essen solltest du vorher auch noch was.»

Während er umständlich aus dem Bett kroch, hallten ihr seine gestrigen Worte erneut im Kopf nach. Konnte der eigene Bruder wirklich so wenig Mitgefühl empfinden?

«Warum hast du dich drüben in Villingen und nicht in

Radolfzell nach einem neuen Pferd umgesehen?», brach es aus ihr heraus. «Was willst du wirklich hier? Und warum bist du um unser Haus geschlichen, wo du doch deine Schwester so sehr verachtest?»

Er fuhr herum. «Wie? Was redest du da? Ich hab dir doch gesagt, dass es mir leidtut, das von damals.»

Benommen griff er sich an den Kopf und wandte sich zur Tür. «Herr im Himmel, wie mir der Schädel weh tut …»

Sie sah ihm nach, wie er barfuß und im kurzen Hemd hinausschlurfte. Der Saum war hinten eingerissen, der Leinenstoff an den Ellbogen durchgewetzt. War er gestern schon in diesem schäbigen Hemd herumgelaufen?

Da fiel ihr Blick auf den offenen Reisesack. Zuoberst fand sich ein zweites, achtlos zusammengeknülltes Hemd, und sie zog es heraus. Es war aus gutem Stoff, nur an den Ärmeln wies es hässliche dunkle Flecken auf.

Nun gut, sie würde es der Waschfrau mitgeben, die heute, wie jeden Samstagmorgen, vorbeikommen würde, um ihre große Wäsche zu holen und gegen Abend wieder vorbeizubringen. Damit hatte Peter für seine Heimreise morgen früh wenigstens ein anständiges Hemd.

Einen Moment lang war sie versucht, auch den übrigen Inhalt des Reisesacks zu untersuchen, ließ es dann aber bleiben. Auch wenn sie seine Schwester war, hatte sie nicht das Recht, in Peters Sachen herumzuschnüffeln.

Sie brachte das Hemd nach unten in die Eingangsdiele, wo der Weidenkorb für die Wäscherin schon bereitstand. Aus der Küche hörte sie, wie Adalbert ihren Bruder wegen seines schweren Schädels neckte. Dann rief die Magd nach ihr: «Frau Serafina, wo bleibt Ihr nur? Der Brei wird kalt.»

«Bin schon da.»

Serafina eilte zurück in die Küche und ließ sich neben Irmla auf der Bank nieder. Peter, der ihr gegenübersaß, sah wirklich erbarmungswürdig aus. Die Augen waren rot und verquollen, die hohlen Wangen aschfahl, sein nasses, fast schwarzes Haar stand in alle Richtungen ab.

Sie zog einen Löffel aus dem Löffelbrett.

«Vielleicht», wandte sie sich an ihren Bruder, und ihr Unterton wurde spöttisch, «hättest du bälder zu Bett gehen sollen, wo wir heut auf den Markt wollen.»

«Vielleicht, vielleicht …» Er stocherte in der großen Schüssel herum. «Geh doch einfach mit deiner Freundin vor, und ich komme irgendwann nach.»

«Dann allerdings sind die besten Rösser schon verkauft», warf Adalbert grinsend ein.

Peter biss sich auf die Lippen. Wie er da so auf der Bank kauerte, mit mattem Blick und nach unten gezogenen Mundwinkeln, erinnerte er Serafina an den Knaben von einst, den der Vater wieder einmal gemaßregelt hatte.

«Wahrscheinlich ist es eh unsinnig, nach einem neuen Ross zu schauen», murmelte er.

Lauernd sah sie ihn an. «Du verschweigst doch was. Was ist los mit dir?»

«Was soll schon sein?» Er warf Irmla einen etwas unwilligen Blick zu.

Die verstand sofort. «Ich zieh dann mal rasch Euer Bett ab, die Wäscherin müsste gleich kommen.»

Damit war sie aus der Küche verschwunden.

Auch Adalbert schien bemerkt zu haben, dass ihren Bruder etwas bedrückte.

«Wenn du etwas auf dem Herzen hast», ermunterte er ihn, «dann heraus mit der Sprache.»

«Das … das ist nicht so einfach», druckste Peter herum, bis er endlich herausplatzte: «In Wirklichkeit hab ich nämlich gar kein Geld für neue Gäule.»

«Wie bitte?» Serafina ließ den Löffel sinken.

«Ich hab sozusagen alles verloren.» Seine Stimme begann zu zittern. «Eine Mordbrennerbande hat uns das Haus über dem Kopf angezündet.»

«Das – das glaub ich jetzt nicht!» Entsetzt starrte Serafina ihn an. «Warum hast du uns das die ganze Zeit verschwiegen?»

Dann erst begriff sie das Gesagte. Vor ihrem inneren Auge sah sie die Stätten ihrer Kindheit in Flammen aufgehen.

«Heißt das, dass Vaters Hof zerstört ist?»

«Ist es das allein, was dich bewegt?», brauste er auf. Dann schossen ihm die Tränen in die Augen.

«Mein Weib und ich und die Kinder, wir können froh sein, dass wir überlebt haben. Haus, Stall, Scheune, alles ist niedergebrannt. Und das ganze Vieh, all meine Zuchtstuten, qualvoll verreckt.»

«Allmächtiger!», entfuhr es Adalbert. «Das ist ja grauenhaft. Das tut mir so leid für dich und deine arme Familie. Aber warum hast du uns das nicht schon gestern gesagt?»

«Ich … ich konnte es einfach nicht», stammelte er. «Die Wiedersehensfreude … eure Gastfreundschaft … da konnte ich doch nicht so mir nichts, dir nichts mit der Tür ins Haus fallen.» Er wandte sich an Serafina. «Verstehst du denn nicht? Nach allem, was geschehen ist, wollte ich nicht um Mitleid heischend vor dir stehen.»

Er schluchzte leise auf.

Ja, ein Stück weit verstand sie ihn. Vielleicht hätte sie tatsächlich von ihm geglaubt, er wäre nur deshalb um ihr Haus geschlichen, weil er sich Unterstützung erhoffte.

Auch wenn er ihr in diesem Augenblick von Herzen leidtat, blieb sie stocksteif auf der Bank sitzen, während er sich die Tränen aus den Augen wischte.

Dafür legte ihm Adalbert den Arm um die Schultern. «Das muss ja ein furchtbarer Schicksalsschlag für euch gewesen sein.»

Mit einem Seitenblick auf Serafina schüttelte Peter den Kopf. «Vielleicht war's ja die Strafe für meine Sünden und Verfehlungen … Jedenfalls irre ich seitdem umher, um irgendwie Geld aufzutreiben für einen Neuanfang. Hab schon beim Juden in Konstanz alles verkauft, was das Feuer nicht zerstört hat.»

Adalbert räusperte sich. «Hör zu, Peter. Du gehörst zur Familie, und wir werden dich unterstützen. Nicht wahr, Serafina?»

«Das kann ich nicht annehmen.» Sein Blick flackerte. «Du kennst mich doch kaum, und Serafina und ich haben uns seit Ewigkeiten nicht mehr gesehen.»

«Papperlapapp! Wir lassen dich nicht hängen. Du ziehst dich jetzt an und gehst auf den Markt. Wenigstens eine ordentliche Zuchtstute sollst du dir für den Neuanfang kaufen. Damit bist du dann auch schneller zurück bei deiner Familie. Reichen sieben rheinische Gulden aus?»

Serafina traute ihren Ohren nicht. Sieben Gulden waren ein Vermögen – auf dem Dorf bekam man hierfür schon eine strohgedeckte Bauernkate!

So schüttelte Peter denn auch den Kopf.

«Das kann ich niemals annehmen», wiederholte er.

«Keine Widerrede. Wenn du deinen Hof eines Tages wieder auf Vordermann gebracht hast, kannst es mir ja zurückzahlen. Zinsen will ich selbstverständlich keine. Zieh dich an, ich hole das Geld.»

Er stand auf und stapfte die Treppe nach unten. Im Keller war unter einer Steinplatte eine kleine Truhe verborgen, in der er seine Schätze aufbewahrte. Serafina wusste nicht, wie groß sein Vermögen war, hatte niemals nachgesehen und wollte es auch nicht wissen. Diese Dinge waren ihr niemals wichtig gewesen, solange sie genug zu essen hatte und sich ordentlich kleiden konnte und auch noch etwas für Freunde und Nachbarn abfiel. Dass Adalbert jetzt aber so überaus großzügig eine derart hohe Summe mir nichts, dir nichts an ihren Bruder ausbezahlte, ging ihr denn doch entschieden zu weit.

So lief sie ihm hinterher, bis sie ihn am Kellerabgang einholte.

«Warte, Adalbert. Ich muss mit dir reden.»

«Was ist? Hast du etwa was dagegen, wenn wir deinem Bruder helfen?»

«Nicht so laut. Komm bitte, gehen wir hinunter.»

Vor der Steinplatte mit der verborgenen Geldkassette blieb sie stehen.

«Ich traue Peter nicht», begann sie leise. «Schon die ganze Zeit über hatte ich das Gefühl, dass er nicht die Wahrheit sagt. Erst recht nicht, dass ihn der Zufall nach Freiburg geführt hat.»

«Hör zu, Serafina.» Er stellte die Tranlampe auf dem Boden ab. «Meinst du, mir ist nicht entgangen, wie angespannt du seit gestern bist? Wiedersehensfreude unter Geschwistern stelle ich mir anders vor. Erst recht, wo ihr als Kinder ein Herz und eine Seele wart.»

«Ach, Adalbert. Da ist etwas, was ich dir nie erzählt habe über Peter. Weil ich dachte, es sei nicht mehr wichtig.»

Sie stockte, und er nahm ihre Hand. «Sprich weiter, Liebes.»

«Gestern Nachmittag, als ihr von der Examinierung des Wundarztes zurückgekommen seid, da hatte ich Streit mit Peter. Weil nämlich *er* es gewesen war, der mich damals von meiner Familie weggebracht hatte. Du weißt schon, nachdem man mir im Haus meines Dienstherrn Gewalt angetan hatte.»

Überrascht sah er sie an. «Ich dachte immer, du wärst aus Scham nie wieder daheim gewesen. Weil du doch ein Kind im Leib hattest.»

«Nein.» Sie schüttelte heftig den Kopf. «Ich bin in mein Dorf zurück, wollte zu meinem Vater, der damals sehr krank war, aber Peter hat mich nicht ins Haus gelassen. Ich hätte Schande über die Familie gebracht, waren seine Worte gewesen, und dann hat er mich ins Haus meines Dienstherrn zurückgezwungen.»

Adalbert pfiff leise durch die Zähne und zog sie an sich.

«Und das kannst du deinem Bruder nicht verzeihen, ich verstehe.»

Sie war sich unsicher, ob ein Mann das überhaupt verstehen konnte, aber es tat unendlich gut, es ausgesprochen zu haben. Und seine Nähe zu spüren.

«Das ist es nicht allein», fuhr sie fort. «Er meinte gestern nach unserem Streit, dass es ihm trotz allem leidtue. Aber ich glaube ihm einfach nicht. Da ist so vieles seltsam. Dass er tagelang um unser Haus geschlichen ist, zum Beispiel. Oder dass er noch gestern Mittag fröhlich mit uns geplaudert hat, den ganzen Nachmittag mit dir unterwegs war, und eben gerade eröffnet er uns, dass er alles verloren hat.»

Er stieß einen leisen Seufzer aus.

«Dennoch ist er dein Bruder, und was er und seine Familie erlebt haben, ist ein herber Schlag. Ich denke, er ist ein recht verschlossener Mensch und er brauchte einfach seine Zeit, bis er es uns sagen konnte. Obendrein schämt er sich wahrscheinlich dir gegenüber immer noch, wegen damals. Hat er nicht selbst gesagt, dass er das Brandschatzen seines Hofes als Strafe ansieht? Wir sollten ihm helfen, wieder auf die Beine zu kommen, findest du nicht auch? Und sieben Gulden bringen uns nicht an den Bettelstab.»

Sie nickte zögerlich. «Nun gut, es ist dein Geld. Und es ist ja nicht nur für ihn gedacht, sondern auch für seine Frau und seine Kinder.»

# Kapitel 17

Zurück in der Küche, machte sich Serafina ans Ausfegen. Da erschien Peters lange, hagere Gestalt im Türrahmen. Er war fertig angekleidet und trat unschlüssig von einem Bein aufs andere.

«Wann kommt denn nun deine Freundin?», fragte er. «Wir sind spät dran.»

«Sie müsste längst hier sein.»

«Das dauert mir zu lange. Ich geh schon mal vor.»

«Warte.» Sie lehnte den Besen an die Wand und musterte ihn. «Hat Achaz dir das Geld gegeben?»

«Hat er. Wirklich großzügig von ihm.»

«Wirst du es zurückzahlen?»

«Worauf du dich verlassen kannst, Schwester.»

Damit verschwand er nach unten.

Selbstredend war auch Serafina erschüttert darüber, was Peter und seiner Familie zugestoßen war. Das erklärte auch, warum er so verhärmt und abgerissen daherkam. Aber dass er ihnen ein glückliches Familienleben auf dem väterlichen Hof vorgetäuscht hatte, war nicht das Einzige, was ihr äußerst seltsam erschien. Wenn er in solch einer misslichen Lage war, warum unternahm er dann so eine weite, kostspielige Reise, anstatt im Dorf um Unterstützung zu bitten oder zum jüdischen Geldverleiher ins nahe Radolfzell zu gehen? Und ließ man seine Familie nach einem solchen Schrecken so lange allein? Und woher nahm er überhaupt das Geld, sich abends zu betrinken? Das alles passte nicht zusammen. Selbst, dass er neulich in einer Schenke die Leute über Adalbert und sie hatte reden hören, mochte sie ihm nicht abnehmen.

Die einzige Antwort hierauf konnte sein, dass er von Anfang an gewusst hatte, dass Serafina in Freiburg lebte und mit einem wohlhabenden Mann verheiratet war. Aber *woher* wusste er das?

Irmla, die den Kopf zur Küche hereinstreckte, riss sie aus ihren Überlegungen.

«Seid Ihr endlich mal alle außer Haus? Heut ist nämlich Samstag, wie Ihr vielleicht wisst. Und da möchte ich keinen im Weg herumstehen haben, wenn ich ordentlich durchputzen soll.»

«Keine Sorge, Irmla. Sobald Grethe hier ist, bin auch ich weg.»

«Gut, dann geh ich schon mal nach oben und fang dort mit Kehren an.»

Da klopfte es unten gegen die Haustür. Die Wäscherin konnte es nicht sein, für sie hatte Serafina eben gerade die Tür entriegelt, und in aller Regel holte sich die gute Frau den Korb ab und rief einen Gruß hinauf.

«Geht jemand an die Tür?», rief Irmla aus dem Dach.

Serafina wollte schon die Treppe hinunter, als sie erst Adalberts Stimme, dann die des Gerichtsdieners hörte. Was wollte der bloß hier? Hatte Adalbert schon wieder einen Leichnam zu beschauen? Leise und ernst hörte sie ihn mit dem Gerichtsdiener reden, dann kam er die Treppe heraufgestapft und betrat die Küche. In der Hand hielt er ein Stück Papier mit einem amtlichen Siegel daran.

«Schlechte Nachrichten?», fragte sie ihn angesichts seiner verdrossenen Miene.

«Das kann man wohl so sagen», schnaubte er. «Ein Beschluss vom Kleinen Rat, dass binnen acht Tagen unser Fenster wieder zugemauert werden müsse.»

«Nein! Bitte, lies vor.»

«Den Wortlaut dieser Dummköpfe möchte ich dir lieber ersparen – du würdest an die Decke gehen. Nur so viel: Es wird befürchtet, dass du mit deinem Laden zur Gasse hinaus den Umfang deiner Armenapotheke ungebührlich erweitern und dem Stadtapotheker wie dem zweiten Apotheker ins Handwerk pfuschen könntest. Weil nämlich», seine hellbraunen Augen blitzten zornig auf, «eine ausreichende Kontrolle seitens des häufig abwesenden Ehegatten und Stadtphysikus Doctor Adalbert Achaz nicht gewährleistet sei.»

«Eine Unverschämtheit ist das! Können wir Einspruch erheben?»

Er schüttelte den Kopf. «Ein Einspruch wird ausdrücklich verwehrt. Nur Johans selbst könnte den Beschluss zurücknehmen, zumal er auch im Kleinen Rat sitzt.»

Aufgebracht zerknüllte er das amtliche Schreiben und warf es mit Schwung ins Herdfeuer. Sie wusste, dass er damals zur Hochzeit alles darangesetzt hatte, dass sie die Gerechtsame für ihre kleine Offizin erhielt.

«Aber wenigstens etwas Erfreuliches gibt es», fuhr er fort. «Ich habe den Gerichtsdiener gefragt, ob er Neues aus Waldkirch weiß. Und tatsächlich: Man hat einen Verdächtigen in den Turm gebracht. Deinen Ausflug neulich hättest du dir also sparen können.»

Diese Neuigkeit überraschte Serafina bald mehr als der Angriff auf ihre Apotheke. Seltsamerweise hatte sie seit Peters Ankunft nicht mehr an den Tod von Agnes gedacht.

«Dann hatte ich also recht mit meiner Vermutung, dass die arme Frau gemeuchelt wurde», murmelte sie. Laut fragte sie: «Wer ist der Verdächtige? Ein fremder Wegelagerer? Einer von hier?»

«Ein Freiburger Hausarmer namens Jodokus. Der Scharfrichter hatte ihn im Morgengrauen nach der Tat vor der Scheune beobachtet, wie er etwas gesucht hat zwischen den Steinen. Er ist ihm wohl gefolgt zu seiner Bretterbude an der Stadtmauer und hat dort zwischen dem ganzen Gerümpel eine Geldkatze gefunden, mit ein paar Münzen drin. Vorgestern Abend nun wurde der Mann festgenommen. Das muss *nach* unserer Ratssitzung gewesen sein, sonst hätte ich das längst erfahren. Jedenfalls hat man die Angelegenheit nun Freiburg übertragen, da es kein Unglücksfall mehr ist, sondern ein Mord auf hiesiger Gemarkung. Zumal Täter wie Opfer aus Freiburg stammen.»

«Eine Geldkatze mit ein paar Münzen. Was soll das schon beweisen?»

«Eine ganze Menge. Ein reitender Bote hat den Beutel gestern zu Zinkenhauer nach Waldkirch gebracht, und der hat ihn als den von Agnes wiedererkannt. Der Fall scheint also gelöst, und du kannst dich jetzt ganz und gar um andere Dinge kümmern.»

# Kapitel 18

Adalbert brachte den dicken Grieswirth, Zunftmeister der hiesigen Metzger, zur Tür.

«Also denkt dran, Meister: Leichte Kost in den Qualitäten warm und trocken, wie ich es Euch aufgeschrieben habe, dazu viel Bewegung an der frischen Luft und nur ein einziges Krüglein Rotwein am Abend. Dann wird Eure Verdauung schon wieder ins Lot kommen. Theriak mag helfen, das mit den in Bier gekochten Regenwürmern halte ich allerdings für Aberglauben.»

Grieswirth nickte. «Habt vielen Dank, Medicus. Diese Furzerei, wenn ich das so offen sagen darf, ist mir nämlich schon gehörig unangenehm.»

Adalbert lächelte. «Das geht vorbei, keine Sorge. Und lasst Euch vom Bader heut noch einen Einlauf machen.»

Gerade als er die Tür hinter dem Koloss von Mann schließen wollte, kam Peter im Laufschritt die Gasse herauf.

«Nanu, du bist schon zurück?», fragte Adalbert verdutzt. «So schnell fündig geworden?»

«Ja. Eine kräftige, hellbraune Stute hab ich erstanden, sie steht jetzt bei dem Händler in der Predigervorstadt. Bloß hat der Kerl kein bisschen mit sich handeln lassen. Bis auf einen halben Gulden bin ich das ganze Geld los, dabei brauch ich doch noch Sattel und Zaumzeug.»

Verunsichert sah Adalbert ihn an. Erwartete Peter von ihm etwa noch mehr Geld?

«Komm erst mal rein und zieh den warmen Umhang aus. Du bist ja ganz verschwitzt.»

«Nein, ich muss nochmals los. Hab auf dem Viehmarkt einen kennengelernt, der vielleicht einen gebrauchten Sattel für mich hat.»

«Bist du zum Mittagessen zurück?»

«Eher nicht. Der Mann wohnt außerhalb, zwei, drei Stunden Fußmarsch von hier.»

«Und wo genau?»

«Hab ich vergessen. Ich treff mich gleich mit ihm am Spital.» Seine Mundwinkel zitterten leicht. «Es ist mir furchtbar unangenehm, lieber Adalbert, aber … Hättest du noch zwei Gulden für mich?»

Nun war es also heraus, und Adalbert wusste nicht, was er davon halten sollte. Er hatte seinen Schwager von Anfang an gemocht, doch Menschenkenntnis war nie seine große Stärke gewesen, und viel zu oft hatte er sich ausnutzen lassen. Nach allem, was er inzwischen über Peter wusste, hatte sich ein Quäntchen Misstrauen in ihm breitgemacht.

«Das scheint mir viel für einen gebrauchten Sattel», erwiderte er zögernd. «Wenn du willst, gehen wir zusammen zu einem guten Bekannten von mir, der hält sich Pferde und kann dir sicher weiterhelfen.»

«Ich brauch das Geld aber jetzt, der Mann wartet auf mich. Bitte, Adalbert!»

Er ist Serafinas Bruder, sagte sich Adalbert, und er ist in Not.

«Einen Gulden geb ich dir. Du musst den Preis herunterhandeln.»

Für einen kurzen Augenblick zeigte sich eine Falte der Missbilligung auf Peters Stirn. Dann nickte er. «Einverstanden.»

Erst als er kurz darauf die Barfüßergasse entlangeilte und um die Ecke verschwand, fiel Adalbert auf, dass sein Schwager sich für den Gulden nicht einmal bedankt hatte. Serafina würde von seiner neuerlichen Großzügigkeit alles andere als begeistert sein, so viel war sicher.

Sein Blick fiel auf ihren Arbeitstisch und den geöffneten Fensterladen davor. In dieser Sache würde er sich wohl oder übel auf einen handfesten Zwist mit dem Stadtapotheker einlassen müssen, wollte er nicht gleich klein beigeben. Wenigstens war das mit Agnes Zinkenhauer vom Tisch und seine Frau würde endlich Ruhe geben, wo man jetzt einen Verdächtigen gefunden hatte.

Er ließ sich auf dem Holzschemel nieder und betrachtete eingehend all die Tiegel und Holzdosen, die nun fein säuberlich in dem neuen Regal mit den vielen kleinen Fächern verstaut waren. Serafina gab sich wirklich alle Mühe, Ordnung zu halten, und hatte sämtliche Behältnisse sorgfältig beschriftet. Er war stolz darauf, dass sie lesen und schreiben konnte, und erst recht darauf, was sie sich an heilkundigem Wissen angeeignet hatte. Darin übertraf sie so manchen Wundarzt. Dass sie beide sich hin und wieder über die rechte Behandlung von Zipperlein in die Haare gerieten, nahm er als Würze ihres Ehealltags.

«Was schaust du so versonnen?» Serafina stand mit Grethe draußen vor dem Fenster, den vollen Einkaufskorb in der Hand, und sah ihn fragend an.

«Ich habe gerade dran gedacht, was für eine wunderbare Frau ich habe.»

Sie lachte. «Du Lügenbold.»

Dann verabschiedete sie sich mit einer herzhaften Umarmung von ihrer Freundin und kam herein.

«Ist Peter noch auf dem Viehmarkt?»

«Nein. Er hat ein Pferd gefunden, ist aber schon wieder unterwegs.»

«Unterwegs?»

«Er braucht noch Sattel und Zaumzeug für sein neues Ross.» Er machte eine kurze Pause und schlug die Augen nieder. «Ich hab ihm nochmals einen Gulden gegeben», fügte er hinzu, denn sie würde es ja doch erfahren.

«Was hast du?» Entgeistert sah sie ihn an.

Adalbert zuckte die Schultern. «Was hätte ich anderes tun sollen? Er kann schließlich nicht ohne alles nach Hause reiten.»

Dass Peter sogar zwei Gulden erwartet hatte, verschwieg er ihr wohlweislich.

«Und als Nächstes braucht er dann Geld für ein zweites Pferd? Ich sag dir was, Adalbert: Wenn du ihm nochmals Geld gibst, dann … dann bekommst du wirklich Streit mit mir. Ich weiß, er ist mein Bruder, ganz egal, was zwischen uns war, und jetzt ist ihm Schlimmes zugestoßen. Aber ich weiß auch, dass du dich von manchen Leuten ausnehmen lässt wie eine Weihnachtsgans.»

# Kapitel 19

Serafina war gerade dabei, auf der kleinen Bühne neben der Gästekammer Kräuterbüschel aufzuhängen, als ihr Bruder, der bis eben gerade den ganzen Tag über verschwunden gewesen war, hereingestürmt kam.

«Wer war an meinen Sachen?», blaffte er sie erbost an.

Schon als Kind war er schnell aus der Haut gefahren, daran erinnerte sich Serafina nur allzu gut. Einmal hatte er als junger Bursche in seiner Wut sogar einen Holzschemel zertrümmert. Aber ebenso schnell hatte er sich jedes Mal wieder beruhigt und sich aufrichtig entschuldigt.

Aus diesem Grund blieb sie völlig ruhig: «Ich hab mir erlaubt, dein schmutziges Hemd aus deinem Gepäck zu nehmen, um es heute Morgen der Wäscherin mitzugeben. Die müsste schon bald hier sein, und dann hast du es ja zurück.»

«Du hast kein Recht dazu, in meinen Sachen zu wühlen. Tu das nie wieder, hörst du?»

«Ich hab überhaupt nicht darin gewühlt. Oder hast du was zu verbergen? Außerdem: Sei doch froh drum. Dann hast du morgen für den Heimweg frische Sachen.»

Noch immer stand dumpfer Groll in seinem Blick. «Ich reise morgen noch nicht ab. Du musst mich schon noch eine Weile ertragen.»

Diese Auskunft machte sie sprachlos. Zwei Nächte waren ausgemacht gewesen, nicht mehr. Sie wollte, dass endlich wieder Ruhe in ihrem Haus einkehrte. «Was soll das? Du hast jetzt das Pferd, das du wolltest, und außerdem wartet deine Familie auf dich.»

«Das lass mal meine Sorge sein.»

«Wo warst du überhaupt die ganze Zeit? Achaz hatte gehofft, dass du ihm heute Nachmittag beim Holzhacken hilfst.»

«Bin ich ein freier Mann oder muss ich dir Rechenschaft ablegen?»

«Das nicht.» Allmählich überspannte er den Bogen. «Aber du wohnst unter unserem Dach und obendrein nutzt du Achaz' Großzügigkeit gehörig aus. Kann es sein, dass du nur des Geldes wegen bei uns aufgetaucht bist? Wie ich nämlich gehört hab, hast du ihm nochmals ein Goldstück abgeluchst.»

Seine Miene wurde starr. «Das ist eine Sache unter uns Männern und geht dich als Weib nichts an.»

«Was geht Serafina nichts an?», fragte Adalbert, der plötzlich auf dem Dachboden stand. «Habt ihr etwa Streit?»

Seine Stimme klang ruhig, doch in seinen Augen konnte Serafina Empörung lesen.

«Reden wir später drüber», winkte sie ab. Sie mochte nicht vor Peter darüber disputieren, dass sie ihren Bruder keinen Tag länger beherbergen wollte. «Gehen wir hinunter, es gibt gleich Abendessen. Irmla kann's nicht leiden, wenn jemand zu spät kommt.»

Sie nahm Adalbert beim Arm, doch Peter stellte sich ihnen in den Weg.

«Wartet. Da ist noch etwas.» Er kniff lauernd die Augen zusammen. «Ich brauche Geld für ein zweites Pferd.»

Serafina glaubte, sich verhört zu haben. Das schlug doch dem Fass den Boden aus!

«Du bist zwar mein Bruder, aber das geht wirklich zu weit. Das Beste ist, du packst jetzt gleich deine Sachen und machst dich auf den Heimweg.»

«Serafina hat recht.» Adalbert legte ihm die Hand auf die Schulter. «Wir haben dir mit acht Gulden ausgeholfen, damit sollte es wahrhaftig genug sein. Meinst du nicht auch?»

Unwirsch schüttelte Peter seine Hand ab.

«So will ich es anders ausdrücken.» Er zögerte, dann ging ein Ruck durch seinen schmächtigen Oberkörper. «Wieviel ist dir dein hohes Ansehen hier in der Stadt wert? Zwanzig rheinische Goldgulden? Oder gar dreißig?»

Serafina wie Adalbert verschlug es die Sprache.

«Jetzt reicht's!», sagte Adalbert plötzlich mit einer Kälte im Tonfall, wie sie sie noch nie gehört hatte. «Nimm dein Gepäck und verschwinde auf der Stelle. Für eine Nacht in der Elendenherberge wirst du ja wohl noch ein paar Pfennige übrighaben.»

Bei den letzten Worten schob er Peter zur Seite. Dessen Stimme begann zu zittern.

«Gut, dann vierzig Gulden. Du gibst mir morgen vierzig Gulden, oder ganz Freiburg erfährt, dass der vornehme Herr Stadtphysikus mit einer ehemaligen Hurenmaid verheiratet ist!»

«Du elender Schandbube!» Serafina ging mit den Fäusten auf ihn los. «Dass dich der Donner und Hagel erschlag!»

«Hör auf, das bringt nichts.» Mit sanftem Griff zog Adalbert sie von ihm weg. Dann wandte er sich in einer Gefasstheit, die ihr unbegreiflich war, Peter zu.

«Wie kommst du dazu, ein solches Lügengespinst in die Welt zu setzen?», fragte er ihn, voller Verachtung im Blick.

«Lüge? Von wegen. Genau das hab ich beim letzten Konstanzer Viehmarkt erfahren. Als mir nämlich ein bildhübsches junges Weib namens Resi die Nacht versüßt hat! Schwesterherz, du müsstest sie gut kennen.»

Serafina biss sich auf die Lippen. Selbstredend kannte sie Resi, oder besser gesagt: hatte sie gekannt, damals in Konstanz. Die zarte, bildschöne Resi mit ihrem goldblonden Haar war die jüngste und schüchternste von ihnen gewesen. Und die, die sich am wenigsten zu wehren vermochte. Der Frauenwirt vom Haus Zum Blauen Mond hatte sie damals aus einem schäbigen Winkelbordell ausgelöst.

«Sieh da, du schweigst. Jene Resi jedenfalls hat mir erzählt, dass sie einst im Hurenhaus ums Haar von einem bischöflichen Leibwächter zu Tode geprügelt worden wär. Wenn ihre einstige Gefährtin namens Serafina, die aus einem Dorf bei Radolfzell stammte und der als junges Ding übel mitgespielt worden sei, sie nicht gerettet hätte. Es hat keine drei Fragen gebraucht, um herauszufinden, dass sie meine eigene Schwester meinte.»

Serafinas Blick traf sich mit dem von Adalbert, dessen Mundwinkel sich schmerzvoll nach unten zogen.

Jenen Abend in Konstanz würde sie nie vergessen: Ihr Schlag mit dem Eisenstab hatte den gewalttätigen Freier zu Tode stürzen lassen. Es hätte nicht viel gefehlt, und sie wäre wegen Totschlags verurteilt worden. Wäre der hinzugezogene Arzt nicht Adalbert Achaz gewesen. Und so hatte dieser schreckliche Moment den Grundstein gelegt für ihr größtes Lebensglück …

Bei dem Gedanken an damals zuckte sie zusammen: Was, wenn die junge Resi in ihrer Schwatzhaftigkeit auch vom Tod des Freiers berichtet hatte, der schließlich der Leibwächter des Bischofs von Basel war? Damit hätte Peter sie erst recht in der Hand …

Adalbert schien derselbe Gedanke umzutreiben. «Und was, bitte schön, will dir diese Resi so alles erzählt haben?»

«Dass sie Serafina ihr Leben lang dankbar sein würde, und als sie später über viele Ecken erfuhr, dass Serafina den Freiburger Stadtarzt geheiratet hatte, da sei sie so glücklich darüber gewesen. ‹Der liebe Gott hat sie belohnt›, waren ihre Worte. Klingt das nicht schön, Schwesterchen?»

«Das war alles?» Adalberts Stimme klang wieder gefasst.

«Pah! Als ob das nicht ausreicht! Jedenfalls will ich jetzt einen Anteil an diesem Gotteslohn haben.»

Serafina fiel trotz allem ein Stein vom Herzen. Auch wenn Resi in ihrer kindlichen Dummheit gegen das ungeschriebene Gesetz der Huren verstoßen hatte, nämlich niemals einem Freier etwas über die Gefährtinnen zu erzählen, so hatte sie wenigstens über den Tod des Leibwächters den Mund gehalten. Und über die Rolle, die Adalbert damals gespielt hatte.

Schlimm genug war ihre Lage allemal. Schon jetzt gab es in Freiburg einige Bürger, die sich das Maul darüber zerrissen, dass ihr Stadtarzt eine Begine geehelicht hatte. Eine ehemalige Hure indessen wäre unerhört, eine Schande ohnegleichen!

Adalbert überlegte eine Weile, bevor er zu einem Entschluss gekommen zu sein schien.

«Hör zu, Peter. Unter einer Bedingung bekommst du das Geld von mir, und zwar zwanzig Gulden, keinen Pfennig mehr: Dass du nie mehr einen Fuß nach Freiburg setzen wirst und dass du nie ein Wort über die Vergangenheit deiner Schwester verlierst.»

Er warf Serafina einen fragenden Blick zu, und sie nickte unmerklich.

«Dir muss klar sein», fuhr er fort, «dass wir eine so hohe Summe erst noch auftreiben müssen, Pfund für Pfund, und dann muss es noch beim Juden in Goldgulden gewechselt werden. Das dauert einige Tage, und bis dahin möchte ich dich nicht mehr hier im Haus haben.»

«Einverstanden. Ich schlag vor, wir essen jetzt zu Abend, ich hab nämlich einen Mordskohldampf nach meinem Ausflug heute. Und für diese Nacht bleib ich nochmals hier. Dagegen habt ihr doch bestimmt nichts einzuwenden, oder, Schwesterchen?», fügte Peter in Richtung Serafina hinzu und ging mit einem siegessicheren Lächeln voran.

Bei Tisch dann herrschte eisiges Schweigen.

«Habt Ihr die Sprache verloren, oder schmeckt Euch mein Essen nicht», fragte Irmla verdutzt.

«Du hast gut gekocht wie immer», erwiderte Adalbert. Seine Wangen waren fahl. «Es ist nur so: Unser Gast wird uns morgen früh wieder verlassen.»

«Ach ja? Dann geht's also nach Hause zu Weib und Kind? Wie schön.»

Dass sie hierüber nicht traurig war, war ihr anzusehen.

Peter wischte sich den Mund am Ärmel ab und lehnte sich zurück. «Nein, ich bleibe noch ein paar Tage in Freiburg, da sind noch wichtige Geschäfte zu erledigen. Weißt du was, Adalbert? Ich quartiere mich ab morgen drüben im Elephanten ein. Ein sehr nettes Gasthaus.»

So hat er sich also schon kundig gemacht, dachte Serafina. Das Wirtshaus beim Untertor, wo sie zu Martini letzten Jahres ihre Hochzeit gefeiert hatten, war nach dem Roten Bären das teuerste und vornehmste der Stadt. Nun, das war ihr gleich. Hauptsache, er war ihr aus den Augen. Und hoffentlich bald ganz aus der Stadt verschwunden.

«Will noch jemand? Nein?»

Peter zog die Schüssel mit dem Gemüseeintopf zu sich heran, vertilgte den Rest und erhob sich.

«Dann werde ich mir mal noch einen schönen Abend in Freiburg machen. Wenn ihr mir bitte Schlüssel und Laterne mitgebt?»

Ohne ein weiteres Wort begleitete Adalbert ihn nach unten zur Haustür.

Verständnislos schüttelte die Magd den Kopf. «Erklärt mir mal jemand, was hier vor sich geht?»

«Ach, Irmla.» Serafina schluckte. «Wir haben uns da einen Wolf im Schafspelz ins Haus geholt.»

«Verzeiht, Frau Serafina. Auch wenn er Euer Bruder ist, war mir der Kerl von Anfang an nicht geheuer. Übrigens war die Waschfrau immer noch nicht da. Sonst ist sie immer so verlässlich.»

«Die wird schon noch kommen», erwiderte Serafina geistesabwesend und eilte die Stiege hinauf in Peters Kammer.

Sie war am Nachmittag in der Predigervorstadt gewesen und hatte dort die Stallungen abgeklappert. Peter hatte tatsächlich ein Pferd gekauft, sechseinhalb Gulden hatte er dafür berappt. Wenn er jetzt noch Sattel und Zaumzeug erstehen wollte, blieb ihm kein Pfennig übrig, um sein teures Quartier zu bezahlen. Und Anschreiben kam für Jordan, den Elephantenwirt, nicht in Frage, das wusste sie. Peter musste also doch Geld dabeihaben, und wenn er jetzt zur Nacht durch die Schenken ziehen wollte, würde er seine Münzvorräte kaum mit sich tragen. Aber das ließ sich schnell herausfinden.

In seinem halbleeren Reisesack fanden sich nur noch ein Paar löchrige Strümpfe, ein vertrockneter Brotkanten, eine Feldflasche und auch ein Dolch, den er sich wohl zur Verteidigung für die Reise mitgenommen hatte. Den er aber genauso gut gegen Adalbert oder sie richten könnte, würden sie auf seine Forderungen nicht eingehen, dachte sie mit einem Schaudern.

Unwillkürlich schüttelte sie den Kopf. Nein, so weit würde ihr Bruder niemals gehen. Nicht gegen die eigene Schwester.

Sie hörte Schritte und stopfte rasch alles wieder zurück.

«Was tust du da?» Zu ihrer Erleichterung war es Adalbert, der die Kammer betrat.

«Ist er weg?»

«Ja.» Kraftlos ließ er sich auf die Bettkante sinken. «Ach Serafina, wie soll das enden?»

«Auf jeden Fall müssen wir ihn erst mal weiter hinhalten. Uns wird schon was einfallen.»

Sie stutzte. Ihr Blick war mehr zufällig auf den Boden gefallen, und dabei bemerkte sie, dass neben Adalberts Füßen ein Dielenbrett leicht verschoben war. Sie hob es an und fand darunter ein schmutziges, gutgefülltes Leinensäckchen.

«Sieh mal einer an.» Sie band es auf und reichte es Adalbert. «Alles voller Silber.»

Der pfiff durch die Zähne.

«Entweder hat er das Geld schon mitgebracht oder aber sich auf irgendwelchen krummen Wegen in Freiburg beschafft. Zum Beispiel heute, als er den ganzen Tag unterwegs war.»

«Ich werde es herausfinden, Adalbert, das schwör ich dir.»

«Gar nichts wirst du tun. Ich halte Peter inzwischen für unberechenbar. Du überlässt das alles bitte ganz allein mir.»

Um ihn zu beruhigen, nickte sie, dann fragte sie leise: «Was würdest du tun, wenn er seine Drohung wahr macht? Wenn also die ganze Stadt erfährt, dass ich einst in Konstanz als Hübschlerin gearbeitet habe? Würdest du mich verlassen?»

Aus schreckgeweiteten Augen sah er sie an. «Niemals! Und das weißt du auch. Eher würde ich mit dir bei Nacht und Nebel aus Freiburg verschwinden, um irgendwo in der Fremde neu anzufangen, und sei es als Erntehelfer. Aber so weit wird es nicht kommen, glaub mir.»

Da hörte sie von unten die Stimme der Waschfrau, die ziemlich aufgebracht klang.

«Frau Serafina, kommt Ihr bitte herunter?», rief Irmla nach ihr.

«Versteck das Silber wieder unter der Diele», bat sie Adalbert. «Ich gehe nachsehen.»

Mit bärbeißiger Miene stand Irmla vor dem kräftigen Weib, den Korb mit der frischgewaschenen Wäsche zwischen ihnen.

«Erst viel zu spät kommen und dann auch noch nach der Hausherrin verlangen», knurrte sie und verzog sich wieder in die Küche.

«Was gibt's denn, gute Frau?», fragte Serafina, der die Wäsche in diesem Augenblick mehr als gleichgültig war.

«Was glaubt Ihr, warum ich heut so spät dran bin?» Die Wäscherin verschränkte die Arme vor dem mächtigen Busen. «Die Hälfte konnte ich noch mal waschen, weil das Hemd da», sie wies auf Peters Leinenhemd, «nicht einfach nur verdreckt war, sondern voller Blut, das ich dann prompt im Waschwasser hatte!»

# Kapitel 20

Beide fuhren gleichzeitig aus dem Schlaf, als es unten bei der Eingangstür laut polterte.

«Das muss Peter sein», flüsterte Serafina erschrocken. «Der weckt noch die halbe Nachbarschaft auf. Komm bitte mit, ich will ihm nicht allein gegenübertreten.»

Sie sprangen aus dem Bett, streiften sich rasch etwas über und eilten die Treppe hinunter. In der Diele bot sich ihnen ein Bild, das unter weniger ernsten Umständen zum Lachen gewesen wäre: Der Besen und der Holzschemel neben der Haustür waren umgestoßen, und im inzwischen leeren Wäschekorb steckte rücklings Peter fest. Er war sturzbetrunken.

«Bist du noch bei Sinnen, so einen Lärm zu machen?», fauchte Serafina ihn an.

Mühsam rappelte er sich aus dem Korb auf und schwankte gegen die Wand.

«So schimpf doch nich so, Schwesterlein», lallte er. «Ich hatte so 'nen schönen Abend. Erst mit mein' neuen Freunden einen saufen, dann mit der süßen Theresia im Nest gelegen. Leute, was für ein Prachtweib … Kennst du die auch, Schwager?»

Er glotzte sie aus seinen roten Augen an.

«Die Theresia … die is nämlich auch 'ne Hure, grad so wie

die Serafina früher … hast du's den Mannsbildern auch so gut besorgt, Schwesterherz?»

Blitzschnell schlug Adalbert zu. Die geballte Faust traf Peter an der linken Schläfe.

«Noch ein Wort, und ich schlag dich tot!»

Peter, der ins Stolpern geraten war, fing sich wieder. Von seiner Schläfe rann Blut herab. Nach einem kurzen Moment der Verblüffung ballte er seinerseits die Fäuste.

«Na warte, Doctorlein, nimm bloß das Maul nich so voll, sonst …»

«Aufhören!» Serafina stellte sich zwischen die Männer. «Sofort aufhören!»

Auch wenn ihr Bruder nicht gerade der Kräftigste war, so war er in jungen Jahren geschickt genug gewesen, bei den meisten Raufereien als Sieger hervorzugehen. Von ihrem Ehegefährten vermutete sie das eher nicht.

Der ließ die Fäuste sinken. «Mit einem Erzschelm wie dir fang ich keine Schlägerei an. Ich hol jetzt deinen Reisesack, und dann verschwindest du von hier.»

«Meinetwegen. Dann erhöh' ich jetzt mal die Summe auf … auf fünfzig Gulden. Und zwar nich in Freiburger Silber, sondern in Goldstücken, die mir die liebe Serafina in den Mantelsaum einnähen wird. Drei Tage geb ich euch Zeit, ansonsten weiß die ganze Stadt von unserer Hure Serafina.»

«Wag es ja nicht …»

Erneut ging Adalbert auf ihren Bruder los, doch Serafina nahm ihn beim Arm und zog ihn zur Seite. Schwer atmend lehnte er neben ihr an der Wand. Von oben hörte sie die Magd herumtappen.

«Lass mich allein mit ihm reden, Adalbert», beschwor sie ihn leise. «Ich weiß ihn zu nehmen. Und du schickst Irmla wieder ins Bett. Sie darf nichts von diesem Streit erfahren.»

Widerstrebend nickte er schließlich. «Ich warte in der Küche auf dich.»

Innerlich beschwor sich Serafina, einen kühlen Kopf zu bewahren. Dabei hätte sie am liebsten losgeheult.

Sie drehte sich zu Peter um, stellte den Holzschemel wieder auf und deutete mit dem Kopf darauf.

«Setz dich dahin. Los!», sagte sie im Befehlston.

Wider Erwarten tat er, was sie ihn geheißen hatte.

«Peter, ich bitte dich ganz inständig: Lass uns in Ruhe! Ich bin deine Schwester, wir sind eine Familie. Hast du das vergessen? Das Geld, das du bereits von Achaz hast, kannst du für deinen Neuanfang behalten. Mit dem Pferd ist ein erster Schritt gemacht. Und dann vergessen wir das Ganze.»

Er schnaufte schwer. Dann stieß er hervor: «Das reicht aber nich. Damit komm ich auf keinen grünen Zweig.»

«Ich weiß doch», sagte sie besänftigend, «in welcher Notlage du bist. Aber ich weiß auch, dass die Dorfgemeinschaft dir beim Wiederaufbau hilft. Alle helfen zusammen, das war damals beim alten Jörgelin auch so, als dem alles abgebrannt ist. Und das wird heute nicht anders sein.»

«Was weißt du schon? Gar nichts weißt du. Du lebst hier wie die Made im Speck mit deinem Medicus, und ich … ich …»

Er schluckte und bekam feuchte Augen.

«Wenn du ein fleißiges Weib hast», fuhr sie fort, auf ihn einzureden, «dann wird sie dir zur Seite stehen, genau wie deine Kinder, auch wenn das Geld knapp ist am Anfang.»

«Weib, Kinder … ich hab gar keine Familie, verdammt noch mal!»

«Was?» Verwirrt sah sie ihn an.

«Ja, glotz nur! Ganz allein bin ich. Nich mal meine Viehmagd wollt mich zum Mann. Ich tauge zu nix, nich mal als Bauer. Den ganzen Hof hab ich zugrunde gerichtet, alles ist verlottert und verfallen.»

«Aber wie konnte das so weit kommen?»

Jetzt liefen ihm wahrhaftig die Tränen über die hageren Wangen. Aus dem eben noch kaltschnäuzigen Mann war ein wahres Häuflein Elend geworden. Sie wusste nicht, ob er ihr leidtun sollte oder ob sie im Stillen sein Selbstmitleid verachtenswert fand.

«Du hast gut reden», schluchzte er los. «Du warst ja immer der Liebling des Vaters, sein Sonnenschein, sein Ein und Alles. Aber ich, ich konnte ihm nie was recht machen! Weißt du, was er mir mal gesagt hat? ‹Deine Dummheit macht mich rasend. Selbst deine kleine Schwester steckt dich in die Tasche, was Lesen, Schreiben und Rechnen betrifft. Und das, obwohl sie nur ein Mädchen ist.› Diese Worte vergess ich nie.»

«Das wusste ich nicht», sagte sie lahm, auch wenn ihm das nicht helfen würde.

«Dann wusstest du auch nich, dass ich kein Bauer sein wollt? Dass ich Hufschmied lernen wollt in Radolfzell? Aber er hat mich ja nich lassen, unser Herr Vater. Und jetzt isses zu spät.»

«Bitte, Peter», fuhr sie hastig fort, mit Engelszungen auf ihn einzureden, «das Rad kannst du nicht zurückdrehen. Niemand kann das. Wichtig ist, dass du jetzt nicht die nächste Dummheit machst. Es wird alles gut, da bin ich sicher. Und gönn mir mein Leben, ich hatte es schließlich auch schwer genug.»

Er wischte sich mit dem Ärmel übers Gesicht und spuckte auf den Boden.

«Weil du so dumm warst, dich schwängern zu lassen. Nur deshalb.»

Sie hätte ihm an die Gurgel fahren mögen, stattdessen sagte sie nur leise: «Was ist bloß aus dir geworden? Früher hast du mich beschützt. Und dann? Dann hast du mich vor die Tür gesetzt, und jetzt willst du mir erneut Schaden zufügen.»

«Früher, früher … Heut muss ich halt sehen, wo ich bleib.»

«Und das geht nur mit ausgepresstem Geld von Menschen, die nichts mit deiner Misere zu tun haben? Und außerdem dein eigen Fleisch und Blut sind? Wie kannst du nur so tief sinken.»

Als er sich jetzt in den Ärmel schnäuzte, musste sie plötzlich an sein blutiges Hemd denken. Hatte er sich geschlagen? Wie früher als junger Bursche, wenn er sich von jemandem in die Enge getrieben sah? Und woher kam das viele Geld unter dem Dielenbrett? Da schoss ihr der Gedanke durch den Kopf, dass sein blutiges Hemd mit dem Beutel Silber unter der Diele zusammenhängen könnte. Hatte er das womöglich bei seinen nächtlichen Schenkenbesuchen jemandem mit Gewalt abgejagt?

«Was sind das überhaupt für Blutflecken an deinem anderen Hemd?»

«Was für Blut, in Teufels Namen?»

Ihr entging nicht, wie er das Zittern seiner Hände verbarg, indem er sie zu Fäusten ballte.

«An dem Hemd, das die Waschfrau gewaschen hat. Die kennt sich aus mit so was.»

«Ach das. Das geht dich einen feuchten Kehricht an. Aber wenn du's unbedingt wissen willst: Da bin ich neulich im Hurenhaus in einen Streit geraten. Und jetzt lass mich in Frieden mit deinem Geschwätz, ich muss schlafen.»

Schwerfällig stand er ohne ein weiteres Wort auf, wobei der Schemel polternd umfiel, und stampfte die Treppe hinauf. Bis unters Dach fluchte er halblaut vor sich.

Als sie zu Adalbert in die Küche kam, stocherte der gedankenverloren in der letzten Glut des Herdfeuers herum.

«Hast du etwas erreicht?», fragte er.

«Ich weiß nicht. Wenn er nur nicht so betrunken gewesen wäre. Aber vielleicht haben meine Worte doch etwas bewirkt.»

# Kapitel 21

Am nächsten Morgen war Peter mitsamt seinen Habseligkeiten verschwunden. Auf der Schwelle zum Behandlungszimmer entdeckte Serafina, die noch vor dem Morgenessen rasch einen Kräutersud ansetzen wollte, ein Blatt Papier mit ungelenken Buchstaben: «Fuffzig Goltgulden bis Diensdag am Apend.»

Mutlos betrachtete sie die unheilvolle Botschaft. Sie hatte eine unruhige Nacht gehabt, war immer wieder von Albträumen geplagt worden, in denen sie im Büßerhemd und mit einem Strohkranz auf dem geschorenen Schädel durch Freiburgs Gassen gejagt wurde. Wenn sie dann zwischendurch wach lag, hatte sie sich an die Hoffnung geklammert, Peter hätte sich durch ihre flehenden Worte eines Besseren belehren lassen. Nun wusste sie, dass ihr Hoffen umsonst gewesen war.

«Was sollen wir also tun?», fragte sie, nachdem sie Adalbert das Papier gezeigt hatte.

Er zuckte die Schultern und steckte den Zettel in seine Rocktasche. «In die Sonntagsmesse gehen und beten. Vielleicht schickt uns der Heilige Geist eine Eingebung.»

Seine spöttische Bemerkung – in Wirklichkeit war er genau wie Serafina ein tiefgläubiger Mensch – verriet, dass er auch keinen Rat mehr wusste.

«Ach Adalbert, gibt es denn unter den Ratsherren keinen, der dir ein guter Freund ist und der uns beistehen könnte?»

«Und dem ich dann so ganz nebenbei beichte, dass ich mich einst unsterblich in eine Hübschlerin verliebt habe? O nein, dann könnte ich das alles gleich von der Kanzel herab predigen. Einen solch guten Freund, der auch verschwiegen wäre, habe ich nämlich keinen.»

Sie dachte an ihr vertrauensvolles Verhältnis zu Grethe und Catharina und fragte sich, warum Männer immer so allein durchs Leben schritten.

Hand in Hand, wie um einander Kraft zu geben, betraten sie die Küche. Irmla war bereits dabei, das reichhaltige sonntägliche Mittagessen vorzubereiten, und so gab es aus diesem Grund im Hause Achaz zum Morgen nur einen Imbiss aus Brot und warmer Milch.

Aber Serafina war der Magen ohnehin wie zugeschnürt. Schweigend kaute sie auf ihrem Brot herum und beobachtete, wie Irmla den Rinderbraten mit Knoblauchzehen, Karottenstücken und Speck spickte.

«Was herrscht hier neuerdings nur für eine Friedhofsruhe», brummelte die schließlich, ohne aufzusehen. «Man könnte meinen, hier lebten lauter Taubstumme.»

Niemand antwortete ihr.

«Dabei solltet Ihr doch eher fröhlich sein», fuhr sie fort, «wo dieser Saufbold endlich weg ist. Der hat sein Gastrecht ja gehörig missbraucht.»

«Hast du gehört, wann er gegangen ist?», fragte Serafina.

«Schon kurz vor Sonnenaufgang. Was mich doch sehr gewundert hat, bei dem Brummschädel, den er heut früh gehabt haben muss. Na ja, wahrscheinlich schläft er seinen restlichen Rausch im Elephanten aus.»

Sie wischte ihre Hände am Arbeitsschurz ab und musterte ihren Dienstherrn streng.

«Der Bursche bringt Euch doch hoffentlich nicht in Schwierigkeiten, Doctor Adalbert?»

«Nein, nein. Er hatte sich wahrscheinlich in seiner Notlage mehr Unterstützung von uns erhofft, und jetzt ist er eingeschnappt und enttäuscht.»

«So, ist er das? Und statt sich von Euch zu verabschieden, hat er Euch einen Gruß auf ein Papier geschrieben. Sehr löblich. Nur vermute ich, dass das kein sehr netter Gruß war. Richtig?»

Adalbert nickte stumm.

«Und jetzt denkt Ihr Euch: Was für ein Glück, dass meine Magd nicht lesen kann. Ein klein wenig kann sie es aber doch. Vor allem das Wort *Goldgulden* kenne ich von den Schildern an den Wechselstuben.»

«Ach Irmla, lasst einfach gut sein», bat Serafina sie. «Da ist nichts, worüber Ihr Euch sorgen müsstet. Eine kleine Unstimmigkeit nur, die bald aus der Welt geschafft sein wird. Und jetzt sollten wir uns beeilen, der Gottesdienst fängt bald an.»

Nach der Sonntagsmesse, die Serafina seit einiger Zeit mit ihrem Ehegefährten im Münster und nicht mehr mit den Beginen in der Barfüßerkirche besuchte, beschloss sie, Rat bei Grethe und Catharina einzuholen. Grethe, weil sie ihre engste Freundin war, die Meisterin, weil sie niemanden sonst kannte, der so umsichtig und klug Entscheidungen fällte.

«Geh nur», sagte Adalbert ihr, als sie vor ihrem Haus in der Barfüßergasse angelangt waren. «Ich fürchte bloß, dass deine ehemalige Meisterin auch keine bessere Lösung anzubieten hat, als erst einmal abzuwarten.»

Wie immer freuten sich die Christoffelsschwestern, als Serafina wenig später bei ihnen im Brunnengässlein anklopfte. Da die Beginen in aller Herrgottsfrühe die Messe bei den Barfüßern besuchten, hatten sie bereits ihre Morgenbesprechung hinter sich und saßen noch plaudernd um den großen Tisch. Nur die junge Brida, die einem verarmten Rittergeschlecht entstammte und daher fließend zu lesen und schreiben vermochte, blätterte in der ebenso wertvollen wie wunderschönen Handschrift *Legenda aurea.*

«Das freut mich aber, dass du uns mal wieder besuchst», sagte Catharina, nachdem Serafina sie alle umarmt hatte. «Setz dich doch zu uns. Wir haben eben beschlossen, nach dem Mittagessen unsere ehemalige Mitschwester Adelheid im Kloster zu besuchen.»

«Ich hoffe, du hast heut ein bisschen mehr Zeit als sonst für uns, weil ich nämlich erst mal kochen muss», raunte Grethe ihr zu, bevor sie wieder in der Küche verschwand. Auch sie war mit der Vorbereitung des Sonntagsessens beschäftigt, das eine noch größere Bedeutung besaß als im Hause Achaz, gab es hier doch an Werktagen wie bei einfachen Leuten nur zwei schlichte Mahlzeiten am Tag. So blühte Grethe förmlich auf, wenn sie an den Sonn- und Feiertagen ganz ihrer Kochkunst frönen durfte. Zumal zu den Festessen manchmal Gönner ihrer Sammlung ebenso wie Hausarme eingeladen wurden.

Statt sich neben Brida, die auffordernd zur Seite gerutscht war, auf die Bank zu setzen, blieb Serafina stehen.

«Ich würde sehr gerne länger bleiben, aber ich bin nur gekommen, weil ich deinen Rat brauche, Mutter Catharina.»

Catharina nickte. «Den will ich dir gern geben. Du siehst sehr besorgt aus.»

«Wenn ihr andern erlaubt, wäre es mir recht, dich unter vier Augen zu sprechen. Das heißt, Grethe hätte ich auch gern mit dabei.»

Kein Vaterunser später fanden sich die drei im Hof ein und schritten zwischen Werkstatt und Stall auf und ab. Möglichst sachlich schilderte Serafina, wie sich der unerwartete Besuch ihres Bruders zu einer abscheulichen Bedrohung gewandelt hatte. Am Ende war Grethe ganz blass um die Nase geworden.

«Was für ein nichtsnutziger Schelm», zischte sie wutentbrannt.

Catharina hingegen blieb wie erwartet ganz ruhig

«Deine Vergangenheit hat dich also eingeholt», stellte sie nüchtern fest. «Und dein Bruder neidet dir anscheinend alles, was du erreicht hast. Womöglich macht er dich sogar dafür verantwortlich, was er selbst im Leben verbockt hat. Niemand weiß, wie er weiterhin vorgehen wird, und so ist es das Beste, du machst dich mit den schlimmsten aller Folgen vertraut. Was also wäre das Schlimmste für dich?»

«Dass Achaz und ich fortmüssten, alles hier aufgeben», erwiderte Serafina leise und kraulte Michel, der sich dicht an ihr Bein schmiegte, die Ohren. Dabei kämpfte sie hartnäckig gegen die Tränen an.

«Ich kenne dich gut genug, Serafina. Du hältst viel aus und würdest das überleben, zumal dein Achaz dich niemals im Stich ließe. Meinst du nicht auch?»

Serafina schluckte und nickte schließlich.

«Gut so», fuhr Catharina fort. «Überlegen wir uns jetzt, wie wir deinen Bruder von seiner Drohung abbringen könnten.»

«Ich … ich hab ihm schon angeboten, dass er das Geld für Ross und Sattel nicht zurückzahlen muss, wenn er uns bloß in Ruhe lässt.» Sie biss sich auf die Lippen. «Außerdem hab ich ihm gesagt, dass es mir ehrlich leidtut, dass unser Vater immer so streng mit ihm war. Und dass ich ihm dankbar bin, dass er mich als Kind immer beschützt hat. Aber das hat alles nichts genutzt. Er ist so hart geworden.»

«Wisst ihr was?», warf Grethe ein. «Der Kerl will Serafina etwas anhängen, egal ob es stimmt oder nicht, also müsste man ihm im Gegenzug was anhängen. Damit er klein beigibt und aus Freiburg verschwindet.»

Verblüfft starrte Serafina die Freundin an.

«Da gibt es tatsächlich etwas, was sehr seltsam ist», sagte Serafina und erzählte den Frauen von dem Beutelchen Silber, dass Achaz und sie unter dem Dielenbrett gefunden hatten.

«Und an den Ärmeln seines Hemds, das ich zum Waschen gegeben hatte, waren Blutflecken, wie mir die Wäscherin berichtet hat.»

«Heilige Mutter Maria!» Grethe bekam große Augen. «Dann hat womöglich dein Bruder die Agnes gemeuchelt.»

«Nie und nimmer», erwiderte Serafina fast empört. «Peter ist zwar missgünstig und erschreckend kalt geworden, aber er würde doch keinen Menschen erschlagen. Schon gar keine wehrlose Frau.»

Auch Catharina schüttelte missbilligend den Kopf. «Damit gehst du entschieden zu weit, Grethe, einen Menschen, den du gar nicht kennst, einfach des Meuchelmordes zu verdächtigen.»

«Meinetwegen. Aber trotzdem wäre das *die* Gelegenheit, ihn loszuwerden. Denkt doch mal nach. Allein schon der Verdacht genügt vermutlich, dass er sich sicherheitshalber aus dem Staub machen würde. Hör zu, Serafina: Du musst ihm ausmalen, was ihm droht, wenn du das mit dem Silber und dem blutigen Hemd vor Gericht bringst. Eine peinliche Befragung nämlich, mit Daumenschrauben, bis das Blut spritzt, oder an den Armen aufziehen, die Füße mit Gewichten beschwert … All das eben, was nächste Woche unserem armen Jodokus droht.»

«Lass das, Grethe!», unterbrach die Meisterin sie streng. «Siehst du nicht, wie Serafina das mitnimmt?»

Tatsächlich hatte Serafinas Herz bei dieser Vorstellung heftiger zu schlagen begonnen. Aber dann fasste sie sich wieder. Es gab ja bereits einen Verdächtigen.

«Dieser Jodokus …», hakte sie nach, «kennt ihr ihn etwa?»

Catharina nickte. «Ein wenig. Grethe und Mette kennen ihn besser. Die beiden haben ihm vor Jahren beigestanden, als seine Frau und die Kinder unter die Erde kamen. Alle von einer Seuche dahingerafft. Seither ist der arme Mann vollends auf den Hund gekommen und haust in einer dieser Bretterverschläge an der Stadtmauer.»

«Eine ganz arme Sau ist das», bekräftigte Grethe. «Aber einen Menschen wegen Geld erschlagen? Niemals würde der Jodokus sich zu so etwas hinreißen lassen. Mette und ich, wir glauben beide ganz fest an seine Unschuld.»

«Aber Achaz sagt, dass der Scharfrichter in seiner Bude eine Geldkatze mit Münzen gefunden hat», gab Serafina zu bedenken, «und Zinkenhauer hätte den Beutel als den von Agnes wiedererkannt.»

«Jodokus streitet das alles ab, wie ich vom Turmwächter gehört habe», sagte Grethe.

«So wird man ihn also wirklich foltern?», wandte sich Serafina an die Meisterin.

«Mit Sicherheit. Ein armer Kerl wie der hat unter den Bürgern keinerlei Fürsprecher. Außer uns Beginen natürlich, aber unser Wort gilt nicht viel.»

Serafina spürte ein flaues Gefühl in der Magengegend.

«Was, wenn es nun doch mein Bruder war? Und an seiner Stelle ein Unschuldiger verurteilt und … aufgehängt wird?»

Sie hielt Catharina am Arm fest.

«Bitte, Meisterin, lass uns gemeinsam zu Jodokus in den Christoffelsturm gehen. Ich möchte mir ein Bild von ihm machen.»

Grethe nickte zustimmend. «Wir könnten heute auch ein wenig später zu Mittag essen, da keine Gäste eingeladen sind. Und am Tage des Herrn wird man uns den Besuch eines Gefangenen wohl kaum verwehren.»

# Kapitel 22

«Es tut mir leid, aber ich darf niemanden zu dem Gefangenen lassen.» Der Stockwart vom Christoffelsturm blickte hinauf zum Himmel, der sich über den nahen Bergen dunkel zusammenzog. «Auch Euch nicht, Ihr lieben armen Schwestern.»

Die Meisterin nickte. «Ich weiß, Ihr seid ein braver Mann, Turmwart. Aber kennt Ihr nicht die sieben Werke der Barmherzigkeit, zu der die Heilige Mutter Kirche uns Christenmenschen aufruft?»

«Aber sicher doch. Bloß was hat das mit dem Jodokus zu tun?»

«Eines dieser Werke weist uns an, Gefangene zu besuchen und zu trösten. Sagt Jesus nicht im Matthäusevangelium: ‹Ich war im Gefängnis, und ihr seid zu mir gekommen›? Heute ist der Tag des Herrn, und so gebt Eurem Herzen einen Ruck und lasst uns ein.»

«Glaubt mir, das darf ich nicht.»

In diesem Augenblick gleißte ein Blitz über dem Burgberg auf, und das Krachen des Donners kurz darauf ließ sie alle vier zusammenzucken.

«Seht Ihr?», konnte sich Serafina nicht verkneifen zu sagen, «der Allmächtige zürnt Euch ob Eures Zauderns.»

«Hm … nun ja … Wenn Ihr's nicht weitersagt, lass ich Euch ein. Aber Ihr», wandte er sich an Serafina, «Ihr tragt gar keinen Beginenschleier und solltet hier draußen warten. Seid Ihr nicht die Frau des Stadtarztes?»

«Ja, die bin ich. Aber die Werke der Barmherzigkeit gelten für jeden Christenmenschen, also auch für mich.»

Verunsichert trat der Stockwart von einem Bein aufs andere. «Nun gut. Aber nur für kurze Zeit. Und Ihr bewahrt Stillschweigen darüber.»

Die Meisterin lächelte. «Habt vielen Dank im Namen unseres Herrn.»

Gemeinsam stapften sie hinter ihm die enge Stiege hinauf bis vor eine schmale Eisentür, die der Stockwart mit seinem schweren Schlüsselbund öffnete. Sofort schlug ihnen der Gestank nach fauligem Stroh und Exkrementen entgegen.

Es war ein elender Anblick, der sich ihnen bot: An der rückwärtigen Wand des Verlieses kauerte im Dämmerlicht der Gefangene, Hand- und Fußgelenke in Eisen gelegt. Haartracht und Bart waren verfilzt, die nackten Füße starrten vor Dreck.

Müde hob er den Kopf, schien Grethe aber nicht zu erkennen.

«Wir sind die Schwestern von Sankt Christoffel», begann Mutter Catharina, «und sind gekommen, um dir Trost zu spenden.»

«Brauch keinen Trost», murmelte er. «Ist eh alles zu spät. Die kleinen Leut hängt man immer zuerst.»

Grethe trat einen Schritt vor. «Noch ist das Urteil nicht gesprochen. Sag bloß, Jodokus, erkennst du mich denn nicht? Schwester Mette und ich waren damals bei dir, als deine Frau und deine Kinder im Sterben lagen.»

Kurz ging ein Leuchten über sein verhärmtes Gesicht. Dann wiederholte er: «Ist eh alles zu spät, Schwester Grethe. Bald werde ich bei meiner lieben Familie sein, denn der Herrgott weiß, dass ich unschuldig bin.»

«So weit ist es noch nicht, Jodokus», beharrte Grethe.

Der Gefangene schüttelte den Kopf. «Man braucht 'nen Schuldigen, und jetzt hat man ihn. Aber ich hab keine Angst vor dem Tod. Nur vor der Tortur graut es mir. Gestern hat der Meister Hans mir im Marterhäuslein die Foltergeräte vorgeführt. Es war schrecklich!»

Inzwischen hatten sich ihm auch Serafina und Catharina genähert. Serafina musste an sich halten, nicht ihr Schultertuch vor das Gesicht zu halten, so beißend war der Gestank nun, in den sich auch der Angstschweiß des armen Mannes mischte. Noch vor einem halben Jahr hätte ihr ein solcher Geruch nichts ausgemacht, dachte sie verwundert. Hatte das neue Leben mit Adalbert sie schon so verändert?

Die Meisterin legte ihm die Hand auf die Schulter. «Gib die Hoffnung nicht auf, wenn du doch unschuldig bist.» Sie blickte hinter sich. «Turmwart, schließt bitte die Handfesseln auf, damit wir mit Jodokus beten können. Und dann wartet draußen auf uns.»

Nach kurzem Zögern befreite der Wärter die Handgelenke des Gefangenen von den Eisen und ging zur Tür.

«Das Guckloch muss ich aber offen lassen.»

«Tut das», erwiderte die Meisterin.

Sie halfen Jodokus auf die Beine. Der schmächtige, entkräftete Mann schwankte so sehr, dass er sich an die kalten Mauersteine lehnen musste.

Sie nahmen ihn in ihre Mitte und stützten ihn. Dicht beieinander sprachen sie mit ihm das Vaterunser, das Glaubensbekenntnis und sieben Ave-Maria. Von der offenen Luke war der strohblonde Haarschopf des Turmwarts verschwunden.

«Jetzt erzähl uns», bat die Meisterin den Gefangenen leise, «wie das mit dem Geldbeutel vor sich gegangen ist.»

«Den hab ich im Gedränge des Markts gefunden. Wahrscheinlich hat ihn ein Beutelschneider abgetrennt und bei der Flucht verloren.»

«Du hättest ihn in der Ratskanzlei abgeben müssen», hakte Serafina nach.

«Ich weiß doch.» Jodokus verzog schuldbewusst die Lippen. «Aber da war kaum was drinnen gewesen, eine paar Freiburger Rappenpfennige nur. Für 'nen vornehmen Bürger ein Mückenschiss, aber ich kann davon etliche Tage leben.»

Serafina verstand ihn nur allzu gut. «Trotzdem. Das war ein großer Fehler, wie du jetzt siehst. Obendrein behauptet der Waldkircher Kaufherr Zinkenhauer, die Geldkatze erkannt zu haben. Weil sie nämlich seiner Frau Agnes gehört hätte. Und die ist jetzt tot, wahrscheinlich hinterrücks erschlagen.»

«Das weiß ich doch auch», stammelte Jodokus und kratzte sich den zottigen Bart. «Es tut mir von Herzen leid, dass das arme Mensch sterben musste. Aber der Kaufherr muss sich irren, so manche Geldkatzen sehen sich doch gleich wie Zwillinge, wenn sie vom selben Beutelmacher stammen. Ich schwör's, ich hab die Zinkenhauerin nich erschlagen, hab damit nix zu tun.»

«Wann und wo war das genau, als du den Beutel gefunden hast?»

«Gestern vor einer Woche, beim Rindermarkt vorm Spital.»

«Da hat die Agnes noch gelebt, wenn's stimmt», warf Grethe ein.

Flehentlich sah Jodokus sie aus seinen rotgeränderten Augen der Reihe nach an. «Glaubt *Ihr* mir wenigstens?»

«Wir kennen die Wahrheit nicht», gab Catharina ausweichend zur Antwort. «Aber wir werden vor Gericht auf jeden Fall ein gutes Wort für dich einlegen, weil wir wissen, dass du dir nie etwas zu Schulden hast kommen lassen.»

«Bitte tut das … Ich hab sonst niemanden hier in der Stadt.»

Serafina beugte sich zu Catharina hinüber und flüsterte ihr ins Ohr:

«Ich glaube ihm. Aber er sitzt in der Falle, wenn der Zinkenhauer auf seiner Aussage beharrt. Wir müssen ihm helfen.»

«Wie meinst du das?», raunte die Meisterin zurück.

«Hat Jesus an anderer Stelle nicht auch gesagt: ‹Ich war gefangen, und du hast mich befreit›?»

«Serafina! Damit war der Allmächtige gemeint, und nicht etwa so geringe Kreaturen wie wir Beginen.»

Der Wärter steckte den Kopf herein.

«Was flüstert Ihr da? Seid Ihr nicht fertig mit Beten?»

Die Meisterin nickte. «Noch ein Vaterunser, dann könnt Ihr uns hinausbringen.»

Als sie kurz darauf die Gasse betraten, kündete vom Gewitter nur noch ein fernes Grollen, und die ersten Sonnenstrahlen durchbrachen bereits wieder die Wolken. Sie verabschiedeten sich vom Stockwart und den beiden Torwächtern, die draußen an der Mauer lehnten, und machten sich auf den Weg.

«Du hast das wohl hoffentlich nicht ernst gemeint mit Jodokus' Befreiung», sagte Catharina missbilligend zu Serafina.

«Nun ja, wir waren schließlich zu dritt. Wir hätten den Wärter festhalten können, um ihm den Schlüssel für die Fußketten zu entwenden. Und den armen Jodokus im Schutz unserer Umhänge zu Bruder Matthäus bringen können. Dort wäre Jodokus vor der Tortur sicher, bis man den wahren Schuldigen gefunden hätte. Schließlich gehört das Wilhelmitenkloster zu den gefreiten Orten.»

«Das ist nicht dein Ernst, Serafina!» Die Meisterin blieb stehen. «Hast du nicht einen Deut gelernt aus deinen Erfahrungen? Mit deinen tollkühnen Einfällen bringst du dich nur immer wieder in Gefahr.»

Auch Grethe starrte sie ungläubig an. «Du hast wohl zu viele Geschichten um die Schutzmantelmadonna gehört.»

Serafina seufzte. «Aber nur ein gutes Wort bei Gericht einlegen, das bringt doch nichts, erst recht nicht als Begine. Wir sollten wenigstens noch einmal nach Waldkirch hinaus und mit dem Kaufherrn über die Geldkatze reden. Vielleicht besinnt er sich eines Besseren und gibt zu, dass er sich geirrt haben könnte.»

Kopfschüttelnd ging Catharina weiter. «Ich bitte dich von Herzen, und zwar nicht als Meisterin, sondern als deine Freundin: Halte dich heraus aus diesen Dingen. Da du nicht mehr in unserer Sammlung bist, habe ich dir natürlich nichts Derartiges zu befehligen. Aber ich rate dir: Du hast mit Adalbert Achaz einen herzensguten Mann geheiratet. Wenn du ihn nicht eines Tages verlieren willst, hör auf damit, auf Gedeih und Verderb auf eigene Faust Gerechtigkeit herzustellen. Beschränke dich darauf, zu trösten und zu helfen.»

Sie waren vor dem Gasthaus Zum Elephanten angekommen, dessen Tür in diesem Augenblick aufschwang. Arm in Arm traten zwei Männer heraus, die schon jetzt zur Mittagszeit sichtlich betrunken wirkten.

Serafina traute ihren Augen nicht: Es waren ihr Bruder und

ein vierschrötiger Kerl mit feuerrotem Haar und ebensolchem Vollbart.

Auch Grethe stand wie vom Donner gerührt. «Ich glaub es nicht. Das ist der Rote Matthes! Was hat der mit deinem Bruder zu schaffen?»

Rasch zog sich Serafina die Kapuze ihres Mantels über den Kopf, doch Peter hatte sie bereits erkannt. Er löste sich von seinem Begleiter und schwankte mit breitem Grinsen auf sie zu.

«Übermorgen bin ich bei euch zum Abendessen, sag das deinem Achaz», lallte er und tätschelte ihr die Wange. «Ich freu mich schon!»

«Verschwinde!», zischte Serafina ihn an.

Da zog Peter seinen Hut und grüßte ihre Gefährtinnen höflich.

«Ich bin der Bruder dieser ...», setzte er zu einer Erklärung an und schlug sich sogleich mit großer Geste wie ein Possenreißer auf den Mund. «Halt, nein, noch darf ich ja nichts verraten.»

Er wandte sich zu seinem Begleiter um, der breitbeinig stehen geblieben war.

«Komm, Matthes. Gehen wir in den Mohren, wenn der Elephantenwirt uns nix mehr ausschenken will.»

Entgeistert sah Serafina den beiden Trunkenbolden nach.

«Was für ein Scheusal», entfuhr es Grethe.

«So war er nicht immer», sagte Serafina leise, mehr zu sich selbst als zu den anderen.

Plötzlich fiel es ihr wie Schuppen von den Augen. Es konnte doch kein Zufall sein, dass derselbe Malefizkerl, den Kaufherr Zinkenhauer erwähnt hatte, mit Peter durch die Gassen zog. Was, wenn alle beide mit Agnes' Tod zu tun hatten? Der

Gedanke, dass ihr Bruder einem anderen Menschen Gewalt antun könnte, ließ sie innerlich erschauern.

Laut sagte sie: «Seit wann und woher kennen sich die zwei wohl? Das muss doch herauszufinden sein.»

Grethe, die ihre Gedanken zu erraten schien, erwiderte streng: «Gar nichts wirst du herausfinden. Das ist gefährlich. Solche wie die schrecken vor nichts zurück!»

«Aber wenn sie nun doch mit Agnes' Tod zu tun haben? Und Jodokus trotz seiner Unschuld unter den Qualen der Folter ein falsches Geständnis ablegt? Können wir das verantworten?» Sie machte eine Pause und wagte den folgenden Gedanken, weil er so selbstsüchtig war, kaum auszusprechen. Aber es ging schließlich auch um Gerechtigkeit. «Außerdem: Wenn mein Bruder da mit drinsteckte, hätte ich ihn endlich vom Hals. Das hast du vorhin selbst gesagt, Grethe.»

Catharina, die bislang schweigend dabeigestanden war, legte ihr den Arm um die Schulter. «Ich verstehe, dass dir die Begegnung mit Jodokus nahegegangen ist und dass du dich zugleich um euer eigenes Schicksal sorgst. Wenn du willst, werde ich deinem Bruder ins Gewissen reden. Dabei kann ich ja mit offenen Karten spielen, da ich deine Vergangenheit kenne.»

«Das wird nichts nutzen.» Serafina spürte, wie die Verzweiflung in ihr wieder überhandnahm. «Er hält nicht viel von Klosterfrauen und Beginen. Mehr noch: Ich glaube, er hat Angst vor Weibern. Er war schon als junger Bursche so: Wenn ihn ein Mädchen auch nur angesprochen hat, ist er schon rot geworden.»

«Du kannst es dir ja noch überlegen, denn ich denke, einen Versuch wäre es wert, wenn ich mit ihm rede. Aber in einem gebe ich Grethe recht: Du musst dich heraushalten aus der

Sache mit Agnes. Wenn du wissen willst, was dieser Matthes und dein Bruder miteinander zu schaffen haben, dann überlass das wenigstens deinem Mann. Wie alles andere auch. Ich bin mir sicher, Achaz könnte sogar bewirken, dass Kaufherr Zinkenhauer noch einmal zu der Geldkatze befragt wird. Dein Stadtarzt ist ein kluger, besonnener Mensch, vor allem aber kennt er als Ratsherr die Richter und andere wichtige Herren. Sein Wort hat, da stimme ich dir zu, weitaus mehr Gewicht als das einer Begine.»

# Kapitel 23

Angespannt saß Adalbert bei Irmla in der Küche und wartete auf Serafinas Rückkehr von den Christoffelsschwestern. Sie war spät dran, und er konnte nur hoffen, dass sie nicht wieder etwas Unüberlegtes tat, indem sie beispielsweise ihren Bruder im Elephanten aufsuchte, um ihn noch einmal zur Rede zu stellen, was diesen Hitzkopf nur noch mehr aufbringen würde.

Es war schon merkwürdig, wie sich die Dinge manchmal in ihr Gegenteil verkehrten. So sehr hatte er sich für Serafina über das Wiedersehen mit Peter gefreut, war insgeheim auch erleichtert gewesen, dass die Sache mit Agnes' Tod damit vollkommen in den Hintergrund gerückt war. Und nun das!

Dabei war er selbst mit seinem Latein am Ende. Was konnte er schon gegen Peters Drohung anderes ausrichten, als zu schauen, wie er möglichst schnell die fünfzig Gulden zusammen bekam? Nur: Würde Peter sich damit zufriedengeben? Oder würde er in seiner Gier noch mehr fordern?

«Doctor Adalbert? Hört Ihr mir überhaupt zu?»

Irmla klopfte auf die Tischplatte und musterte ihn durchdringend.

Er schrak auf. Vom Münster her hörte er die Turmuhr zu Mittag schlagen.

«Was habt Ihr gesagt?», fragte er gedankenverloren.

«Ob ich schon auftragen soll, oder ob wir mit dem Essen auf Frau Serafina warten? Der Sonntagsbraten wäre dann nämlich so weit.»

«Wir warten noch einen Augenblick. Sie wird sicher gleich da sein.»

Irmla wischte sich die Hände am Schurz ab und setzte sich ihm gegenüber auf die Bank. Missbilligend runzelte sie die Stirn.

«Sie geht am Sonntag aus und Ihr wisst nicht, wann sie wiederkommt? Was ist eigentlich los in diesem Haus?», fragte sie.

«Wie meint Ihr das?»

«Nun, ich bin doch nicht dumm. Ich merke doch, dass Ihr und Frau Serafina großen Kummer habt. Und zwar nicht miteinander, sondern mit diesem hergelaufenen Bruder, schätze ich.»

«Ja, eine unschöne Sache», gab er ausweichend zur Antwort. «Leider sind wir mit Peter im Streit auseinandergegangen.»

«Streit! Ich denke doch eher, dass es mit diesem Zettel zusammenhängt, den ich gefunden habe. Er verlangt Geld von Euch, sehr viel Geld. Habe ich recht?»

Adalbert starrte schweigend auf die Maserung der Tischplatte.

«Wofür?», setzte sie nach.

«Ach Irmla, es ist besser, Ihr denkt nicht darüber nach.»

«Er presst Euch also aus. Womit hat er Euch in der Hand? Bitte, Doctor Adalbert, wir kennen uns nun schon so viele Jahre. Ihr könnt mir wirklich alles anvertrauen. Mir ist so einiges widerfahren in meinem langen Leben, glaubt mir, und vielleicht kann ich Euch ja einen Rat geben.»

Adalbert hob den Kopf und sah sie beinahe verwundert an. Seit dem Tod seiner ersten Frau Lena hatte er alles, was ihn quälte, stets mit sich allein ausgemacht, so treu ihm Irmla auch zur Seite gestanden war. Bis Serafina in sein Leben getreten und ihm zur vertrauten Gefährtin geworden war.

Ohne weiter nachzudenken, murmelte er plötzlich: «Vitus ist gar nicht Serafinas Patenkind, also das Kind von ihrer jüngeren Schwester Elisabeth, wie sie es vor anderen immer vorgibt. Sondern ihr leiblicher, unehelich geborener Sohn.»

Mütterlich legte die Magd ihm die Hand auf den Unterarm und lächelte. «Das wundert mich nicht. Der Junge ist zwar blond, aber ansonsten der Herrin wie aus dem Gesicht geschnitten.»

Adalbert nickte. «Ja, das ist er fürwahr. Und er ist ganz wunderbar geraten.»

«Ihr mögt ihn sehr, ich weiß. Und daraus schließe ich, dass dieser Peter jetzt Geld von Euch will und er das sonst in der ganzen Stadt herumerzählt.»

«So ist es.»

Sie zog ihre Hand zurück, schien einen Augenblick nachzudenken und legte den Kopf schief.

«Wisst Ihr, was ich glaube?» Sie musterte ihn durchdringend. «Ihr sagt mir nicht die ganze Wahrheit. Was würde es schon ausmachen, wenn das herauskäme? Serafina wäre nicht die erste Frau, die unter widrigen Umständen ein Kind bekommen hätte, und Ihr nicht das erste ehrbare Mannsbild, das eine Frau mit Bankert zum Weibe nimmt. Das geschieht in den allerhöchsten Kreisen.»

Er konnte ihrem Blick nicht ausweichen und spürte, dass er ihr mit Ausflüchten nicht beikam.

«Du hast recht», rutschte ihm das vertraute Du über die Lippen, nachdem er sich ein Herz gefasst hatte. «Vitus ist die Frucht einer Gewalttat, der Serafina als Dienstmagd in Radolfzell zum Opfer gefallen ist. Da war sie gerade mal vierzehn Jahre alt! Bald nach der Geburt hatte man ihr den Jungen weggenommen und in ein Kloster bei Konstanz gesteckt. Um ihm nahe zu sein, ist sie ebenfalls nach Konstanz gegangen und wollte sich dort eine Anstellung suchen. Aber da sie keine Papiere noch eine Empfehlung ihres vorigen Dienstherrn besaß, wollte sie niemand haben, und so ist sie letztlich aus Not und Verzweiflung an die falschen Leute geraten.»

«Falsche Leute also? Jetzt könnt Ihr mir auch noch den Rest der Geschichte erzählen, Doctor Adalbert.»

Abwehrend schüttelte er den Kopf. Nein, er wollte nicht darüber sprechen, so sehr er seiner Magd auch vertraute. Nicht um seinetwillen, sondern um Serafina zu schützen.

«Dann sage ich Euch, was ich vermute.» Sie zögerte nur kurz. «Verzeiht mir bitte meine Offenheit. Ihr wart damals als Leibarzt des Basler Bischofs für längere Zeit beim Konstanzer Konzil. Nach Eurer Rückkehr wart Ihr wie ausgewechselt, unruhig und fahrig, mal himmelhochjauchzend, mal ernsthaft betrübt. Mir hattet Ihr nur berichtet, dass die Wochen in der lauten, völlig überfüllten Stadt sehr anstrengend gewesen seien und dass in einem Hurenhaus obendrein der Leibwächter des Bischofs zu Tode gekommen war. Es war ein Unfall, wie Ihr damals vor Gericht ausgesagt habt. Mir aber hattet Ihr, als der Bischof dem Toten eine Ehrenbestattung zuteilwerden ließ, ganz aufgebracht noch erzählt, dass dieser Schelm sich an der jüngsten und wehrlosesten der Hübschlerinnen vergangen und sie halbtot geprügelt hatte.»

«Die junge Resi war's …», sagte er leise, «dieser Hundsfott hatte sie ans Bett gefesselt …»

Sofort stand ihm wieder das Bild vor Augen, als er in die Kammer des Frauenhauses gerufen wurde. Der tote bischöfliche Leibwächter namens Ekkehart war mit blutverschmiertem Hinterkopf reglos neben dem Bett gelegen, im Türrahmen der hilflose Bischof Humbert von Neuenburg, der unter seinem hastig übergestreiften Mantel noch halb nackt war, dazu die weinende Resi, die auf der anderen Seite des Betts auf dem Boden kauerte, und jene bildschöne dunkelhaarige Frau, die Resi tröstend in den Armen hielt. Sie war es gewesen, die ihre Gefährtin vor Ekkeharts brutalen Angriffen mit dem beherzten Schlag eines Eisens gerettet hatte. Aber erst dessen Sturz gegen den Bettpfosten war tödlich gewesen. Adalbert hatte damals sofort sein Herz an Serafina verloren und den Tod als Unfall ausgegeben. Als sie sich wenig später in einem nahen Gasthof bei ihm bedankte, hatte er sie zum Abschied geküsst. Woraufhin sie sich reichlich kratzbürstig von ihm losgemacht hatte, um ohne Abschiedsworte wieder aus seinem Leben zu verschwinden. Als er ihr lange Zeit später als Stadtarzt in Freiburg wieder begegnet war, hatte er geglaubt, er träume …

«Ich will gar nicht wissen, was da im Frauenhaus wirklich geschehen war», riss Irmla ihn aus seinen Erinnerungen. «Aber ich vermute doch, dass Ihr dabei Serafina begegnet seid. Und nun will ihr Bruder Euch einen Strick daraus drehen, dass Ihr mit einer ehemaligen Hübschlerin verheiratet seid. Stimmt's?»

Adalbert nickte kaum merklich. «Fünfzig Gulden Schweigegeld fordert er von mir. Ich bitte Euch, Irmla: Sagt gegenüber Serafina kein Wort, dass Ihr hierüber Bescheid wisst.»

«Haltet Ihr das für klug, wenn wir drei hier weiterhin untereinander Versteck spielen? Ganz davon abgesehen, dass ich so etwas bereits die ganze Zeit geahnt habe.»

Irmla erstaunte ihn immer wieder aufs Neue. «Dann … dann verurteilt Ihr Serafina gar nicht?», stieß er hervor.

«Papperlapapp. Wieso sollte ich? In jedem von uns sind dunkle Seiten verborgen.»

Plötzlich fühlte er sich unendlich erleichtert, dass er vor seiner treuen Magd nicht mehr dieses Geheimnis zurückhalten musste.

«Habt Ihr schon mal daran gedacht», fuhr sie fort, «dem Kerl das Geld schlichtweg zu verweigern? Und ihn stattdessen dem Schultheißen vorzuführen, damit er diese ungeheure Anschuldigung laut und deutlich in dessen Gegenwart äußert? Ich glaub nämlich kaum, dass er hierzu den Mumm hat, denn dann ist er ganz schnell wegen Verleumdung und Ehrverletzung eines hoch angesehenen Mannes dran.»

# Kapitel 24

Serafina steckte den Kopf zur Küchentür herein.

«Bin ich zu spät?»

Ihre Wangen waren leicht gerötet, als sei sie gerannt, und unter der weißen Sonntagshaube hatten sich rechts und links zwei Haarsträhnen gelöst.

«Wie schön, dass ihr auf mich gewartet habt.»

Am liebsten wäre Adalbert aufgesprungen, hätte sie umarmt und ihr gesagt, wie sehr er sie liebte. Und dass er im schlimmsten Falle alles aufgeben und mit ihr ans Ende der Welt gehen würde.

«Immerhin seid Ihr diesmal fast pünktlich zum Essen erschienen», brummelte Irmla. «Ich trag dann mal in der guten Stube auf.»

«Wartet, ich helf Euch.» Serafina nahm ihr die Platte mit dem aufgeschnittenen Braten ab.

Kein Ave-Maria später saßen sie alle drei in der Wohnstube. Mit gutem Appetit begann Adalbert zu essen. Sie würden eine Lösung finden, dessen war er sich jetzt sicher. Er hatte nicht nur eine wunderbare Frau an seiner Seite, sondern auch eine beherzte, zupackende Magd.

Serafina hingegen wirkte noch bedrückter als am Morgen. Ihr Blick wanderte zwischen Irmla und Adalbert hin und her, schließlich sagte sie: «Wir waren bei Jodokus, die Grethe, die Meisterin und ich. Bei dem armen Mann, der angeblich die Agnes erschlagen haben soll.»

«Wie? Im Gefängnisturm wart ihr?», fragte er verblüfft und aufgeschreckt zugleich.

Sie legte die Bratenscheibe, die sie gerade mit ihrem Messer aufgespießt hatte, zurück auf die Platte.

«Du musst helfen, Adalbert. Ich sage dir, der Mann ist unschuldig! Auch meine Freundinnen glauben das, Grethe und Mette kennen ihn nämlich von früher. Aber wenn er erst peinlich befragt wird, wird er alles sagen, was man von ihm hören will. Solche Angst hat er vor der Tortur! Dabei hat er die Geldkatze, die angeblich Agnes gehört, am Samstag vor einer Woche auf dem Rindermarkt gefunden. Und weil nur ein paar Pfennige drin waren, hat er seinen Fund auch nicht in die Kanzlei gebracht. Du musst unbedingt zu Zinkenhauer nach Waldkirch und ihm nochmals auf den Zahn fühlen.» Flehentlich sah sie ihn an. «Der Kaufmann muss sich geirrt haben, vielleicht hat ja der Beutel von Agnes nur so ähnlich ausgesehen. Ihr Männer achtet auf so was ohnehin nicht richtig. Bitte, Adalbert! Zinkenhauer kennt dich als Stadtarzt und Ratsherr, deine Stimme hat also Gewicht.»

Die Worte waren nur so aus ihr herausgesprudelt, und ihre Wangen hatten sich noch röter verfärbt.

Er strich ihr über die Hand. «Beruhige dich, Serafina. Für heute ist es zu spät, um noch nach Waldkirch hinauszuwandern. Aber gleich morgen früh mache ich mich auf den Weg. Und einstweilen kann ich heute schon mal Metzgermeister Grieswirth aufsuchen, der auf vertrautem Fuß mit Schultheiß Paulus von Riehen steht. Und hernach gleich auch noch unseren guten alten Freund Laurenz Wetzstein. Der ist derzeit sogar Beisitzer bei Gericht, wie du vielleicht weißt. So können wir möglicherweise bewirken, dass die Herren Richter den Fall neu aufrollen und dass bis dahin dem armen Jodokus zumindest die Tortur erspart wird.»

«Das würdest du wirklich tun?» Sie seufzte erleichtert.

«Aber ja, gleich nach dem Mittagessen. Vorausgesetzt, du isst jetzt endlich was, Irmla hat sich solche Mühe gegeben.»

«Ach Adalbert, ich hab überhaupt keinen Hunger. Da wäre nämlich noch etwas, etwas sehr Wichtiges, bevor du dich auf den Weg machst zu Grieswirth und Wetzstein.» Sie zögerte. «Könnten wir vielleicht nachher unter vier Augen … du weißt schon, wegen Peter und der Sache mit dem Geld …»

«Ich muss dir auch etwas erzählen, Serafina. Es gibt in diesem Haus keine Geheimnisse, auch nicht vor Irmla. Nicht mehr.»

Serafina blieb der Mund offen stehen.

«Was sagst du da? Du hast es ihr verraten?»

Über das faltige Gesicht der alten Magd breitete sich ein beruhigendes Lächeln. «Ja, Ihr habt richtig gehört, Frau Serafina. Und jetzt fangt bloß nicht an zu grübeln, was ich wohl über Eure Vergangenheit als Hübschlerin denken mag, weil ich's Euch nämlich sofort sage: Jeder Mensch hat irgendwann sein Päckchen zu tragen, und Euch hatte es besonders übel getroffen, wie ich erfahren habe. Wichtig ist aber doch allein, was für ein Mensch Ihr in Eurem Herzen seid und trotz oder vielleicht auch wegen Eurer Erfahrungen geblieben seid. Und da muss ich sagen, dass mein Dienstherr kein bessres Weib hätte finden können. Ach ja, und noch eins: Dass ich verschwiegen bin wie ein Grab, das wisst Ihr hoffentlich.»

Erschöpft von ihrer ungewöhnlich langen und regelrecht

gefühlsseligen Rede griff sie erst einmal zu ihrem Becher Most.

«Danke, Irmla, für Eure lieben Worte.» Serafina sprang auf und umarmte sie. «Dann … dann will ich erzählen, wen wir auf dem Heimweg getroffen haben. Vor dem Elephanten.»

«Ich kann's mir leider denken», brummte Adalbert unwillig.

«Er kam betrunken aus dem Wirtshaus», fuhr Serafina fort und setzte sich wieder. «Ganz frech hat er mich im Beisein von Grethe und der Meisterin daran erinnert, dass er übermorgen zu uns zum Abendessen kommt. Und stell dir vor: Er war nicht allein, sondern in Begleitung eines berüchtigten Tunichtguts namens Roter Matthes. Die beiden scheinen sich ziemlich gut zu kennen und sind dann zusammen ihrer Wege gegangen.»

Er runzelte die Stirn. «Roter Matthes? Wer soll das sein?»

«Ein Raufbold und Taglöhner aus der Neuburgvorstadt. Zinkenhauers Magd hatte ihn bei meinem zweiten Besuch in Waldkirch erwähnt. Und zwar auf meine Frage an den Kaufmann, ob er denn jemanden in Verdacht habe, falls Agnes Tod nun doch kein Unglück, sondern ein Meuchelmord war.»

«*Das* hast du den Zinkenhauer gefragt?» Adalbert rollte mit den Augen. «Dachte ich mir's doch, dass du nur in Waldkirch warst, um den Mann auszuhorchen. Man darf dich wirklich nirgendwohin allein gehen lassen.»

Das meinte er keineswegs im Scherz. Er musste Serafina dazu bringen, nichts mehr auf eigene Faust zu unternehmen und sich damit immer wieder in Gefahr zu bringen. Nicht nur in dieser Sache, sondern künftig und allezeit. Sonst würde er in dieser Ehe keine ruhige Minute mehr erleben.

Sie wich seinem scharfen Blick aus. «Jedenfalls habe ich herausgefunden, dass mit dem Roten Matthes nicht zu spaßen ist. Der saß sogar schon wegen Raufhändel und Betrug im Turm. Der Zinkenhauerin ist er nachgestiegen, hatte sich wohl bis zuletzt Hoffnungen gemacht und sie sogar bis Waldkirch verfolgt. Dabei hatte die Agnes regelrecht Angst vor ihm gehabt.»

«Wie ich dich kenne, weißt du inzwischen auch, wo dieser Rote Matthes wohnt.»

«Nun ja, irgendwo beim Armenspital, mehr weiß ich auch nicht. Das Schlimme ist doch, dass mein Bruder mit ihm herumzieht. Was, wenn nun er und Matthes die Agnes …»

Sie brachte ihren Satz nicht zu Ende.

Das alles klang nicht gut, doch Adalbert wollte vor Serafina nicht auch noch Öl ins Feuer gießen.

«Dass die beiden sich kennen, kann reiner Zufall sein», wiegelte er ab. «Seit Tagen zieht Peter durch die Schenken, und solche wie er und dieser Matthes finden sich da schnell.»

«Aber was ist mit dem Silber, das mein Bruder in der Dachkammer versteckt hat? Außerdem: Ich hatte dir doch von den Flecken erzählt, die er an den Hemdsärmeln hatte. Das war eindeutig Blut, sagt die Wäscherin.»

«Was ich bestätigen kann», mischte sich erstmals Irmla ein. «Wenn jemand Blut von anderem Dreck unterscheiden kann, dann unsere Waschfrau.»

«Hast du deshalb deinen Bruder zur Rede gestellt?», fragte Achaz. Allmählich wuchs ihm die ganze Geschichte über den Kopf.

«Ja. Er hat gemeint, dass er sich bei seinem letzten Besuch im Haus Zur Kurzen Freud mit jemandem geprügelt hat. Aber ich glaube ihm nicht, mein Gefühl sagt mir, dass er lügt. Und dann ist mir da noch etwas eingefallen: Der Nachtwächter hat mir doch verraten, dass die Agnes nicht auf dem Steinhaufen zu Tode kam, sondern woanders. Also muss man sie weggeschleppt haben. Der schwächliche Jodokus kann das niemals bewerkstelligt haben, es sei denn, er hätte sie bei den Füßen oder Schultern genommen und durch die Gassen geschleift.»

Er pfiff durch die Zähne. Dass er das nicht bedacht hatte.

«Du hast recht», sagte er langsam. «Weder am Gewand noch an Händen und Füßen der Toten konnte ich Schleifspuren entdecken. Es müssen also zwei gewesen sein, die sie getragen haben. Oder einer, der stark genug ist.»

Sie nickte. «Mit Jodokus sitzt jedenfalls der Falsche im Turm ein. Und dass der arme Tropf einen Helfershelfer hatte, den er für seine Dienste und sein Schweigen mit Sicherheit hätte bezahlen müssen, glaube ich einfach nicht.»

Adalbert wagte die Frage kaum auszusprechen. «Dann traust du deinem Bruder wahrhaftig einen Meuchelmord zu?»

«Ich weiß es wirklich nicht. Besser gesagt, ich will es nicht glauben. Aber all diese Einzelheiten, also das Blut, das versteckte Geld, seine Bekanntschaft mit dem Roten Matthes, die sprechen doch dafür. Vielleicht war es ja der Matthes auch allein und Peter war nur dabei und hat Schweigegeld dafür eingefordert …»

«Dann würde dieser Matthes wohl kaum so fröhlich mit deinem Bruder durch die Gassen ziehen», gab Adalbert zu bedenken und rieb sich das Kinn. Plötzlich schoss ihm die Lösung durch den Kopf, wie sie Peter loswerden konnten.

«Wie dem auch sei, Serafina: Ich werde nachher Grieswirth und Wetzstein über unsere neuen Erkenntnisse unterrichten. Allein der Verdacht auf Meuchelmord wird deinen Bruder dazu bringen, für immer von hier zu verschwinden.»

«Diesen Einfall hatte Grethe auch schon», murmelte sie.

Kurz kämpfte er mit seiner verletzten Eitelkeit, dass die junge Begine schon vor ihm auf diesen Gedanken gekommen war. Dann nahm er Serafinas Hand. «Umso besser. Ich bin mir sicher, dass Peter sich ganz schnell aus dem Staub macht, sobald wir ihm eröffnen, dass der Mord an Agnes neu untersucht wird. Und zwar mit ihm und dem Roten Matthes als Verdächtigen. Wenn er auch nur ein bisschen Verstand hat, weiß er, wie schnell sogar ein Unschuldiger in Verdacht geraten und mit dem Tode bestraft werden kann. Selbst wenn er ahnt, dass wir keinerlei Beweise haben, wird er es mit der Angst zu tun bekommen.» Er schaute Serafina und Irmla zufrieden an. «Ein kleines Scheibchen von dem köstlichen Braten noch, dann mach ich mich auf den Weg. Und zwar allein. Und du, Serafina, lässt heute einfach mal den lieben Gott einen guten Mann sein und genießt den Sonntag.»

# Kapitel 25

Serafina konnte es ganz und gar nicht leiden, zum Nichtstun verurteilt zu sein. Adalbert hatte sie bei seinem Aufbruch nochmals gebeten, zu Hause zu bleiben und auf ihn zu warten. In ein, zwei Stunden würde er zurück sein. Das heißt, seinem ernsten Gesicht und Tonfall nach war es eher schon ein Befehl denn eine Bitte gewesen. Von Irmla hatte er sich mit den Worten verabschiedet: «Lasst Ihr mir meine Serafina nur ja nicht aus den Augen.»

Inzwischen schien die Sonne warm von einem wolkenlosen Himmel, und sie hatte das Fenster in der Wohnstube weit geöffnet. Da tat sie etwas, was sie sonst nie tat: Sie rückte einen Stuhl ans Fenster und starrte hinaus auf den Platz vor dem Barfüßerkloster. Wie oft hatte sie dort unten gestanden, nach der Frühmesse bei den Franziskanerbrüdern, und verstohlen zum Haus Zum Pilger hinübergelinst, ob nicht vielleicht zufällig der Stadtarzt durch die Haustür treten würde. Jetzt, am frühen Sonntagnachmittag, war der Platz wie ausgestorben. Die Mönche hatten sich in der Klosterkirche zum Stundengebet der Non versammelt, deutlich waren ihre schönen Gesänge zu hören, und die Ratskanzlei gegenüber der Kirche war wie immer sonntags geschlossen. Nur vor dem Haus Zum Roten Eck stand plaudernd eine kleine Gruppe Müßiggänger, und zwei herrenlose Hunde jagten einander über den stillen Platz. Als ob sie es wüssten, dass am Tag des Herrn kein Hundefänger unterwegs war.

Dass Irmla nun über sie Bescheid wusste, hatte Serafina nur kurz erschreckt. Die Magd war eine verschwiegene Person, niemand würde je ein Sterbenswörtchen aus ihrem Mund erfahren. Obendrein war es eine Erleichterung, dass sie fortan bei ihren Tischgesprächen nicht mehr jedes Wort auf die Goldwaage legen mussten.

Etwas anderes beunruhigte sie weitaus mehr. Wie hatte Adalbert so treffend gesagt? Wer auch nur ein bisschen Verstand hat, der weiß, wie schnell selbst ein Unschuldiger in Verdacht geraten und mit dem Tod bestraft werden kann. Gerade so wie Jodokus, der jetzt in seinem Kerker hockte und den Galgen fürchten musste. Und wie demnächst womöglich ihr eigener Bruder. Mit ihrer Bezichtigung bei den Ratsherren taten sie doch nichts anderes, als ihn dem Henker auszuliefern, sollte ihm nicht rechtzeitig die Flucht gelingen. Gewiss, Adalbert hatte ihr versprochen, alles zu unternehmen, um Peter heimlich aus der Stadt zu bringen, bevor er geschnappt würde. Aber wenn dies nun schiefging? Selbst wenn Peter irgendetwas mit dem Mord an Agnes zu schaffen hatte, so würde sie es niemals verwinden, den eigenen Bruder an den Galgen gebracht zu haben.

«Verdammter Mistkerl!», fluchte sie leise. «Warum nur willst du alles zerstören? Wärst du bloß niemals hergekommen.»

Da stutzte sie. Eine dicke Frau in einfachem Gewand eilte über den Platz. Sie kam ihr merkwürdig bekannt vor. Bei der Tür zur Kanzlei machte sie halt und klopfte lautstark dagegen. «Herr Schultheiß, seid Ihr da?», hörte Serafina sie rufen.

Da erkannte sie Käthe, die Magd von Kaufherr Zinkenhauer. Was in aller Welt tat die an einem Sonntag vor der Ratskanzlei?

Serafina beugte sich aus dem Fenster.

«Gute Frau, die Ratskanzlei ist am Sonntag geschlossen.»

Die Magd drehte den Kopf in ihre Richtung.

«Das weiß ich selbst», gab sie mürrisch zurück. «Ach … seid Ihr nicht die Frau des Stadtarztes?»

«Ganz recht. Und Ihr seid Käthe, nicht wahr? Wartet, ich komme herunter.»

Sie eilte die Treppe hinunter und öffnete die Tür, wo Käthe schon auf der Schwelle stand.

«Zu wem wollt Ihr?», fragte Serafina neugierig.

«Zum Schultheiß Paulus von Riehen.» Die Frau rang sich sichtlich bemüht ein freundliches Lächeln ab. «Ich war schon zu Hause bei ihm, und die Magd hat mir gesagt, dass er vielleicht in der Kanzlei wäre. Ist er aber nicht.»

«Nun, vielleicht studiert er wichtige Schriftstücke und mag nicht gestört werden. Ihr müsst eben an einem Werktag wiederkommen.»

«Da hab ich aber nicht frei. Ich muss schließlich arbeiten», knurrte Käthe. Dann wurde ihr Tonfall wieder höflicher. «Aber wenn ich Euch schon treffe: Vielleicht könnt *Ihr* mir weiterhelfen, wo Ihr doch die Frau eines Stadtarztes und Ratsherren seid. Da gibt's jetzt wohl einen Verdächtigen, so einen Habenichts, der wo meine arme Herrin erschlagen und beraubt haben soll. Wisst Ihr, ob er schon gestanden hat?»

Verwundert sah Serafina sie an. Um das zu erfahren, war Käthe den weiten Weg von Waldkirch hermarschiert?

«Nein, das hat er noch nicht», gab sie wahrheitsgemäß

zur Antwort. «Hat Euch Kaufherr Zinkenhauer ins Haus des Schultheißen geschickt?»

Sie nickte mehrfach. Dann fuhr sie fort: «Nun, bei der Tortur wird die Wahrheit schon ans Licht kommen.»

Serafina schürzte die Lippen. «Nicht unbedingt. Wenn der Schmerz unerträglich wird, sagt man so manches, was man hinterher bereut, meint Ihr nicht? Mehr noch, ich bin mir sicher, dass der Falsche im Turm einsitzt. Hat der Gerichtsbote eigentlich auch Euch die Geldkatze gezeigt, die Jodokus angeblich geraubt haben soll?»

Verunsichert blinzelte Käthe sie an. «Warum fragt Ihr das? Gibt es etwa einen neuen Verdacht?»

Serafina hatte beileibe nicht vor, diesem Weib zu viel zu verraten. Aber dass sie nun vor ihr stand, war ein Geschenk des Himmels.

«Möglicherweise. Habt Ihr die Geldkatze nun gesehen oder nicht?»

«Ja, das habe ich. Ohne Zweifel hat die meiner Herrin gehört. Jetzt sagt mir bitte noch», ungeduldig trat sie von einem Fuß auf den anderen, «wisst Ihr, wann der Verdächtige endlich peinlich befragt wird?»

Serafina fand diese Frage reichlich unverfroren und gab zur Antwort: «Ich bete zu Gott, dass es überhaupt nicht geschieht. Würdet Ihr auch unter Eid beschwören, dass es Agnes' Geldbeutel war?»

Spöttisch verzog Käthe das Gesicht. «Eine einfache Magd wird wohl kaum wegen eines Geldbeutels als Zeugin vorgeladen. Aber das braucht's auch nicht. Schließlich ist sich der Kaufherr ganz und gar sicher. Und jetzt entschuldigt mich, ich muss zurück nach Waldkirch.»

Als Serafina die Tür hinter Käthe verschloss und sich umdrehte, sah sie Irmla auf der Treppe stehen.

«Ihr hattet Besuch?»

«Das war die Magd von Ignaz Zinkenhauer. Ich hab sie zufällig aus dem Fenster vor der Kanzlei stehen sehen.»

Irmla zwinkerte ihr zu. «Und ich dachte schon, Ihr wolltet Euch heimlich aus dem Staub machen. Zu einem kleinen Spaziergang in Richtung Armenspital vielleicht.»

«Sehr spaßig», murmelte Serafina und ließ sich auf den Schemel vor ihrem Arbeitstisch sinken. Liebend gern hätte sie jetzt an ihren Salben und Tinkturen weitergearbeitet, um die Zeit herumzubringen, doch das hätte die Hausmagd am Tag des Herrn kaum gutgeheißen.

«Ach Irmla, ich finde es schrecklich, warten zu müssen. Und dabei auch noch untätig herumzusitzen.»

«Der Medicus ist grad mal drei Vaterunser lang aus dem Haus und schon langweilt Ihr Euch.»

«Ihr sagt es. An einem solch schönen Frühlingstag hätte ich normalerweise, wenn Achaz keine Zeit für mich hat, den Hund geholt und wäre mit ihm in mein Gärtchen gegangen.»

«Nun …», Irmla schmunzelte, «wir *beide* könnten ja zusammen einen kleinen Sonntagsspaziergang machen, auf der Großen Gass oder hinüber zum Hirschgraben. Ein bisschen Sonne und frische Luft schaden nie. Doctor Adalbert hat mich schließlich nur gebeten, ich solle Euch nicht aus den Augen lassen. Dass wir die ganze Zeit im muffigen Haus herumsitzen, hat er nicht ausdrücklich gesagt.»

Sofort war Serafina wieder auf den Beinen. «Das machen wir. Jetzt gleich.»

Schon hatte sie ihren Umhang vom Haken genommen. Sie

wusste auch, wohin sie gehen würden. Warum nur war sie nicht bereits früher darauf gekommen?

Blieb nur zu hoffen, dass Irmla sich nicht querstellte, wenn sie das Ziel ihres Spaziergangs erfuhr.

# Kapitel 26

Gleich hinter dem Münster bewohnte der dicke Grieswirth ein prächtiges Haus. Auf dem Weg dorthin hatten sich Adalberts Schritte unwillkürlich verlangsamt. Schließlich hielt er vor der kunstvoll geschnitzten Haustür inne, ohne anzuklopfen.

Irmlas Vorschlag, Peter noch vor Ablauf der von ihm gesetzten Frist als Ehrabschneider dem Schultheißen vorzuführen, war gewiss nicht dumm. Aber er hatte einige Haken. Adalbert konnte den Burschen nicht recht einschätzen. Würde er womöglich erst recht trotzig alles preisgeben und den Rat auffordern, seine Enthüllungen in Konstanz nachzuprüfen? Über einen Boten war dies für den Magistrat ein Leichtes.

Obendrein war da noch immer die Sache mit Ekkeharts Tod. Für ihn selbst war klar, dass Serafina damals in Notwehr gehandelt hatte und den Leibwächter niemals hatte töten wollen. Das alles lag lange zurück, niemand hatte mehr daran gerührt, nicht einmal Bischof Humbert von Neuenburg. Und selbst Peter wusste hiervon nichts. Aber konnte man ausschließen, dass man bei den Nachforschungen im Haus Zum Blauen Mond ausgerechnet auf diesen Todesfall stoßen würde? Und darauf, dass sowohl er als auch Serafina damit zu schaffen hatten? Nicht auszudenken, was das für Folgen haben könnte.

Weitaus schlimmere jedenfalls, als wenn sie nur, um Schmach und Schande zu entgehen, Freiburg würden verlassen müssen.

Nein, den Burschen als Verleumder und Ehrabschneider vorzuführen, würde er tunlichst bleiben lassen. Es gab nur einen Weg, um zu verhindern, dass Peter ihre Zukunft zerstörte, auch wenn sich Adalbert dabei reichlich unwohl fühlte: Er musste bei Gericht als Zeuge vorsprechen, mit jener scheußlichen Mutmaßung im Gepäck, Peter Stadler habe möglicherweise zusammen mit diesem Taglöhner die Zinkenhauerin gemeuchelt.

Adalbert wusste, dass bereits morgen das Blutgericht, dem Paulus von Riehen als Freiburger Schultheiß vorstand, sich erneut beraten und am Ende wohl beschließen würde, Jodokus peinlich zu befragen. Die beiden Heimlichen Räte, die im Vorfeld der Urteilsfindung mit der Suche nach der Wahrheit betraut waren, stellten diesmal der Edle Hanman von Todtnau und der Kaufherr Wolfhart Unmüßig, beide als recht besonnene Männer bekannt. Ihnen zur Seite standen zwei Beisitzer, von denen einer Bäckermeister Laurenz Wetzstein war. Eberhart Grieswirth hingegen, Zunftmeister der Metzger und seit zwei Jahren Adalberts ewiger Patient, gehörte derzeit dem Kleinen Rat an, einem gewichtigen Ausschuss, der zwar nur für die niedere Gerichtsbarkeit zuständig war, indessen in engem Austausch mit Schultheiß und Heimlichen Räten stand.

Ganz gewiss also war es kein Fehler, zuvor schon und damit gleich heute Grieswirth und Wetzstein als höchst einflussreiche Ratsherren mit ins Boot zu holen. Adalbert wusste, dass Grieswirth ihm als Medicus eng verbunden war, und Wetzstein hatte Serafina und ihm mehr als einmal aus der Patsche geholfen.

Beiden Männern traute er zu, dass sie sowohl seine Auffassung über Jodokus' Unschuld als auch seinen Verdacht gegen

Peter und den Roten Matthes in aller Vertraulichkeit und Umsicht überdenken und daraus ihre Schlüsse ziehen würden.

Beherzt schlug er den Eisenring.

«Wie schön, der Herr Medicus!», begrüßte ihn die Hausmagd mit strahlendem Lächeln. Sie war eine frische, ansprechende Person mittleren Alters und wirkte trotz ihrer einfachen Tracht immer wie aus dem Ei gepellt. Schon seit längerem hatte er den Verdacht, dass sie ein wenig verliebt in ihn war, so fürsorglich, wie sie sich bei seinen ärztlichen Visiten stets um ihn kümmerte.

«Gott zum Gruße, Margaretha.» Er lächelte ebenfalls. «Ist denn der Metzgermeister im Hause?»

«Da habt Ihr leider Pech, Medicus. Der Herr hält noch seinen Mittagsschlaf. Wenn Ihr vielleicht in einer halben Stunde wiederkommt? Oder Ihr wartet in der Küche, und ich mache Euch solange einen feinen Gewürzwein.»

Er hätte es wissen müssen. Wann immer es Grieswirth zeitlich möglich war, hielt er nach dem Mittagessen ein Verdauungsschläfchen, wie er selbst es nannte. Was ihn nur noch dicker und träger werden ließ.

Er schüttelte den Kopf. «Das ist lieb von Euch Margaretha, aber ich komme später nochmals vorbei.»

«Soll ich ihm bis dahin etwas ausrichten?»

«Nicht nötig. Oder doch, sagt ihm bitte, dass ich wahrscheinlich Bäckermeister Laurenz Wetzstein mitbringen werde. Wenn er sich vielleicht ein Stündchen hierfür freihalten könnte …»

«Das mache ich.» Sie schenkte ihm wieder ihr freudestrahlendes Lächeln, das Serafina kaum gefallen hätte. «Bis später also, lieber Medicus.»

Er nickte nur kurz und machte sich auf den Weg zu den Wetzsteins, in der Hoffnung, dass sich das Ehepaar nicht, wie so häufig, zu einem Sonntagsspaziergang aufgemacht hatte. Was aus seiner Sicht als Arzt natürlich das weitaus Gesündere für Leib und Seele war, als den halben Nachmittag zu verschlafen.

Auf der Großen Gass war einiges los. Die Sonne schien warm von einem wolkenlosen Himmel, die Luft war nach dem kurzen Gewitter vom Vormittag frisch und klar. Zwar waren die Läden der Verkaufsstände allesamt geschlossen, dafür konnte man jetzt ohne Hast und Gedränge, ungehindert von Marktschreiern, Lastenträgern und Maultierkarren, die Marktstraße auf und ab schlendern. Und das nutzten viele an diesem schönen Sonntagnachmittag: Eltern mit ihren tobenden Kindern, plappernde Mägde, zumeist Arm in Arm, halbwüchsige Burschen, die den jungen Mädchen mit Worten und Blicken schöntaten.

Adalbert grüßte nach rechts und links, musste einige Mal sogar stehen bleiben, wenn er freundlich angesprochen wurde, obwohl er es im Gegensatz zu allen anderen eilig hatte. Aber als Stadtarzt gehörte es dazu, mit den Leuten ins Gespräch zu kommen. Wobei er sich immer wieder umschaute, ob er nicht irgendwo die Wetzsteins entdeckte.

Diese wohnten nahe des Fischbrunnens im Haus Zum Gold. Adalbert war schon an der Haustür angelangt, da fiel sein Blick auf das Gasthaus Zum Elephanten schräg gegenüber.

War es nicht besser, den Ratsherren ein paar Tatsachen über Peter und den Roten Matthes zu präsentieren als nur bloße Mutmaßungen? Er musste zumindest herausfinden, woher und wie lange sich die beiden kannten. Erst recht, bevor womöglich

Serafina dies in die Hand nehmen würde. Warum also nicht einfach den Elephantenwirt danach fragen?

Rasch überquerte er die Gasse. Die Tür zur Wirtsstube stand offen, es war ein beständiges Kommen und Gehen. Die Junggesellen unter den Bürgern nahmen hier gern ihr Mittagessen nach der Spätmesse ein. Wer Weib oder Familie zu Hause hatte, kam erst jetzt, um sich im Kreis von Freunden ein Krüglein Wein zu gönnen. Frauen konnte Adalbert in der weiträumigen, gut gefüllten Gaststube nur wenige entdecken. Von Peter war, wie er nach Serafinas Bericht schon erwartet hatte, nichts zu sehen.

Er musste an die Hochzeitsfeier denken, die sie hier nach ihrem Abenteuer in der Höllenschlucht so ausgelassen gefeiert hatten. Zum wundervollsten Fest seines Lebens war es geworden.

«Welch schöne Überraschung, der Herr Stadtphysikus gibt uns die Ehre.» Kaum hatte Adalbert den Schankraum betreten, kam auch schon der Wirt auf ihn zugestürzt. «Dort hinten am Fenster ist eben grad ein Platz freigeworden. Darf ich Euch von unserem guten Roten Traminer bringen?»

«Ich muss leider gleich weiter, meine Frau wartet zu Hause auf mich. Aber ich bräuchte eine Auskunft von Euch, unter vier Augen. Als Wirt kennt Ihr ja alle Welt in Freiburg.»

«Gerne. Kommt nur mit.»

Er führte Adalbert hinter den Ausschank, wo es ein wenig ruhiger war, und schenkte ihm und sich einen Becher mit tiefrotem Wein ein.

«Kostet! Ein Portugieser. Nur für gute Freunde!»

«Vielen Dank.» Adalbert hob seinen Becher. «Zum Wohlsein!»

«Zum Wohlsein! Auf die Gesundheit, die Liebe und die Freundschaft!»

Der Wein schmeckte süß und stark und lag fast ölig auf der Zunge.

«Wunderbar.» Adalbert ließ den kräftigen Geschmack noch einen Moment nachwirken, dann sagte er: «Serafina hat mir erzählt, dass sie heute gegen Mittag vor Eurem Gasthaus ihrem Bruder begegnet ist, dem Peter Stadler. Er war in Gesellschaft von einem Taglöhner namens Roter Matthes, und beide waren sie wohl ziemlich betrunken.»

Jordan nickte. «Das ist richtig. Ich hab die zwei vor die Tür gesetzt. Wisst Ihr, Medicus, gegen Euren Schwager will ich nichts sagen, der ist im Grunde ein höflicher Kerl, der immer sofort seine Zeche bezahlt. Aber der Rote Matthes, der ist berüchtigt bei sämtlichen Wirten in der Stadt. Prellt die Zeche, fängt Händel an, hat ein freches Maul gegen jeden. Der kam schon halbtrunken hier rein, und als er dann meine Stammgäste angepöbelt hat, hab ich ihm endgültig Hausverbrot erteilt. Jammerschade, dass sich Euer Schwager mit so einem rumtreibt.»

«Das klingt wahrlich übel. Wisst Ihr, wie gut dieser Matthes und Peter sich kennen?»

«Die scheinen die besten Freunde zu sein. Leider. Ich hab Eurem Schwager schon gesagt, dass er sich eine neue Bleibe suchen muss, wenn das so weitergeht. Er trinkt nämlich auch gern einen über den Durst.»

«Könnte es sein, dass die beiden sich nicht erst seit dem Viehmarkt gestern kennen?»

«Das will ich meinen. Vom Storchenwirt weiß ich, dass sie schon vor Tagen bei ihm bis Mitternacht lautstark gezecht haben. Übrigens glaube ich fast, dass die sich aus dem Frauenhaus kennen, so unflätig wie sie gestern und heute dahergeschwatzt haben in ihrem Suff.»

«Dem Haus Zur Kurzen Freud in der Neuburgvorstadt?»

«Genau. Auf widerwärtige Weise haben sie meine Gäste mit ihren Hurengeschichten belästigt. Das können sie meinetwegen in irgendeiner billigen Spelunke machen, aber nicht in meinem ehrenwerten Haus.»

«Da habt Ihr recht. Wisst Ihr vielleicht auch, wo der Rote Matthes wohnt?»

«In der Neuburg, zwischen Armenspital und Reuerinnenkloster. Aber jetzt hocken die beiden wohl im Mohren und lassen sich vollends zulaufen.»

Wenn das nicht alles passte wie die Faust aufs Auge, dachte sich Adalbert. Laut sagte er: «Habt ganz herzlichen Dank, Jordan. Ihr habt mir sehr geholfen. Was bekommt Ihr für den wirklich ausgezeichneten Tropfen?»

«Ein Geschenk des Hauses. Und den letzten Schluck im Krug teilt Ihr bitte noch mit mir, mein lieber Stadtarzt.»

Wozu Adalbert nicht nein sagen mochte, bevor er sich entschlossen auf den Weg machte.

# Kapitel 27

«Nein! Dahin bringt Ihr mich nie und nimmer, Frau Serafina!»

Es fehlte noch, dass Irmla in ihrer Entrüstung mit dem Fuß aufgestampft hätte.

Sie hatten eben den Stadtgraben vor dem Christoffelstor überquert, wo linker Hand der Weg zum Hirschgehege abging. Weil man hier, wie anderswo auch, in Friedenszeiten zur Freude der Bürger Rotwild im trockengelegten Graben hielt, wurde es an Sonn- und Feiertagen als beliebtes Ausflugsziel genutzt.

«Nie und nimmer», wiederholte die Magd aufgebracht, «setze ich meinen Fuß über die Schwelle eines Hurenhauses!»

«So beruhigt Euch doch, Irmla. Heute ist Sonntag, der Tag des Herrn. Da dürfen selbstredend keine Freier eingelassen werden, und die Schankstube ist für Fremde geschlossen. Außerdem könnt Ihr ja draußen auf mich warten.»

«Das wäre ja noch schöner, wenn man mich vor diesem Bordell auf- und abmarschieren sehen würde.»

«Bitte, Irmla!» Serafina musste an sich halten, ruhig zu bleiben. Bei aller Offenheit von Irmla gegenüber ihrer Vergangenheit fühlte sich Serafina nun durch deren Widerwillen schlichtweg gekränkt. «Ihr stellt Euch da etwas ganz Falsches vor. Sonntags haben die Hübschlerinnen frei, und dann ist das

Ganze nichts anderes als ein Wohnhaus, in dem nur Weiber wohnen, vom Frauenwirt mal abgesehen, der mit seiner Ehegefährtin ebenfalls dort wohnt. Man näht und stickt, kocht zusammen oder sitzt einfach in der Schankstube und plaudert. Oder ist Eure Verachtung für diese Frauen doch zu groß?», konnte sie sich am Ende nicht verkneifen zu fragen.

Die Magd biss sich auf die Lippen, während der Torwächter des Christoffelstors bereits neugierig zu ihnen herüberspähte.

«Also, was ist, Irmla? Ich hab Euch doch erklärt, warum es mir so wichtig ist, mit den Frauen zu sprechen. Vor allem mit der Theresia. Seit der Sache mit dem Hostienfrevel damals kenne ich sie recht gut. Das Mädchen wird uns ehrlich sagen, ob das Blut an Peters Hemdsärmeln wirklich von einer Rauferei im Hurenhaus stammt. Ob er also die Wahrheit sagt oder gelogen hat.»

Irmla nickte. «Gehen wir.»

Serafina hätte sie umarmen mögen vor Erleichterung. Sie konnte sich denken, wie schwer es der Magd fallen musste, über ihren eigenen Schatten zu springen.

Am Kloster Allerheiligen der Augustiner Chorherren bogen sie nach rechts ab. Abgesehen von dem breiten Hauptweg, der durch das Mönchstor zur Stadt hinausführte, waren die Gassen der Neuburgvorstadt allesamt eng, holprig und schmutzig. Schäbige, zumeist nur einstöckige Holzhäuser säumten sie, manche von ihnen mit eingesackten Strohdächern und zerbrochenen Fensterläden. Hie und da hatte sich allerlei Unflat angesammelt, den magere Hunde und freilaufende Schweine nach Essbarem durchwühlten, und Irmla rümpfte die Nase über den Gestank.

«Wir sind gleich da.» Serafina lächelte ihr aufmunternd zu.

Hier in der nördlichen Vorstadt, wo einfache Handwerker, Taglöhner und zahllose Bedürftige ihr Zuhause hatten, flanierte niemand des Sonntags durch die Gassen, dafür tobten ganze Horden von Kindern zwischen streunenden Hunden und Katzen herum und machten ein Geschrei, dass es einem in den Ohren schrillte. Die Alten standen müßig in den offenen Türen oder lehnten in den Fenstern und schauten ihnen zu. Nicht wenige waren am helllichten Tag schon betrunken. Fremde, erst recht Bürgersleute, verirrten sich selten hierher, doch Serafina kannte aus ihrer Zeit als Begine jeden Winkel in der Neuburg. Und manch einer winkte ihr zu, weil man sie wiedererkannte.

«Wie die uns alle anglotzen», murmelte Irmla, während Serafina Mühe hatte, bettelnde Kinder abzuwehren.

«Da ist es schon», sagte sie und deutete auf ein für diese Umgebung auffallend hübsches Fachwerkgebäude. Zwar war es kleiner und einfacher gehalten als das fast schon gediegene Haus Zum Blauen Mond in Konstanz. Aber Fensterläden und Fachwerkgebälk waren in frischem Gelb gestrichen, und die Eingangsstufen schmückte ein Kasten mit Frühlingsblumen. Serafina wusste, dass für Letzteres die Frauenwirtin verantwortlich war, ein äußerlich grobschlächtiges Weib, das aber durchaus Sinn für Ordnung und Behaglichkeit hatte. Auf den Dachfirst hatte man den Stadtwimpel gesetzt, zum Zeichen, dass es sich um ein ordentliches Frauenhaus handelte, über das strenge Aufsicht geführt wurde.

Die Haustür war verschlossen, und Serafina musste mehrfach klopfen, bis von innen schlurfende Schritte zu hören waren.

«Kommt Ihr also mit hinein?», fragte Serafina die Magd.

«Aber ja. Wennschon, dennschon. Und es tut mir leid, wenn

ich vorhin so unwirsch war. Schließlich besucht unsereins nicht jeden Tag ein Frauenhaus.»

Serafina musste lachen, als die Tür auch schon aufschwang.

Es war die Wirtin selbst.

«Nanu! Was habt denn Ihr am heiligen Sonntag bei uns zu schaffen?»

«Gott zum Gruße, Frau Martha. Erkennt Ihr mich denn nicht?»

Die Miene des kräftigen Weibsbilds, das ohne Mühe einen widersetzlichen Freier vor die Tür zu setzen vermochte, hellte sich auf.

«Ach, die Schwester Serafina!» Sie schlug sich gegen die Stirn. «Verzeiht: die Frau Stadtärztin! Ihr wollt sicher zur Theresia.»

«Ja. Ist sie denn im Haus?»

«Sie sitzt in der Stube. Kommt nur herein.»

«Wir wollen auch nicht lange stören, haben nur ein paar Fragen. Das hier ist übrigens unsere Magd Irmla.»

«Guten Tag, Magd Irmla, Ihr beide stört natürlich nicht. Nicht am Sonntagmittag.»

Sie betraten den dunklen, schmalen Flur, von dem eine Holztreppe nach oben zu den Kammern der Mädchen führte. Die Tür zur Linken stand weit offen, Stimmengewirr drang heraus.

Nur zögernd folgte Irmla der Hurenwirtin und Serafina in den blitzblank ausgekehrten Schankraum, in dem ein halbes Dutzend Frauen beieinandersaßen. Es bot sich ihnen ein Bild, als hätten sich gute Freundinnen und Nachbarinnen in einer bürgerlichen Stube zum Sonntagsplausch verabredet. Allesamt trugen die Hübschlerinnen so unauffällige, schmucklose Gewänder, dass nichts auf ihr Handwerk hindeutete. Zwei von ihnen hatten sogar einen Stickrahmen auf dem Schoß, und Theresia war dabei, ein Leintuch zu flicken. Serafina wusste, dass es hier zu Freierszeiten wesentlich unziemlicher zuging. Ein Seitenblick auf Irmla verriet, dass deren Anspannung bei dem harmlosen Anblick sichtlich nachließ.

«Los, Mädchen, rückt zusammen», beschied die Wirtin, «wir haben Besuch. Rosa, du gehst in die Küche und machst den Würzwein warm für unsere Gäste. Wenn Ihr mich braucht, Frau Serafina, ich bin draußen im Hof bei meinem Mann.»

Theresia hatte sie schon herangewunken und klopfte neben sich auf die freigewordene Eckbank.

«Setzt Euch doch.» Ihre Augen leuchteten auf. «Wie schön, Euch wiederzusehen, Frau Serafina.»

Serafina hatte die Hübschlerin, die gut zehn Jahre jünger war als sie selbst, vor anderthalb Jahren kennengelernt, als es dem Schusterjuden Mendel in der Sache mit dem Hostienfrevel beinahe an den Kragen gegangen wäre. Sie mochte Theresia, und wann immer sie sich in der Stadt zufällig trafen, nahmen sie sich die Zeit für ein Schwätzchen. Genau wie Serafina stammte sie vom Land und war in einer großen Familie aufgewachsen. Entsprechend zupackend und unerschrocken war ihre Art. Äußerlich war sie eher klein und rundlich, mit kräftigen Händen und einem zwar nicht ebenmäßigen, aber ansprechenden Gesicht mit breiten Wangenknochen und vollen Lippen. An ihren Arbeitstagen drehte sie ihr langes, dunkles Haar zu Locken und legte Wangenrot auf. Ungeschminkt wie heute sah sie um einiges jünger und kindlicher aus.

Serafina wusste, dass Theresia sowohl unter ihren Gefährtinnen als auch unter den Freiern hohen Respekt genoss. Denn sie wusste sich zu wehren, sei's mit Worten, sei's unter Gebrauch ihrer Fäuste. Selbst Heinrich, der Hurenwirt, und sein Weib Martha wagten es nicht, sie hart anzugehen. Insofern hatte sie es hier möglicherweise trotz allem besser getroffen als in ihrer erbärmlichen Bauernkate mit dem prügelnden Vater, dem sie als junges Mädchen entflohen war.

«Mich freut's auch», erwiderte Serafina. «Wie geht es dir?»

«Kann nicht klagen. Sonntags immer bestens, wenn wir vor den Kerlen unsre Ruh haben.»

Sie grinste, doch um die Augen herum wirkte sie müde.

Serafina setzte sich neben sie. «Sag mal, Theresia, kommt seit einigen Tagen ein Freier zu euch namens Peter? Ein großer, schlaksiger Kerl, dunkle Haare, schwarze Augen und etwas älter als ich?»

«Der Karfunkel-Peter?»

Die Mädchen rundum begannen zu kichern.

«Wieso Karfunkel-Peter?», gab Serafina verdutzt zurück.

«Na ja, weil er immer gleich rot wird wie ein Karfunkelstein, wenn man ihm was Nettes sagt. Dass er zum Beispiel gut gebaut ist oder einen kräftigen …» Sie schlug sich auf den Mund. «Oh, verzeiht vielmals. Jedenfalls wird er rot, wenn man ihm schöntut, wenn Ihr versteht, was ich meine.»

Serafina verstand sehr gut und unterdrückte mühsam ein Lächeln, während die anderen nur noch mehr kicherten. Selbst um Irmlas Mundwinkel zuckte es.

«Ich denke, das ist der Peter, den ich meine. Dann war er also schon öfter hier?»

«Eigentlich jeden Abend», sagte Rosa, die ihnen gerade den Würzwein brachte. «Aber er will immer nur zur Theresia. Und wenn die mal beschäftigt ist, dann kann er fuchsteufelswild werden. Einmal hat er deshalb sogar einen Tonkrug zerschlagen.

Da hättet Ihr aber mal unsern Meister sehen sollen. Am Kragen gepackt hat er den Karfunkel-Peter und vor die Tür gesetzt. Zwei Stunden später war er wieder da, mit einem nagelneuen Krug vom Hafner.»

Serafina unterdrückte ein Seufzen. Das alles passte nur allzu gut zu ihrem Bruder.

«Hat er sich dann auch mit anderen Freiern geprügelt?»

«Nein.» Theresia schüttelte entschieden den Kopf, und auch die anderen Frauen verneinten. «Da sind wir ganz sicher. Nicht hier im Haus, und vor der Haustür sorgt der Hurenwirt für Ruhe. Meistens jedenfalls. Mit dem Peter war da nichts.»

«Da ist noch etwas. Fehlt einer von euch Geld? Hier mal ein paar Silberlinge, da mal ein paar Silberlinge?»

Auch das verneinten die Frauen.

Theresia kniff die Augen zusammen. «Aber warum fragt Ihr all das? Warum ist Euch der Peter so wichtig?»

Allzu viel wollte Serafina in dieser Runde nicht verraten, dennoch war sie eine Erklärung schuldig. Unwillkürlich sah sie hinüber zu Irmla, die ein wenig abseits von ihr am Fenster saß. Fast unmerklich nickte die Magd ihr zu.

«Weil … weil dieser Peter mein Bruder aus Radolfzell ist. Und ich fürchte, er hat sich in Dummheiten verrannt.»

«Das will ich meinen», warf Rosa ein. «Schmeißt sein sauer verdientes Geld für Theresia zum Fenster raus, mit all seinen kleinen Geschenken. Prassen tut er wie ein Edelmann, dabei sieht er aus wie ein Junker von Habenichts.»

«Aber ich will ja seine Geschenke gar nicht», wehrte Theresia ab.

«Außerdem», fuhr Rosa ungerührt fort, «hängt er wie eine Klette an diesem Erzlumpen namens Roter Matthes. Wir alle können bloß froh sein, dass der nicht jedes Mal mit dabei ist. Dem müsste unser Meister längst ein ewiges Hausverbot verpassen.»

Das alles war höchst aufschlussreich. Eine Frage indessen lag Serafina aus ganz persönlichem Grund auf der Zunge.

«Und wie benimmt er sich, wenn er mit dir allein ist?», wandte sie sich wieder an Theresia. «Behandelt er dich gut?»

«Na ja, er ist schon ein reichlich seltsamer Bursche. Von der Liebe will er eigentlich gar nichts wissen. Die meiste Zeit soll ich ihn immer nur in den Arm nehmen und ihm was vorsingen.»

«Vorsingen?»

«Nun, halt so Wiegenlieder und Kinderlieder.»

Das verblüffte Serafina nun doch. Zwar hatten auch im Haus Zum Blauen Monde einige Freier gar seltsame Vorlieben gehabt, aber so etwas war ihr niemals untergekommen. Sie wurde aus ihrem Bruder einfach nicht schlau. Tatsache war jedenfalls, dass er sie angelogen hatte. Das Blut an seinem Hemd stammte nicht von einer Prügelei im Hurenhaus.

«Kannst du mir sagen, wann Peter zum ersten Mal bei euch aufgetaucht ist?»

Theresia zögerte. «Vor etwa fünf, sechs Tagen muss das gewesen sein.»

«Ich kann's Euch genau sagen», mischte sich Rosa erneut ein. «Es war der Montagabend, wo dann in der Nacht der Meuchelmord war, grad hier um die Ecke, und wo …»

In diesem Augenblick erschien die massige Gestalt von Martha, der Frauenwirtin, im Türrahmen der Schankstube, und Rosa verstummte.

Dafür liefen Theresia plötzlich die Tränen über die Wangen.

«Was ist mit dir?» Serafina nahm ihre Hand. «Kanntest du die Agnes etwa?»

«Wer ihr das angetan hat, den bring ich um», stieß sie unter Schluchzen hervor.

«Die Theresia», ließ sich nun die Frauenwirtin vernehmen und warf der jungen Hübschlerin einen strafenden Blick zu, «war eine recht gute Freundin von der armen Frau. Die beiden kannten sich noch von früheren Zeiten her. So, Frau Stadtärztin, ich fürchte, Eure Zeit bei uns geht zu Ende. Wir haben jetzt, wie jeden Sonntagnachmittag, unsere wöchentliche Besprechung, und die ist nicht unbedingt für fremde Ohren bestimmt.»

Freundlich, aber bestimmt, geleitete die Wirtin sie zur Tür hinaus, wo sie sich verabschiedeten.

Kaum waren sie außer Sichtweite des Bordells, begann Irmla zu flüstern: «Eines ist jetzt sicher: Euer Bruder hat sich in der Nacht, als die Zinkenhauerin gemeuchelt wurde, schon in der Stadt aufgehalten. Mehr noch: Er war im Hurenhaus, was ganz in der Nähe ist von der Stelle, wo der Leichnam lag. Ich fürchte, er hat mehr als Dreck am Stecken. Frau Serafina …», sie blieb stehen und holte tief Luft. «… in Eurer Haut möchte ich jetzt nicht stecken. Der eigene Bruder.»

Auch ohne diese letzten Worte fühlte sich Serafina mehr als elend. Bislang war das alles nur eine vage Vermutung gewesen, doch jetzt brauchte sie nur noch eins und eins zusammenzählen. Dennoch wehrte sich ihr Gefühl stärker denn je dagegen, dass Peter ein Mörder sein sollte.

«Kommt, Irmla, gehen wir rasch nach Hause. Hoffentlich ist Achaz schon zurück, damit wir ihm berichten können.»

Da war nämlich noch eine zweite Sache, die Serafina mehr

als überrascht hatte: Theresia lebte erst seit gut drei Jahren in Freiburg, wie Serafina von ihr selbst wusste. Zuvor hatte sie nämlich in einem Straßburger Frauenhaus gearbeitet. Sie und Agnes konnten sich also gar nicht von früher kennen. Warum also hatte die Wirtin sie angelogen?

# Kapitel 28

Der starke Portugieser Wein hatte Adalbert ungeahnten Wagemut verliehen. Bevor er Laurenz Wetzstein aufsuchte, wollte er zunächst einmal seinen Schwager und den Roten Matthes zur Rede stellen, und zwar unnachgiebig. Mit Ausflüchten würde er sich nicht zufriedengeben.

Beherzt öffnete er die Tür zum Mohren, einer heruntergekommenen Schenke in der Neuburgvorstadt, gleich hinter dem Christoffelstor. Unter anderen Umständen hätte er als Stadtarzt und Ratsherr dieses Haus nie betreten, hieß es doch, dass hier nach Torschluss dem heimlichen Glücksspiel gefrönt wurde und Winkelhuren ein und aus gingen. Gleich an Ort und Stelle, nämlich auf dem Dachboden, seien sie ihren Freiern zu Diensten. In diesem Moment aber war ihm das einerlei. Er musste zumindest herausfinden, woher und wie lange sich Peter und dieser Malefizkerl kannten und woher das Silber in Peters Leinensäckchen stammte. Die beiden sollten ruhig merken, dass er ihnen auf den Fersen war. Angriff war noch immer die beste Wehr. Und an einem belebten Ort wie einer gut besuchten Schenke konnte er einen solchen Vorstoß ohne Gefahr wagen.

Tatsächlich war die düstere Schankstube mit der niedrigen Holzbalkendecke an diesem Sonntagnachmittag brechend voll, und ihm schlug eine Geruchswolke aus Schweiß, billigem saurem Wein und rußenden Tranlampen entgegen. Wohlfeile Frauen konnte er keine entdecken, dafür aber ein junges Schankmädchen in einem Gewand mit äußerst offenherzigem Ausschnitt. Kein Wunder, dass der Mohren bei den Rebleuten, Taglöhnern und ledigen Gesellen so beliebt war.

Erst auf den zweiten Blick entdeckte er Peter und dessen rothaarigen Begleiter. Mit zwei anderen Burschen hockten sie im hintersten Winkel auf einer Eckbank und nötigten gerade einen Fiedelspieler, Musik zu machen.

«Wenn du nicht weiterspielst, kannst auch die Fliege machen», hörte Adalbert den Rothaarigen schnauzen.

Mit energischen Schritten bahnte er sich den Weg zu Peters Tisch und zog einen Silberpfennig aus der Rocktasche.

«Vielleicht solltet ihr weniger knausrig sein», sagte er und drückte dem Fiedler den Pfennig in die Hand.

«Oha! Der Herr Stadtarzt!» Peter starrte ihn aus trüben Augen an. «Was treibt dich in diese Kaschemme? Hat dich Serafina etwa vor die Tür gesetzt?»

Er sprach so laut, dass er sogar das Stimmengewirr rundum übertönte. Schon glotzten die Tischnachbarn zu ihnen herüber.

«Ich hab mit dir zu reden, Peter. Und mit deinem Freund Matthes ebenfalls.»

Peter grinste breit. «Da bin ich aber mal gespannt.»

Plötzlich kam Adalbert siedend heiß der Gedanke, dass Peter dem neuen Freund und Spießgesellen womöglich von seiner Geldforderung und damit von Serafinas Vergangenheit erzählt hatte. Aber sofort verwarf er den Gedanken wieder. So dumm war Peter nicht. Unter Spitzbuben verheimlichte man tunlichst voreinander, wenn man ein großes Geschäft vorhatte.

Lief man doch sonst Gefahr, dass einem in die Kur gepfuscht oder ein Anteil gefordert wurde.

«So fang schon an und spiel uns ein Lied», forderte er den Fiedler auf, denn er wollte nicht, dass alle Welt ihnen zuhörte. Als dieser daraufhin zu den ersten Tönen ansetzte, trat das Schankmädchen an ihren Tisch.

«Was darf's sein, vornehmer Herr? Ein Krug kaltes Bier oder lieber unsern guten Rotwein?», fragte sie und beugte sich dabei so tief zu ihm herunter, dass er ihre dünnen Brüste sehen konnte.

«Nichts von beidem», lehnte er entschieden ab. Noch mehr Alkohol würde ihm nur den Verstand vernebeln.

«Aber für uns bringst noch einen Krug, Maria», rief Peter ihr zu. «Mein Schwager, der Herr Stadtarzt, übernimmt die Zeche.»

«Das werden wir noch sehen», knurrte Adalbert. Dann zwängte er sich zwischen ihn und den Rothaarigen auf die Eckbank.

«Seit wann kennt ihr zwei euch?», fragte er so leise, dass die Tischgenossen ihn nicht verstehen konnten.

«Das geht Euch einen feuchten Kehricht an, werter Brunzdoktor», blaffte der Rote Matthes ihn an.

«Das sehe ich anders. Nicht nur ich, sondern auch einige wichtige Herren aus dem Magistrat gehen davon aus, dass ihr schon letzten Montag beste Freunde wart. An jenem Abend nämlich, als die junge Zinkenhauerin erschlagen wurde.»

Peter riss die Augen auf. «Was soll das jetzt heißen?»

«Du weißt genau, was ich meine. Oder ist das Silber, dass wir vor deinem Bett unter der Diele gefunden haben, vom Himmel gefallen?»

Der Spielmann setzte zu einem neuen Lied an, während das Schankmädchen Peter und Matthes aus einem abgeschlagenen Krug Wein nachschenkte.

In einem Zug trank Peter fast den ganzen Becher leer. Befriedigt stellte Adalbert fest, dass er ihn aus der Fassung gebracht hatte.

«Ich will euch sagen, woher das Geld stammt», setzte er nach. «Aus dem Lederbeutel von Agnes Zinkenhauer. Ihr beide habt euch die Beute brüderlich geteilt, nachdem ihr die arme Frau gemeuchelt habt. Für ein paar lumpige Pfennige habt ihr ihr das Leben genommen, wie erbärmlich! Ihr seid in jener Nacht nämlich beobachtet worden.»

Das war natürlich gelogen, verfehlte aber nicht seine Wirkung.

Peter schnellte in die Höhe. «Das schlägt doch dem Fass den Boden aus!»

«So beruhig dich, Peter, alter Freund.» Der Rote Matthes ließ seine schwere Pranke auf Adalberts Schulter fallen, und diese Geste wirkte alles andere als freundschaftlich. «Da muss sich jemand im Dunkeln gehörig verguckt haben, Medicus. Los, Peter, zeigen wir doch deinem Schwager einfach, woher wir unser sauer verdientes Geld haben.»

«Hä?» Peter blinzelte seinen Kumpan verwirrt an.

«Na, draußen im Hof. Das Brennholz für den Mohrenwirt. Kommt mit, werter Medicus, und wir zeigen Euch, wo wir die letzten Tage geschuftet haben.»

Misstrauisch folgte Adalbert den beiden quer durch die Schankstube. Der Fiedler begann ein beliebtes Trinklied zu spielen, und die ganze Gesellschaft grölte mit: «Ein Krüglein woll'n wir noch, komm her du schöne Maid …»

Durch die Hintertür der Schankstube gelangten sie in einen kleinen, dunklen Flur, von dem eine steile Treppe nach oben führte und eine Tür nach draußen in den Hof. Der Rote Matthes stieß sie weit nach außen auf und trat zur Seite.

«Jetzt kommt her und schaut! Seht Ihr den Stapel Brennholz dort in der Ecke?»

«Was für Brennholz?» Der schmale Hof des Mohrenwirts war zwar vollgestellt mit Gerümpel, aber Brennholz war keines zu entdecken.

In diesem Augenblick wusste Adalbert, dass er in eine Falle getappt war. Doch es war zu spät: Ein gewaltiger Schlag gegen den Hinterkopf ließ ihn vornüberstolpern, dann verlor er das Bewusstsein.

# Kapitel 29

Serafina hätte sich schwarz ärgern können. Nur weil sie von der Hurenwirtin so eilends hinausgeleitet worden waren, hatte sie ganz vergessen, eine äußerst wichtige Frage zu stellen. Nämlich, ob an jenem Montagabend auch der Rote Matthes das Haus Zur Kurzen Freud besucht hatte. Obendrein war sie sich nach der Lüge der Wirtin nun sicher, dass die Hübschlerinnen mit etwas Wichtigem hinter dem Berg hielten. Wohl oder übel würde sie dort noch weiter nachforschen müssen. Zuvor aber wollte sie wissen, was Adalbert bei den beiden Ratsherren erreicht hatte.

Sie eilten die Marktstraße hinunter und bogen in die Barfüßergasse ein. Als sie vor der Haustür angelangt waren und Serafina hastig nach dem passenden Schlüssel am Bund kramte, deutete Irmla auf die nahe Kanzlei.

«Wisst Ihr, was ich nicht verstehe, Frau Serafina? Wieso schickt der reiche Zinkenhauer am Sonntag seine Magd zu Fuß den weiten Weg nach Freiburg, wenn er doch morgen früh hätte einen reitenden Boten schicken können? Und wo er weiß, dass die Kanzlei heut geschlossen ist?»

Serafina stutzte. «Vielleicht ist sie auf eigene Faust gekommen. Dieses Weib war mir von Anfang an nicht ganz geheuer. Wie bös die nach Agnes' Tod über ihre junge Herrin geredet hat. ‹So hoch, wie die die Nase nach der Hochzeit getragen hat›, waren ihre Worte, als ich das zweite Mal in Waldkirch war. Wenn da nicht Neid und Eifersucht im Spiel sind …»

Bass erstaunt sah Irmla sie an. «Wollt Ihr damit etwa sagen, dass Zinkenhauers Magd ebenfalls mit dem Meuchelmord zu tun haben könnte?»

«Ich weiß es nicht.» Serafina hatte endlich den richtigen Schlüssel gefunden und sperrte die Tür auf. «Auf jeden Fall habe ich habe das dumpfe Gefühl, dass diese Käthe irgendetwas Wichtiges verschweigt.»

Die Tür zu Adalberts Behandlungszimmer stand offen, der Raum war menschenleer.

Serafina stürzte nach oben, erst in die Küche, dann in die Wohnstube, aber Adalbert war ganz offensichtlich noch nicht nach Hause gekommen.

«Wie gut, dass wir vor ihm da sind», bemerkte Irmla, die ihr gefolgt war. «Von unserem Ausflug wäre der Doctor Adalbert ganz gewiss nicht begeistert gewesen.»

«Wir müssen ihm trotzdem umgehend berichten, dass das Blut an Peters' Ärmel nicht von einer harmlosen Schlägerei stammt und dass er am Montag in der Nähe von Agnes' Leichnam war. Und die Herren Grieswirth und Wetzstein sollten es auch schnellst möglich erfahren, wo doch morgen früh das Blutgericht tagt. Irmla, Ihr bleibt hier, falls Adalbert gleich nach Hause kommen sollte, und berichtet, was wir in Erfahrung gebracht haben. Ich mach mich auf den Weg zu den Ratsherren und schau, ob er noch dort ist.»

«Dann hoffe ich mal, dass nicht *ich* ihm zuerst begegne und preisgeben muss, dass wir im Frauenhaus waren.»

«Keine Sorge, das nehme ich auf meine Kappe.»

Schon eilte Serafina die Treppe hinunter.

Kein Ave-Maria später überquerte sie die Große Gass in Richtung Münster. Entlang der Friedhofsmauer spielten Kinder mit einem Ball, eine fliehende Katze rannte ihr so plötzlich vor die Füße, dass sie ums Haar der Länge nach hingefallen wäre. Die Katze war auch noch schwarz!

An der Tür von Grieswirths Haus wurde sie von dessen schmucker Hausmagd empfangen.

«Ja, der Herr Stadtarzt Achaz war kurz hier», sagte sie mit auffälligem Leuchten in den Augen. «Aber da hat Meister Grieswirth gerade seinen Mittagsschlaf gehalten, und so wollte er später wiederkommen.»

Mit all seinen Zipperlein war der dicke Metzgermeister derjenige unter Adalberts Patienten, bei denen er die meisten Hausbesuche machte. Und somit auch die meiste Zeit verbrachte. Das versonnene Lächeln, das die Magd jetzt beim Namen des Medicus aufsetzte, versetzte Serafina einen Stich.

Du wirst doch jetzt nicht eifersüchtig sein auf dieses Weib, sagte sie sich und gab sich einen Ruck.

«Wisst Ihr, wohin er gegangen ist?», fragte sie so freundlich als möglich.

«O ja. Er wollte den Ratsherrn Wetzstein abholen und zurückkommen. Das ist aber eine gute Zeit lang her. Mein Herr wartet schon ganz ungeduldig auf ihn.»

«Nun, der Medicus ist sicher aufgehalten worden und wird bald auftauchen.»

Sie verabschiedete sich von der Magd mit einem flüchtigen Gruß und nahm den kürzesten Weg hinüber zum Fischbrunnen – durch enge, dunkle Gässlein, die man bei Nebel oder Dunkelheit nicht nur als Frau tunlichst mied. Obendrein stank es hier unerträglich nach ausgeleerten Nachttöpfen und Essensresten, und einmal versank sie knöcheltief im Dreck.

Dass Adalbert sich aufhalten ließ, wenn er in wichtigen Angelegenheiten unterwegs war, passte so gar nicht zu ihm. Aber wahrscheinlich, sagte sie sich, hatte er bei den Wetzsteins erst noch auf die Rückkehr des Ratsherrn warten müssen, lockte doch das schöne Frühlingswetter heute so manchen hinaus ins Freie.

Indessen traf sie Adalbert auch im Haus von Laurenz Wetzstein nicht an.

«Nein, er war nicht hier», beschied ihr die Wetzsteinin, die ihr die Tür geöffnet hatte. «Wir waren den ganzen Tag zu Hause, weil sich mein Mann heute etwas unpässlich fühlt.»

Serafina musste ein solch bestürztes Gesicht gemacht haben, dass die Hausherrin nachsetzte: «So macht Euch keine Sorgen, liebe Frau Stadtärztin. Der Medicus ist ein beliebter und viel gefragter Mann, da wird ihn jemand aufgehalten haben.»

«Aber er ist seit bald zwei Stunden fort. Ich verstehe das nicht.»

«Wollt Ihr nicht hereinkommen und bei uns auf ihn warten? Ich würde mich freuen, wo wir uns schon so lange nicht mehr gesehen haben.»

«Ein andermal sehr gerne», erwiderte Serafina und meinte es ernst. Sie mochte diese offene, herzliche Frau, die die Christoffelsschwestern seit langem mit großzügigen Gaben unterstützte und hin und wieder dort zum Sonntagsessen erschien.

Eine tiefe Unruhe erfasste Serafina mit einem Mal. Da war wohl etwas gehörig schiefgelaufen. Oder war ihm gar etwas zugestoßen?

Die Wetzsteinin legte ihr die Hand auf die Schulter. «Wollt

Ihr mir vielleicht sagen, worum es geht? Ihr seht wirklich mehr als besorgt aus.»

«Nun ja, es geht um den Meuchelmord an Agnes Zinkenhauer. Euer Ehegefährte ist ja Beisitzer bei Gericht, und morgen soll entschieden werden, ob der Freiburger Hausarme Jodokus, der als Verdächtiger im Turm einsitzt, gemartert werden soll. Deshalb war mein Mann auf dem Weg zu Euch und Meister Grieswirth. Wir haben nämlich den begründeten Verdacht, dass man mit Jodokus den Falschen geschnappt hat und deshalb das peinliche Verhör erst einmal aufschieben sollte. Wenn Ihr das vielleicht dem Ratsherrn ausrichten würdet?»

«Das werde ich tun. Verratet Ihr mir auch, ob Ihr stattdessen wen anderen verdächtigt? Wie ich Euch kenne, habt Ihr sicher bereits eine andere Spur.»

Obwohl die Wetzsteinin ganz und gar keine Klatschbase war und Serafina ihr vertraute, schreckte sie davor zurück, ihren Verdacht auszusprechen. Schließlich handelte es sich um ihren eigenen Bruder, und was sie im Frauenhaus erfahren hatte, musste sie zunächst mit Adalbert unter vier Augen besprechen. Obendrein war möglicherweise doch alles ganz anders vor sich gegangen in jener unglückseligen Nacht in der Henkersgasse. Ob nicht vielleicht doch Zinkenhauers Magd …? Allmählich herrschte in Serafinas Kopf das reinste Durcheinander.

«Die Einzelheiten soll Euch lieber der Stadtarzt darlegen», gab sie ausweichend zur Antwort. «Ich muss jetzt auch weiter. Bis bald einmal, liebe Wetzsteinin.»

Zurück auf der Großen Gass hielt sie schon nach wenigen Schritten inne und holte tief Luft. Ihr Herz schlug inzwischen bis zum Hals. Wohin war Adalbert nur gegangen?

Im Geiste rief sie sich seine Wegstrecke vor Augen. Gleich nach dem Mittagessen hatte er bei Grieswirth angeklopft, der noch sein Nickerchen hielt. In der Zwischenzeit wollte er Laurenz Wetzstein abholen, war dort aber niemals angekommen. Sollte er unterwegs aufgehalten worden sein, hätte er sich allenfalls auf ein Gespräch eingelassen. Selbst wenn man ihn um einen dringlichen Hausbesuch gebeten hätte, hätte er zumindest vorher Wetzstein oder Grieswirth, der ja auf ihn wartete, Bescheid gegeben.

Nein, ihm musste auf dem Weg zu Wetzstein etwas anderes in den Sinn gekommen sein. Das Naheliegendste war, dass er nochmals Peter hatte aufsuchen wollen. Und der wohnte noch immer im Elephanten.

Der Wirt zeigte sich mehr als erstaunt, als sie dort in der Gaststube erschien und ihn nach Adalbert fragte.

«Ja, er war hier, vor einer guten Stunde schon. Er hatte es ziemlich eilig, weil Ihr, Frau Serafina, zu Hause auf ihn warten würdet. Ist er denn noch immer nicht heimgekommen?»

«Nein, und das beunruhigt mich langsam. War denn mein Bruder, Peter Stadler, auch hier?»

Jordan schüttelte den Kopf. «Nein. Ihn und diesen Nichtsnutz von Matthes hatte ich ja vor die Tür gesetzt, noch vor dem Mittagsläuten. Dabei seid Ihr Eurem Bruder vor der Tür begegnet, nicht wahr?»

«Ja, ganz recht. Und was wollte nun mein Mann von Euch?»

«Er wollte wissen, wie gut sich Euer Bruder und der Rote Matthes kennen. Und wo der Matthes wohnt.»

«Und wo genau ist das? Vielleicht ist er ja dort.»

«In einem der Häuschen zwischen Armenspital und Reuerinnenkloster. Aber ich bitte Euch, Frau Serafina: Ihr marschiert doch jetzt hoffentlich nicht in die Neuburgvorstadt! Mit dem Roten Matthes ist nicht zu spaßen. Außerdem vermute ich ihn mitsamt Eurem Bruder immer noch im Mohren, aber das habe ich dem Stadtarzt auch gesagt.»

Serafina fiel ein Stein vom Herzen. So war sie jetzt also auf der richtigen Spur. Doch sofort überkam sie eine neue Unruhe: Warum war Adalbert dann schon seit einer guten Stunde fort? Der Mohren, gleich hinter dem Christoffelstor, war eine üble Spelunke.

«Herzlichen Dank, Ihr habt mir sehr geholfen», sagte sie und schickte sich an, das Gasthaus zu verlassen.

«Nein, wartet.» Der Elephantenwirt hielt sie am Arm fest. «Ich vermute, Ihr wollt jetzt in den Mohren. Aber dorthinein geht man nicht als ehrenwerte Frau, und schon gar nicht allein. Ich werde Euch begleiten.»

# Kapitel 30

Jordan war groß und breitschultrig, ein Bär von einem Mann. So hatte ein Wirt wohl zu sein, wollte er die Trunkenbolde unter seinen Gästen im Zaum halten.

Ihn an der Seite zu haben, hatte für Serafina schon etwas Beruhigendes, als sie den Mohren betrat. Es war eng, voll und laut in der düsteren Schankstube, und niemand beachtete sie, als sie sich umsahen. Was wohl auch daran lag, dass die meisten Gäste betrunken waren. Ein Fiedler spielte mehr falsch als schön, an den Tischen wurde gesungen, gezecht und gewürfelt, zwei junge Burschen gingen unter wüsten Beschimpfungen aufeinander los. Als ein anderer das Schankmädchen zu sich heranzog und zu küssen versuchte, erntete er dafür eine Maulschelle. Von Achaz, Peter und dem Roten Matthes keine Spur.

«Wartet hier», bat Jordan sie. «Ich frage den Wirt.»

Doch Serafina war ihm schon zum Ausschank gefolgt, wo ein hochaufgeschossener, leicht buckliger Mann die Bierkrüge füllte.

«Grüß dich, Jeckli. War heut der Rote Matthes bei dir, zusammen mit einem gewissen Peter Stadler?»

Der Mohrenwirt zuckte gleichmütig die Schultern. «Kann sein. Einen Peter Stadler kenne ich aber nicht.»

«So ein großer, hagerer, dunkler Kerl», mischte sich Serafina ein. «Bitte, erinnert Euch. Es ist wichtig.»

Jeckli stutzte. «Wart Ihr nicht mal bei den Beginen und habt meine alte, kranke Mutter gepflegt? Marthe Behaimer …»

Serafina nickte. «Und jetzt bin ich die Frau von Stadtarzt Achaz. War der auch hier?»

Der Mohrenwirt stellte die Krüge auf ein Brett und verschränkte die Arme. Für seine Antwort ließ er sich viel Zeit.

«Weiß gar nicht, wie der Stadtarzt aussieht», sagte er gedehnt. «So jemand geht hier nicht aus und ein.»

«Beim heiligen Veit, muss man dir jedes Wort aus der Nase ziehen?», brauste Jordan auf. «War hier nun ein Vornehmer zu Gast, zusammen mit dem Roten Matthes und dem Peter Stadler? Ja oder nein?»

«Wenn ich's recht bedenke: ja.»

«Wann also war das? Vor kurzem erst?»

«Hm. Kann's nicht so recht sagen. Hier ist ein Kommen und Gehen, da verliert man schnell den Überblick.»

Jordan trat dicht vor den Mohrenwirt. Beide waren etwa gleich groß, der Elephantenwirt indessen um einiges breiter und kräftiger.

«Mir scheint, du verlierst auch schon mal den Überblick, wer bei dir verbotenerweise um Geld würfelt und wer nicht.» Er wies mit dem Kinn zu dem Tisch, wo sich die beiden Burschen noch immer lautstark stritten.

Jeckli legte ihm besänftigend die Hand auf den Arm.

«Mensch, Jordan, die eine Krähe hackt doch der andern kein Aug aus … Ja, wart mal, jetzt erinner ich mich. Ist noch nicht so lang her. Der feine Herr war wohl ziemlich besoffen am Ende.»

Serafina glaubte, sich verhört zu haben.

«Das muss denn doch eine Verwechslung sein», sagte sie bestimmt.

«Unsinn, gute Frau. Der Rote Matthes hat den andern Peter genannt, und irgendwann fiel auch mal die Anrede Medicus.»

«Sieh mal einer an, es geht doch.» Jordan trat einen Schritt zurück. «Hatten die drei Streit miteinander?»

«Nein, im Gegenteil. Der Medicus konnte kaum noch auf seinen Beinen stehen, und da haben die beiden ihn rechts und links bei der Schulter genommen und rausgeführt. Ich hab sie noch gefragt: Wo wollt ihr denn hin mit dem armen Mann, und sie haben mir geantwortet, dass sie ihn heimbringen wollten. Es gibt also doch noch Nächstenliebe unter dem einfachen Volk.»

Jordan schlug ihm seine Pranke auf die Schulter. «Dank dir, Jeckli. Und gib besser auf deine Gäste acht. Auch am heiligen Sonntag könnte sich mal ein Scharwächter in deinen Mohren verirren.»

Als sie wieder draußen auf der Nikolausgasse standen, nickte der Elephantenwirt Serafina aufmunternd zu.

«Seht Ihr? So hat sich das Rätsel schon gelöst. Der Stadtarzt liegt sicher längst daheim im Bett, mit einem feuchten Tuch auf der Stirn gegen den Brummschädel.»

«Nie und nimmer.» Serafina bekam es nun erst recht mit der Angst zu tun. «Adalbert ist niemals betrunken. Der weiß, wann er genug hat, und rührt keinen Tropfen mehr an, sobald er sich auch nur einmal verhaspelt beim Sprechen. Die ganze Geschichte stinkt zum Himmel.»

«Ach, Frau Serafina, was meint Ihr, was ich als Wirt schon alles erlebt habe. Einmal ist immer das erste Mal. Kommt, ich bringe Euch nach Hause.»

«Ich weiß nicht …»

Unwillkürlich blickte sie sich auf der Gasse um, als ob sie ihren Mann irgendwo kraftlos an einer Hauswand lehnend entdecken könnte. Da rief ihr jemand zu: «Schwester Serafina! Einen schönen Sonntag wünsch ich Euch!»

Sie sah einen ärmlich gekleideten Taglöhner vor der Pfarrkirche Sankt Nikolaus stehen, den sie noch aus ihrer Beginenzeit kannte und der ihr nun freundlich zuwinkte. Auch seine Mutter hatte sie einst, wie die des Mohrenwirts, bis in den Tod gepflegt.

Sie trat ein paar Schritte auf ihn zu. «Auch dir einen schönen Sonntag, Berti. Hast du vielleicht den Stadtarzt gesehen? Den Adalbert Achaz?»

Der Mann zuckte die Schultern. «Weiß gar nicht, wie der aussieht.»

«Aber den Roten Matthes kennst du doch. War der vor kurzem hier, zusammen mit zwei anderen Männern?»

«Tut mir leid, Schwester Serafina, aber ich bin grad erst aus der Kirche gekommen. Hab eine Kerze für meine liebe Mutter angezündet. Sagt bloß, seid Ihr gar nicht mehr bei den freundlichen armen Schwestern?»

«Nein, Berti, ich bin jetzt die Frau des Stadtarztes und suche ihn ganz dringend.»

«Wenn ich ihn seh, geb ich ihm Bescheid.»

«Danke dir, Berti. Einen schönen Tag noch.»

Sie blickte ihm nach, wie er davonschlurfte, dann stutzte sie: Am Wegrand lag eine schwarze Kappe im Straßendreck. Sie bückte sich und hob sie auf. Ganz zweifellos war das Adalberts schwarzsamtene Sonntagskappe!

«Die … die gehört meinem Mann», sagte sie tonlos.

«Nun ja, sie wird ihm vom Kopf gefallen sein.»

Ihre Finger krampften sich um den weichen Stoff. «Dann müsste die Kappe in Richtung Christoffelstor liegen. Hier aber geht's stadtauswärts. Nie und nimmer haben die beiden ihn heimgebracht.»

Im nächsten Moment setzte vor Schreck ihr Herzschlag aus: An ihren Fingern klebte Blut!

# Kapitel 31

Ganz allmählich kam Adalbert wieder zu sich. Er lag zusammengekrümmt auf der Seite, auf steinhartem Boden, die Hände hinter dem Rücken gefesselt, im Mund einen Fetzen Tuch als Knebel. Mit seinem schmerzenden Schädel vermochte er kaum einen klaren Gedanken zu fassen.

Vorsichtig blinzelte er zwischen den Wimpern hervor und erkannte, dass er sich in einer Art fensterlosem Schuppen befand. Durch die Ritzen drang kaum Licht herein. Der beißende Geruch nach uringetränktem Stroh stieg ihm in die Nase, dicht neben seinem Kopf raschelte es. Wahrscheinlich eine Maus oder eine Ratte. Dem Gestank nach war er in einem leeren Schweinestall gelandet.

Mühsam kämpfte er gegen einen ersten Würgereiz an. Wo um Himmels willen war er? Was war geschehen? Und warum hatte man ihn wie einen Verbrecher gefesselt?

Er war kurz davor, die taub gewordenen Beine auszustrecken, als er eine leise Männerstimme hörte: «Was machen wir jetzt mit ihm?»

Die Stimme kam ihm merkwürdig bekannt vor. Rasch schloss er wieder die Augen und rührte sich nicht, als sei er noch immer bewusstlos. Wie lange er tatsächlich ohnmächtig gewesen war, vermochte er nicht einzuschätzen.

«So red schon, du Holzkopf! *Du* hast ihn schließlich niedergeschlagen.»

Da erst erkannte er die Stimme seines Schwagers. Im selben Moment erinnerte er sich an den verwahrlosten Hinterhof des Mohren mit all seinem Unflat und Gerümpel, wo ihm ein heftiger Schlag von hinten das Bewusstsein geraubt hatte. Ja, jetzt wusste er es wieder: Er war in dieser Kaschemme gewesen, um Peter und den Roten Matthes zur Rede zu stellen. Und letzterer hatte ihn hinterrücks niedergeschlagen, wie er soeben mit eigenen Ohren erfahren hatte.

Endlich begann sein Verstand wieder zu arbeiten, auch wenn das Pochen am Hinterkopf schier unerträglich wurde. Wahrscheinlich eine Platzwunde, sagte der Arzt in ihm, die dringend behandelt gehörte.

«Was hätt ich andres tun sollen, wo er uns so auf die Pelle gerückt ist», hörte er den Roten Matthes flüstern. «Wir hätten damals gleich die Fliege machen sollen. Jetzt haben wir die verdammten Richter am Hals, bloß weil uns jemand beobachtet hat.»

«So ein Geschwätz.» Peter stieß verächtlich die Luft aus. «Das war doch nur eine Finte von meinem Schwager. Wenn das stimmen würde, wenn uns wirklich jemand gesehen hätte, dann hätten die uns längst ins Loch gesperrt. Außerdem war das Ganze dein Einfall gewesen, nicht meiner.»

«Psst!», zischte Matthes. «Kommt der Kerl etwa schon wieder zu sich?»

Schwerfällige Schritte näherten sich. Adalbert hielt die Luft an, als ihm auch schon jemand einen unsanften Tritt gegen den Hintern verpasste. Ums Haar hätte er laut aufgestöhnt, konnte es sich aber gerade noch verkneifen. Er wollte noch mehr erfahren.

«Was, wenn er tot ist?» Das war Peters Stimme. Sie klang ehrlich besorgt.

«Blödsinn. Der atmet doch noch.»

«Trotzdem. Das war so was von unnötig, dass du ihn niedergehauen hast. Jetzt hocken wir erst recht in der Scheiße. Denk doch mal nach», fuhr Peter fort, «hätte uns in der Nacht wirklich jemand beobachtet, dann wüsste derjenige auch, dass wir's gar nicht waren.»

«Das macht jetzt auch keinen Unterschied mehr. Der Kerl muss weg.»

«Weg?»

Adalbert packte die blanke Angst, als der Rote Matthes, der jetzt dicht neben ihm stand, weitersprach:

«Stellst du dich nur so dumm oder bist du's tatsächlich, Karfunkel-Peter? Weg heißt weg. Wir warten, bis es Nacht wird, dann bringen wir ihn in der Fasskarre von meinem Bruder zum Durchlass beim Hirschgraben. Dort schmeißen wir ihn ins Gehege. Ein paar dicke Steine hinterher und fertig.»

«Bis du noch bei Trost? Du willst meinen Schwager *steinigen*? So war das nicht ausgemacht. Nein, da mach ich nicht mit, niemals. Außerdem brauch ich den Stadtarzt noch. Und zwar gesund und munter.»

Ein Schauer der Erleichterung fuhr Adalbert über den Rücken. Zugleich schloss er messerscharf, dass die beiden zwar gewaltig Dreck am Stecken hatten, den Mord an der Zinkenhauerin aber nicht begangen hatten.

«Für was brauchst den noch?» Matthes Stimme klang misstrauisch.

«Erklär ich dir später. Jedenfalls ist's ein gutes Geschäft, und du kriegst deinen Anteil daran. Los, lockern wir ihm die Fesseln und verschwinden. Danach suchen wir jemanden von der Scharwache und sagen», die Schritte entfernten sich und Peters Stimme wurde leiser, «dass wir beobachtet hätten, wie jemand im Mohren den Stadtarzt niedergeschlagen und fortgeschleppt hätte. Der Mohrenwirt …»

Die restlichen Worte waren nicht mehr zu verstehen. Adalbert atmete auf. Fürs Erste schien er gerettet. Da klopfte es von außen gegen den Schuppen, und Adalbert öffnete unwillkürlich die Augen.

«Matthes, bist du da drin?», rief eine junge Männerstimme.

«Schrei nicht so rum. Was gibt's?»

«Sackpfeiffer, der Büttel, ist bei uns und sucht nach dir.»

«Verdammt! Sag ihm, ich wär in der Klingelhut-Badstube. Dann spannst das Maultier vor die Karre und kommst her. Aber durch die Hintere Gasse, und zwar zack, zack!»

«Was treibst du da drin?»

«Geht dich nix an. So beeil dich schon! Wenn was schiefläuft, bist du dran.»

Durch das Halbdunkel konnte Achaz sehen, wie der Rote Matthes sich bückte und etwas wie einen dicken Knüppel vom Boden aufhob.

«Was … was hast du vor?», stotterte Peter.

«Dem Doctorlein noch mal eins überbraten, was sonst. Und dann ab mit ihm auf die Kloakenkarre …»

«Das tust du nicht!»

Adalbert ballte unwillkürlich die Fäuste hinter dem Rücken, als er Peter auf Matthes losgehen sah. Trotz des Dämmerlichts konnte er erkennen, wie der Knüppel zur Seite flog. Im nächsten Moment wälzten sich die beiden in verbissenem Kampf auf dem Boden. Nach und nach gewann Matthes' bullige Gestalt die Oberhand. Schon tastete er nach dem Knüppel, und Adalbert schloss entmutigt die Augen.

Er war verloren.

# Kapitel 32

Angespannt drückte sich Serafina in die schattige Toreinfahrt des Klosters Sankt Maria Magdalena. Da der Elephantenwirt darauf bestanden hatte, nichts im Alleingang zu unternehmen, hatten sie in der Schneckenvorstadt bei Gallus Sackpfeiffer angeklopft. Der oberste Stadtbüttel war nicht sehr erbaut gewesen, dass man ihn in seiner Sonntagsruhe störte, doch als er hörte, dass der Stadtarzt in Gefahr sei, hatte er sich beeilt, in seine rot-weiße Amtstracht zu schlüpfen, und sich den Gürtel mit dem Knüppel umgeschnallt.

Selbstredend wusste auch Sackpfeiffer, wo der Rote Matthes wohnte, nämlich in einer schäbigen Behausung schräg gegenüber von Maria Magdalena, und zwar zusammen mit seinem jüngeren Bruder, seines Zeichens Goldgräber, wie man die Kloakenkehrer scherzhaft nannte. Da Serafina von den Männern angewiesen worden war, nur ja in sicherem Abstand zu warten, hatte sie vom Torbogen aus mit klopfendem Herzen beobachtet, wie ein dürrer junger Bursche die aus Brettern zusammengenagelte Haustür öffnete. Nach einem kurzen Wortwechsel blieb Jordan auf der Schwelle stehen und spähte immer wieder hinein, während der Büttel dem Jungen ins Innere gefolgt war.

Unruhig trat sie von einem Bein aufs andere, als sie den Jungen, der offenbar der Bruder des Roten Matthes war, durch die mit dichtem Gestrüpp überwucherte Brache neben dem Haus eilen und wenig später wieder zurückkommen sah. Das Häuschen musste also einen Hinterausgang haben. Und dort bei den Büschen erkannte sie die Umrisse eines windschiefen Schuppens. Schon stand der Kerl wieder mit den beiden Männern in der offenen Tür.

Sie trat einen Schritt vor und spitzte die Ohren.

«Maultier und Karre sind noch im Stall», hörte sie den Jungen sagen. «Aber jetzt fällt mir ein, dass er noch ins Klingelhutbad wollte. Fragt am besten dort nach.»

Der Schuppen, von dem sie ihn hatte zurückkommen sehen, war nie und nimmer ein Stall. Allenfalls ein Schweinekoben. Die Erkenntnis kam ihr wie ein Blitz: Dort hinten hielten der Rote Matthes und ihr Bruder Adalbert gefangen, und der Junge hatte diese Spitzbuben vor dem Büttel gewarnt!

Ohne weiter nachzudenken, stürmte sie quer über die Gasse und rief den Männern dabei zu: «Sie sind in dem Schuppen!» Mitten hinein in die Brache rannte sie, wo ihr Dornengestrüpp die Beine zerkratzte und sie fast über eine dicke Wurzel gestolpert wäre. Aus dem Verschlag, der an die Hofmauer des Armenspitals grenzte, hörte sie ein Rumpeln und Poltern, jemand stieß unterdrückte Flüche aus.

Sie trommelte mit den Fäusten gegen das von innen verriegelte Türchen. «Aufmachen! Sofort aufmachen!»

Im Inneren wurde es still, dann gab es einen dumpfen Schlag, und ein Schmerzensschrei ertönte.

«Weg von der Tür!», hörte sie hinter sich den Büttel brüllen.

Schon riss Sackpfeiffer sie zur Seite und warf sich, die Schulter voran, mit seinem ganzen Gewicht gegen das Türchen. Bereits beim zweiten Versuch zerbarst es in seine Einzelteile, und der Büttel konnte sich eben noch fangen, bevor er zu Boden gegangen wäre.

Das Bild, das sich Serafina im einfallenden Tageslicht bot, nahm ihr schier die Luft: An der Rückwand des Schuppens beugte sich ihr Bruder schwankend über den leblosen Adalbert, links des Eingangs kauerte der Rote Matthes und hielt sich die heftig blutende Stirn.

«Was habt ihr mit Achaz gemacht?», schrie sie, und ihre Stimme überschlug sich. Da stürzte Sackpfeiffer auch schon auf Peter zu und schlug ihm so heftig die Faust ins Gesicht, dass der mit einem Aufschrei zu Boden hing.

«Halt du den Roten Matthes in Schach», befahl er dem Elephantenwirt, während er Adalbert die Handfesseln löste. Gleich darauf band er damit dem noch immer wehrlosen Peter die Hände auf den Rücken.

Aus aufgerissenen Augen starrte Adalbert Serafina an, als sie neben ihm niederkniete und ihm unter Tränen den Stofffetzen aus dem Mund zog. Keuchend rang er nach Luft. Er sah fürchterlich aus: Der Hinterkopf war blutverschmiert, die bartstoppeligen Wangen schienen regelrecht eingefallen zu sein, unter den Augen lagen tiefe Schatten. Aber er lebte, allen Heiligen zum Dank!

«Das war knapp», stieß er hervor und tastete nach ihrer Hand. Vorsichtig zog sie ihn in ihre Arme, als er mit einem kleinen Seufzer die Augen schloss und seine Muskeln erschlafften.

Entsetzt schrie sie auf. «Er ist tot!»

Sackpfeiffer schüttelte den Kopf. «Nein, er ist nur ohnmächtig. Seht doch, wie ruhig er atmet. War wohl alles ein bisschen viel für ihn. Und du, Malefizkerl, stehst jetzt gefälligst auf», schnauzte er Peter an, der leise vor sich hin wimmerte.

Mit flammendem Hass starrte sie ihren Bruder an.

«Was bist du nur für ein kaltblütiges Scheusal! Sackpfeiffer, bringt ihn auf schnellstem Weg in den Turm. Er hat nicht nur meinen Mann halb totgeschlagen, sondern auch die Agnes gemeuchelt. Zusammen mit dem Roten Matthes.»

«Das war ich nicht!», schrie Peter. Sein linkes Auge verfärbte sich nach Sackpfeiffers Faustschlag langsam feuerrot.

«Das kannst du dann dem Scharfrichter erzählen», knurrte der Büttel. «Los jetzt! Auf die Beine und mitkommen! Alle beide.»

In diesem Augenblick huschte ein Schatten durch die offene Tür. Dann ging alles sehr schnell: Mit einem gezielten Tritt in die Kniekehlen brachte der lange, dürre Kerl, der den Männern die Tür geöffnet hatte, den Elephantenwirt zu Fall, zog den Roten Matthes in die Höhe, und schon waren die beiden nach draußen verschwunden. Laut fluchend stürzte Sackpfeiffer ihnen nach.

Jordan fluchte nicht minder, während er sich wieder aufrappelte. «Kreuzdonnerwetter, dass mich der Hagel erschlag! An diesen Mistkerl hab ich überhaupt nicht mehr gedacht. Ich hätte niemals der Tür den Rücken zukehren dürfen.»

Serafina war das einerlei. Hauptsache, Adalbert war gerettet. Sie hatte seine klaffende Wunde mit einem ihrer schneeweißen Nastüchlein bedeckt, die er ihr einst zum Verlöbnis geschenkt hatte, und dann vorsichtig seine Samtkappe darüber gestülpt, damit nicht noch mehr Dreck in die Wunde kam. Jetzt hielt sie seinen Kopf in ihren Schoß gebettet und streichelte ihm unablässig die Wangen. Hin und wieder hauchte sie ihm sachte einen Kuss auf die Stirn.

Jordan trat zu ihr hin. «Ist er noch immer ohnmächtig?»

Sie nickte. «Leider. Ich mache mir solche Sorgen um ihn. Wenigstens blutet er nicht mehr.»

«Das wird schon wieder. Aber wir müssen ihn nach draußen bringen, er braucht frische Luft. Der Gestank hier ist ja unerträglich. Außerdem sollte er dringend zu einem Wundarzt.»

«Gut. Versuchen wir, ihn auf die Beine zu bringen.»

Sie griff ihm unter die Achseln und richtete seinen Oberkörper vorsichtig ein Stück weit auf.

«Schade», hörte sie ihn leise murmeln.

«Du bist wieder bei dir?», fragte sie überrascht.

Er lächelte verlegen wie ein Schuljunge. «Ja. Es war so schön grad eben. Ich hätte stundenlang bei dir liegen können.»

«Du Schuft!», tat sie empört und erneut liefen ihr die Tränen über die Wangen. Diesmal vor Freude und Erleichterung. «Dann kannst du ja auch allein aufstehen.»

Jordan half ihm auf. «Schafft Ihr's mit Frau Serafina bis zur Gasse vor, lieber Stadtarzt? Dort klopft Ihr bei den Reuerinnen von Maria Magdalena um Hilfe an. Ich muss hierbleiben und auf diesen Erzlumpen aufpassen, bis Sackpfeiffer zurück ist.»

Sie waren noch nicht zum Schuppen hinaus, da kehrte der atemlose Büttel mit grimmiger Miene zurück.

«Potzhundertgift!», keuchte er. «Der Schelm ist mir entwischt. Beide sind sie wie vom Erdboden verschwunden.»

Sein Blick fiel auf Adalbert, der sich noch immer schwankend bei Serafina untergehakt hatte.

«Ihr seid wieder bei Euch?»

«So halbwegs. Nur der Schädel schmerzt noch gewaltig. Am besten gebt Ihr allen Torwächtern Bescheid, kein Mannsbild mehr durchzulassen.»

Jordan nickte. «Der Stadtarzt hat recht. Ich pass derweil auf den Peter Stadler auf.»

«Damit der uns auch noch entkommt? Nein. Bis ich die Runde an den Stadttoren gemacht hab, sind die doch längst über alle Berge. Der Rote Matthes kennt hier jeden Schlupfwinkel, jeden Mauerdurchlass. Ich bring jetzt den Stadler weg, und du, Jordan, begleitest den Stadtarzt und Frau Serafina zu Wundarzt Hänslin.»

«Ich brauch keinen Wundarzt», wehrte Adalbert entschieden ab. «Serafina weiß ebenso gut, was zu tun ist. Sogar besser. Ich will jetzt nach Hause.»

Gerührt drückte Serafina ihm die Hand.

«Gehen wir. Irmla wird sich schon mächtig Sorgen machen.» Sie warf einen Seitenblick auf Peter, der mit seinen auf den Rücken gebundenen Händen wie ein Häufchen Elend an der Schuppenwand lehnte und zu Boden starrte. «Wohin bringt Ihr meinen Bruder? Zu Jodokus in den Christoffelsturm?»

«Nein. Für den Turm brauch ich eine Anmeldung durch die Kanzlei, und heut ist doch Sonntag. Er kommt ins Loch.»

Das Loch war der Kerker im Keller des Heilig-Geist-Spitals, ein finsteres Verlies, schlimmer noch als das Gefängnis oben im Turm. Aber Serafina verspürte keinerlei Mitleid mit ihrem Bruder.

Sie nickte. «Dann können wir ja ein gutes Stück zusammen gehen.»

Sie bildeten schon eine recht seltsame Karawane, als sie sich auf den Weg machten: vorweg der Büttel mit dem gefesselten Peter, dessen linkes Auge bereits zugeschwollen war, gefolgt von Adalbert, der beiderseits von Serafina und dem Elephantenwirt gestützt wurde. Das weiße Nastüchlein unter seiner Kappe leuchtete hell in der Nachmittagssonne, und von weitem mochte er betrunken wirken, da seine Schritte noch unsicher waren. Zumal er reichlich schief ging, da Serafina zu seiner Linken sehr viel kleiner war als der hochgewachsene Jordan zu seiner Rechten.

In der Vorstadt waren die Leute ja manches gewohnt, doch als sie die Große Gass erreichten, wurden sie so unverhohlen angestarrt wie Tierbändiger auf dem Jahrmarkt. Die Menschen begannen hörbar zu tuscheln. «Sehr nur, der Stadtarzt mit seiner Frau!» – «Wie seltsam der aussieht!» – «Und der Büttel hat einen Gefangenen!» – «Was ist da bloß geschehen?»

Sich zu nähern und zu fragen, das wagte indessen keiner.

Serafinas Zorn gegen Peter, dessen gebeugten Rücken sie die ganze Zeit vor Augen hatte, schlug in Fassungslosigkeit um. Was war nur aus ihm geworden? Aus dem Knaben, mit dem sie einst ein Herz und eine Seele gewesen war? Sie verstand es einfach nicht.

Als sie am Heilig-Geist-Spital anlangten, hatte sich hinter ihnen bereits eine dichte Menschentraube gebildet, wenn auch in gebührendem Abstand. Sie brachten Peter zum Seiteneingang, wo ihnen nach mehrmaligem Klopfen der Spitalknecht öffnete und Sackpfeiffer ihm die Lage erklärte.

In der Tür drehte sich Peter noch einmal zu Serafina und Adalbert um.

«Es tut mir von Herzen leid», brachte er mühsam hervor. «Dass es so weit kommt, wollte ich wirklich nicht.»

Doch Serafina verzog nur verächtlich den Mund.

Sackpfeiffer schob ihm seinen Knüppel zwischen die Rippen. «Los jetzt, rein mit dir.»

«Wartet», hielt Adalbert ihn zurück. «Richtet dem Stockwart bitte aus, dass er den Gefangenen pfleglich behandeln soll. Denn noch ist seine Schuld nicht erwiesen. Und sagt ihm, dass ich heute noch vorbeikomme, um nach seinem verletzten Auge zu sehen.»

«Das tust du auf keinen Fall», hielt Serafina dagegen. «*Dich* hat man halb totgeschlagen, und nicht diesen … diesen …» Sie brach ab.

Adalbert blinzelte ihr zu. «Du wirst mich schon wieder auf die Beine bringen.»

Nachdem sie sich auch vom Elephantenwirt dankend verabschiedet und ihn gebeten hatten, den Herren Grieswirth und Wetzstein Bescheid zu geben, machten sich Achaz und Serafina allein auf das letzte kurze Wegstück nach Hause.

«Wie bist du überhaupt in diesen dreckigen Schuppen geraten?», fragte sie ihn. «Der Mohrenwirt hat uns gesagt, dass du sturzbetrunken gewesen seist.»

Adalbert lachte bitter auf. «Von wegen. Aber diese Spitzbuben stecken doch alle unter einer Decke. Ich wollte erst noch einiges über Peter in Erfahrung bringen, bevor ich bei den Ratsherren aufkreuzte. Und da haben mich die beiden in eine Falle gelockt. Im Hof vom Mohren haben sie mich niedergeschlagen. Das heißt, der Rote Matthes war es, so viel weiß ich jetzt. Und noch einiges mehr weiß ich, aber das erzähle ich dir zu Hause.»

Missbilligend schüttelte Serafina den Kopf. «Für diesmal hast *du* dich in unnötige Gefahr begeben. Während ich, das muss ich betonen», sie verkniff sich ein Lächeln, «in der ganzen Sache nur meinen gesunden Menschenverstand benutzt habe. Muss ich mir künftig also Sorgen machen?»

Er grinste. «Wenn du mich jedes Mal rechtzeitig errettest, dann nicht.»

# Kapitel 33

Bei der Heiligen Mutter Gottes und allen vierzehn Nothelfern!» Irmla schlug die Hände über dem Kopf zusammen. «Was ist denn mit Euch geschehen? Und wie Ihr beide stinkt! Wie eine ganze Schweinehorde.»

Serafina musste lächeln. «Das vergeht wieder, wenn wir unsere Mäntel im Hof zum Lüften aufhängen. Jetzt helft mir erst einmal, den Stadtarzt zu Bett zu bringen.»

«Um Himmels willen», wehrte Adalbert ab. «Der Lehnstuhl in der Stube reicht mir allemal. Und dazu vielleicht ein kräftiger heißer Würzwein.»

Während sie ihn nach oben brachten, berichtete Serafina in knappen Worten, was geschehen war.

Die Magd schüttelte ein ums andere Mal den Kopf. «In diesem Hause hat man doch nichts als Aufregung!»

Dann brachte sie warmes Wasser vom Herd und saubere Tücher in die Stube. Nachdem Serafina die Wunde fachkundig gereinigt hatte, legte sie eine ihrer Kräuterkompressen auf und verband Adalbert den Kopf, bis nur noch sein Gesicht hervorschaute.

«Bis auf die Wunde am Kopf scheinst du ja keinen Schaden genommen zu haben», sagte sie und gab ihm einen Kuss auf die Wange. «Und bei deinem Dickschädel verheilt das sicher rasch.»

Wohlig streckte er seine langen Beine aus. «Ach Serafina, du bist einfach der beste Wundarzt von ganz Freiburg. Was täte ich nur ohne dich.»

«Das will ich Euch sagen», mischte sich Irmla mit grimmiger Miene ein. «Ihr wärt schon mal gar nicht in solch eine missliche Lage geraten. Und das schöne venezianische Nastüchlein», sie wies auf das blutige Stück Stoff am Boden, «können wir jetzt auch wegschmeißen.»

Keine Stunde später erschienen Eberhart Grieswirth und Laurenz Wetzstein im Haus Zum Pilger, um nach dem verletzten Stadtarzt zu sehen. Sie waren außer sich darüber, was geschehen war.

«Mit dem Angriff gegen Euch haben wir den Roten Matthes und Euren Schwager auf jeden Fall an der Angel», sagte der dicke Metzgermeister und war vor Aufregung ganz rot im Gesicht. «Den feigen Meuchelmord an der Zinkenhauerin werden sie über kurz oder lang auch noch zugeben.»

«Ihr vergesst, lieber Grieswirth», warf Wetzstein ein, «dass der Rote Matthes flüchtig ist.»

Adalbert schüttelte vorsichtig den verbundenen Kopf und nippte an dem warmen Würzwein, den Irmla zusammen mit frischem Brot als Stärkung in die Stube gebracht hatte. Er war, nachdem Serafina ihn verarztet hatte, erst einmal tief und fest in seinem Lehnstuhl eingeschlafen und eben erst erwacht. So hatte sich Serafina trotz ihrer brennenden Neugier wohl oder übel gedulden müssen und erfuhr jetzt erst, was er ihr so Wichtiges hatte mitteilen wollen.

«Es verhält sich offenbar anders, als wir vermutet hatten», setzte er zu sprechen an, und Serafina horchte auf. «Mein

Schwager und der Rote Matthes waren wohl tatsächlich vor Ort gewesen in der Mordnacht. Ich habe die beiden miteinander reden hören, als ich im Schuppen aus meiner Ohnmacht erwacht bin. Sie haben die Tat aber wohl nur beobachtet und möglicherweise ihren Vorteil daraus gezogen.»

Wetzstein runzelte die Stirn. «Ihr meint, sie haben danach den Täter um Geld ausgepresst?»

Adalbert nickte. «Das würde immerhin erklären, warum wir in Peters Schlafkammer ein Säckchen mit Münzen gefunden haben. Wobei mir die Summe für eine solche Freveltat im Nachhinein lächerlich gering erscheint.»

«Vielleicht hat er den Großteil woanders versteckt?», warf Serafina ein.

«Möglich. Oder aber der Rote Matthes hat ihn mit einem Almosen abgespeist und den größten Teil für sich behalten. Wir werden es herausfinden.»

Insgeheim dachte sich Serafina, dass sich damit auch erklären würde, warum Peter von Achaz immer höhere Summen gefordert hatte. Weil ihm die paar Silberlinge von Matthes nicht gereicht hatten und die Gier in ihm geweckt war. Wohlweislich schwieg sie aber hierüber.

«Wie dem auch sei», frohlockte Grieswirth, «jedenfalls werden wir alsbald erfahren, wer der Meuchelmörder ist. Ihn weiterhin auszupressen, ergibt nun keinen Sinn mehr, jetzt, wo Peter Stadler im Loch einsitzt. Ich denke, er ist klug genug, den Täter dem Gericht preiszugeben, bevor ihm die Foltergeräte vorgeführt werden.»

Er wandte sich an Wetzstein. «Was meint Ihr, werter Herr College, als Beisitzer beim Blutgericht? Wann werdet Ihr ihn vernehmen?»

«Ich denke, morgen Vormittag, gleich nach unserer Beratung.»

Adalbert nahm sich ein Stück Brot. Zu Serafinas Erleichterung hatte er wieder Farbe ihm Gesicht. «Das ist gut. Wir sollten keine Zeit verlieren, den wahren Täter festzusetzen.»

«Womit der arme Jodokus», ergänzte Serafina, «wohl bald wieder auf freiem Fuß sein wird.»

«Das hoffe ich auch», bekräftigte Adalbert. «Im Übrigen möchte ich nochmals betonen, dass nicht mein Schwager mich niedergeschlagen hat, sondern der Rote Matthes. Mehr noch: Dieser Erzschelm hatte mich im Kloakenfass seines Bruders aus dem Schuppen schmuggeln und im Hirschgraben unter einem Haufen Steinen begraben wollen.»

Entsetzt starrte Serafina ihn an: «Der Rote Matthes wollte dich töten? Das hast du mir gar nicht erzählt.»

«Nun ja, soweit kam's ja zum Glück nicht. Aber dieser Hundsfott schreckt wohl vor gar nichts zurück. Er hatte schon alles in die Wege geleitet, aber Peter hat es mit aller Kraft verhindern wollen und sich hierfür sogar wie ein Löwe auf seinen Spießgesellen gestürzt. Das war denn auch der Augenblick, wo ihr drei den Schuppen aufgebrochen habt. Wer weiß, vielleicht hätte dein Bruder den Kampf ohne euer beherztes Eingreifen verloren», er warf Serafina einen liebevollen Blick zu, «und irgendwann hätte jemand im Hirschgraben meine Knochen gefunden.»

«Bitte, sag so etwas nicht!», stieß sie erschrocken hervor. Zugleich fiel ihr ein riesiger Stein vom Herzen: Ihr Bruder war also doch nicht das herzlose Ungeheuer, für das sie ihn am Ende gehalten hatte.

Als hätte Adalbert ihre Gedanken gelesen, fuhr er fort:

«Aus diesem Grunde bitte ich Euch, werter Ratscollege Wetzstein: Lasst beim Urteil über Peter Stadler Milde walten. Mein Schwager hat mich zwar erst in diese üble Lage gebracht, aber dennoch das Schlimmste verhindern wollen.»

Wetzstein nickte. «Wir werden sehen, ob er sich reuevoll gibt.»

«Da bin ich mir sicher», gab Adalbert zurück. «Wenn Ihr es als Angehöriger des Blutgerichts erlaubt, würde ich den Gefangenen gerne in Eurem Beisein besuchen. Ein paar Unklarheiten gibt es nämlich noch. Dann kann ich mir auch gleich sein Auge ansehen, das er sich bei der Festsetzung verletzt hat. Er hat sich übrigens nur über mich gebeugt», sagte er in Serafinas Richtung, «um mich loszubinden. Nicht etwa, um mir etwas anzutun, wie ihr wohl alle dachtet.»

Wetzstein trank seinen Becher leer. «Sofern Ihr Euch wieder einigermaßen bei Kräften fühlt, lieber Medicus, spricht nichts dagegen. Gehen wir also.»

Die drei Männer erhoben sich.

«Darf ich mitkommen?», fragte Serafina. «Er ist schließlich mein Bruder.»

Mit einem bedauernden Lächeln schüttelte Wetzstein den Kopf. «So sehr ich Euch schätze, Frau Serafina, das ist nun doch Ratsherrensache.»

«Wie Ihr meint», erwiderte sie enttäuscht. «Dann begleite ich Euch noch nach unten, damit ich meinem Mann eine kühlende Salbe für Peters Auge mitgeben kann.»

In der Eingangsdiele nahm Grieswirth Adalbert zur Seite. Laut genug, dass Serafina seine Worte verstehen konnte, hörte sie ihn sagen: «Da ist noch die Sache mit der Armenapotheke Eurer lieben Frau, werter Medicus. Denkt bitte an den

Beschluss des Kleinen Rats, dass Ihr bis morgen Abend das Fenster zugemauert haben müsst. Glaubt mir, ich habe mir alle Mühe gegeben, den Magister Johans umzustimmen, aber unser Stadtapotheker ist sturer als ein alter Esel.»

# Kapitel 34

Es dämmerte bereits, als Adalbert mit seinen beiden Begleitern das städtische Spital betrat. Der Knecht hatte sie wohl schon erwartet, denn bereits nach dem ersten Klopfen öffnete er ihnen die Seitenpforte und führte sie im Schein seiner Lampe zur Kellertreppe. Wenn er verwundert war über Achaz' Kopfverband, so zeigte er es jedenfalls nicht. Adalbert selbst allerdings fühlte sich reichlich albern und auch unwohl damit, zumal es an Stirn und Schläfe spürbar zu jucken begann. Und sein Kopf schmerzte wieder heftiger.

Vorsichtig tappte er hinter dem Knecht die Wendeltreppe hinunter, bis sie den Gewölbekeller erreichten. Ein modriger Geruch stieg ihm in die Nase und vermischte sich mit dem nach Wein, der hier unten in riesigen Fässern gelagert wurde.

Auch wenn Adalbert als Stadtphysikus die Aufsicht über die städtische Medizinalordnung innehatte, kannte er sich im Spital, in das sich Freiburger Bürger für ihren Lebensabend einkauften, mehr schlecht als recht aus. Zwei- bis dreimal im Jahr wurde er zu den reichen Herrenpfründnern gerufen, um sie gegen ein sattes Honorar zu behandeln, für die Erkrankungen der anderen Insassen indessen waren Wundarzt und Bader zuständig. Und um die Armenpfründer, von denen es ebenfalls ein gutes Dutzend gab, kümmerten sich die Beginen.

Den tief unter der Erde liegenden Keller hatte er noch nie betreten. Das Loch, das dem Spital und auch hin und wieder dem Gericht als Verlies diente, hatte einen gar fürchterlichen Ruf. Bei Wasser und Brot wurden die Gefangenen hier in Ketten gehalten.

Entsprechend mulmig war ihm nun zumute, als der Knecht die schwere Eichenholztür entriegelte, die den Wein- und Vorratskeller zu dieser Seite hin abschloss. Fiel hinter ihnen noch das letzte Tageslicht durch zwei vergitterte Fenster in das Gewölbe, so betraten sie nun einen vollkommen finsteren und reichlich engen Gang, an dessen Ende im Schein einer einzelnen Fackel das Eisengitter des Kerkers schimmerte. Davor hatte der Stockwart seinen Platz, der mit einer schlichten Holzbank und einem klobigen Tischchen ausgestattet war.

Kaum hatten sie den Gang betreten, war der Wächter von der Bank aufgesprungen und ihnen entgegengeeilt.

«Gott zum Gruße, Ihr hohen Herren.» Der Alte beugte mehrmals den krummen Rücken. «Stockwart Marx ist Euch zu Diensten.»

Mit seinem ergrauten Vollbart, dem strähnigen langen Haar und einem einzigen Zahnstummel im Mund sah er ziemlich verwahrlost aus, doch Adalbert wusste von Serafina, dass Marx ein rechtschaffener, braver Mann war. So bestellte er ihm auch zunächst die Grüße, die sie ihm aufgetragen hatte, bevor er sich nach dem Gefangenen erkundigte.

«Dem Stadler geht es gut. Auch wenn er nix essen wollte und kein Wort spricht.» Der Stockwart wandte sich an Adalbert, während er einen unsicheren Seitenblick auf Wetzstein und Grieswirth warf. «In Ketten hab ich ihn nicht gelegt, weil er doch Euer Schwager und der Bruder von der Frau Serafina ist.»

Adalbert nickte erleichtert. «Das ist gut, Marx. Ich danke Euch.»

Seine Begleiter hielten sich ein Tuch vor die Nase, denn es roch gar nicht gut hier am Ende des Gangs.

«So lasst uns mit der Vernehmung beginnen», sagte Wetzstein. «Ich schlage vor, der Stockwart bringt ihn zu uns heraus.»

«Wenn Ihr erlaubt, lieber College», wandte Adalbert ein, «dann möchte ich zuvor ein paar Worte mit ihm allein wechseln.»

«Wie Ihr wünscht, Medicus.»

Quietschend öffnete sich das Gitter, und Achaz betrat das mit Stroh eingestreute Verlies. Sein Herz schlug schneller. Käme Peter womöglich in seiner Verzweiflung auf den Gedanken, als Erstes Serafina vor allen Anwesenden als einstige Hübschlerin zu denunzieren? Nur schemenhaft sah er ihn hinten an der Wand im Stroh kauern, da es weder Bank noch Schemel zum Sitzen gab. Immerhin hingen die Ketten mit den Hals- und Fußeisen leer an der Wand.

Der Gestank nach Moder und Exkrementen wurde im Innern des finsteren Kerkers schier unerträglich, und Adalbert holte tief Luft, bevor er in die Hocke ging.

«Wie geht es dir, Peter?»

«Wie soll's mir schon gehen?», gab der mit rauer Stimme zurück. «Miserabel und beschissen. Aber ich hab's ja nicht anders verdient.»

«Ich werde dafür sorgen, dass du ab morgen bis zum Abschluss der Untersuchung in den Haberkasten im Predigerturm kommst. Dort hast du immerhin Tageslicht und eine Bettstatt.»

Peter schwieg, und Adalbert blickte hinüber zu seinen Ratscollegen, die sich in einigem Abstand zu der stinkenden Gefängniszelle miteinander unterhielten.

«Wir werden gleich mit einer ersten Befragung beginnen, draußen vor dem Gitter», fuhr er fort und neigte sein Gesicht näher Peters Ohr zu. Dabei erkannte er, dass dessen Auge inzwischen völlig zugeschwollen war. «Zuvor muss ich aber eines wissen: Hast du irgendwem von Serafinas Vergangenheit erzählt? Dem Roten Matthes vielleicht?»

Entschieden schüttelte Peter den Kopf. «Niemandem», flüsterte er, «ich schwör's bei Gott.»

«Wirst du den Ratsherren und Richtern davon erzählen?»

«Nein.»

Obwohl Adalbert nicht hätte sagen können, warum er es tat, glaubte er seinem Schwager.

«Gut. Dann fangen wir jetzt mit der Vernehmung zur Mordnacht an. Von Serafina habe ich übrigens eine Kräutersalbe mitgebracht, mit der dein Auge bald wieder abschwellen wird.»

«Warte, Achaz.» Peter hob den Kopf. «Es tut mir leid. Ich weiß, dass ich eine Mitschuld daran habe, wie Serafinas Leben nach ihrem Unglück damals verlaufen ist. Was ich sagen will: Eigentlich bin ich bloß nach Freiburg gekommen, um euch um Hilfe zu bitten. Weil ich mit dem Hof des Vaters doch alles vermasselt habe. Bin tagelang um euer schönes Haus geschlichen, aber die Rolle des Bittstellers liegt mir einfach nicht. Als ich dann gesehen hab, wie gut ihr lebt und wie leicht es für den Roten Matthes war, von jemandem Geld auszupressen, da … da …»

«Da bist du auf den Einfall gekommen, mich und Serafina zu bedrohen. Nicht wahr?»

«Ja!» Trotz der Dunkelheit sah Adalbert, dass Peter plötzlich die Tränen übers Gesicht liefen. «Der Gedanke war auf einmal da, wie ein böser Geist. Einmal nur wollte ich genug Geld haben, um neu anzufangen. Es war falsch, was ich gemacht habe, so falsch wie fast alles in meinem Leben. Allein, dass ich Serafina damals regelrecht fortgejagt habe von zu Hause … Hat sie dir inzwischen davon erzählt?»

Adalbert erhob sich wieder. «Ja, das hat sie. Und darüber solltest du mit ihr selbst noch einmal sprechen.»

Seine Kopfschmerzen waren verflogen, der Zorn auf den Schwager ebenfalls. Der Mann tat ihm nur noch leid.

«Los, Peter, steh auf.» Er reichte ihm die Hand. «Erzähl den Ratsherren alles, was du über die Mordnacht weißt. Und zwar wahrheitsgetreu.»

# Kapitel 35

Der Stockwart hatte sie herausgelassen und hielt den Gefangenen nun mit festem Griff am Arm, während Adalbert ihm im Schein der Fackel vorsichtig die Salbe auf das blaue Auge tupfte.

«Das lindert auch den Schmerz, wirst sehen.»

Peter verzog keine Miene, obwohl es sicherlich weh tat. Nur die Schlieren auf seinen schmutzigen hageren Wangen verrieten, dass er kurz zuvor noch geweint hatte.

Inzwischen waren die Ratsherren an das Gitter zurückgekehrt und ließen sich mit ihren Tüchlein vor der Nase auf der Bank nieder. Adalbert hingegen blieb stehen. Zum einen wäre neben dem dicken Grieswirth kaum noch Platz auf der Bank gewesen, zum andern wollte er auf Augenhöhe mit dem Gefangenen bleiben.

Ihm entging nicht, wie seine beiden Ratscollegen mit unverhohlener Neugier jenen Mann musterten, der sein Schwager war und nun in jämmerlichem Zustand und höchster Anspannung auf das Kerkergitter zuschwankte. Dann stellten sie sich ihm namentlich vor, und Wetzstein, in seinem Amt als Beisitzer des Blutgerichts, eröffnete das Gespräch in nicht unfreundlichem Ton.

«Peter Stadler aus Radolfzell, Bruder der Serafina Stadlerin,

Schwager des hier anwesenden Stadtphysikus Adalbert Achaz – Ihr sollt wissen, dass dies keine gütliche Befragung im engeren Sinne ist. Es wird nichts niedergeschrieben, noch schwört Ihr einen Eid auf die Heilige Schrift, und vor Gericht werdet Ihr mit Sicherheit dieselben Fragen noch einmal beantworten müssen. Uns geht es vielmehr, als Freunde des Stadtarztes, um einen ersten Eindruck. Sagt uns also nichts als die reine Wahrheit. Habt Ihr das verstanden?»

«Ja, Ratsherr Wetzstein.»

«Nun gut. Wir wissen inzwischen, dass nicht Ihr es wart, sondern der Taglöhner Matthes, der unseren Herrn Medicus niedergeschlagen hat. Ebenso, dass Ihr ihn am Ende sogar habt befreien wollen aus den Fängen Eures Kumpans.»

Überrascht sah Peter von einem zum andern. «Das stimmt. Genauso war es. Aber woher wisst Ihr …»

«Ich bin in diesem elenden Schuppen recht bald aus meiner Ohnmacht erwacht», erläuterte Adalbert ihm, «und habe euch belauscht.»

«Dennoch», fuhr Wetzstein fort, «ändert das nichts an Eurer Schuld, dem Roten Matthes als Handlanger gedient zu haben. Was für uns hier und heute indessen von Belang ist, das ist Eure Zeugenschaft in der Sache Agnes Zinkenhauer. Bitte, Meister Achaz, wiederholt noch einmal die Worte, wie Ihr sie nach Eurem Erwachen seitens Eures Schwagers verstanden habt.»

«Sehr gerne.» Achaz lächelte Peter aufmunternd zu. «Du hast zum Roten Matthes gesagt: ‹Hätte uns in der Nacht wirklich jemand beobachtet, dann wüsste derjenige auch, dass wir's gar nicht waren.› Ist das richtig?»

Augenblicklich entspannte Peter sich. Die Erleichterung stand ihm ins Gesicht geschrieben.

«Ja, das ist richtig. Weil wir nämlich zufällig mitangesehen hatten, was geschehen war.»

«Sehr gut», sagte Wetzstein befriedigt. «So seid Ihr also unser wichtigster Zeuge. Beginnen wir aber dennoch von vorn. Wo wart Ihr in der Nacht, als die junge Frau so grausam ums Leben kam?»

Zuerst stockend, dann immer flüssiger kamen Peter die Sätze über die Lippen.

«Der Rote Matthes und ich hatten uns an jenem Abend im Mohren kennengelernt. Wir hatten schon einiges gezecht und waren in bester Stimmung, als wir ins Haus Zur Kurzen Freud gegangen sind und dort unseren Spaß hatten. Der Matthes mit der Rosa und ich mit der Theresia. Das mögt Ihr Herren dort gerne nachfragen.»

Der dicke Metzgermeister verbiss sich ein Grinsen. «So seid Ihr also inzwischen wohlbekannt im Hurenhaus?»

«Spricht etwas dagegen, wenn ledige Männer wie ich freie Fräulein aufsuchen?», gab Peter ein wenig zu schnippisch zurück, und Adalbert dachte sofort: Junge, gib acht! Zeig dich nur ja ein wenig reumütiger.

Tatsächlich senkte Peter den Kopf und murmelte: «Verzeiht, ich wollte nicht ungebührlich sein. Jedenfalls hatten wir einen fröhlichen Abend im Frauenhaus, als wir beide gleichzeitig Wasser lassen mussten. Dazu sind wir hinaus, in eine dunkle Seitengasse gleich um die Ecke. Dort haben wir einen heftigen Streit mitbekommen. Zwischen einer jungen Frau, der Stimme nach, und einem Mann.»

«Habt Ihr die beiden gekannt?», fragte Grieswirth dazwischen.

«Nein, es war ja stockfinster, und sie standen in einiger Entfernung zu uns in den Büschen. In der Neuburgvorstadt gibt es ja überall solch dunkle Ecken. Wobei … die Stimme der Frau kam mir merkwürdig bekannt vor. Aber ich kann mich auch getäuscht haben.»

Mit angespannter Miene beugte sich Wetzstein über den Tisch Peter entgegen. «Was genau geschah dann?»

«Der Mann hat das Weib gar wüst beschimpft, mit Schmähworten, die ich hier nicht wiederholen will. Er war außer sich vor Wut, hatte sie mit sich zerren wollen, während die Frau sich gewehrt hat und dabei immer nur wiederholt hat: ‹Ich will das nicht. Nie wieder!› Sie wirkte sehr verzweifelt und auch ein bisschen betrunken. Da hat sich der Mann plötzlich gebückt und sie mit einer Eisenstange niedergeschlagen. Sie hat nicht einmal geschrien, ist nur lautlos in sich zusammengesackt.»

«Entschuldigt, wenn ich unterbreche», mischte sich Adalbert ein. «Aber wie konntest du sehen, dass es sich um eine Eisenstange gehandelt hat, wo es doch stockfinster war?»

«Weil ich sie dann am Boden hab liegen sehen, als wir dem Mann halfen, den Leichnam wegzuschaffen.»

Adalbert erstarrte. «Wie? Ihr habt dem Meuchelmörder *geholfen*?»

«Nun ja.» Peter sackte wieder in sich zusammen. «Als die beiden miteinander gerangelt hatten, hat der Matthes gesagt: ‹Verdammt, den Kerl kenne ich doch!› Ich glaube, er wollte dazwischengehen, aber es war zu spät. Das Weib lag schon reglos am Boden. Da hat der Matthes mich am Arm gepackt – ich muss zugeben, dass ich ziemlich besoffen war – und mich schnurstracks zu dem Kerl mitgerissen. Obwohl ich nur weg von da wollte! Der Mann kniete inzwischen über der Toten.

Er beschimpfte sie noch immer, hat dabei aber geheult wie ein Schlosshund.»

Peter schloss die Augen und schüttelte sich.

«Weiter!», drängte Wetzstein. «Was geschah dann?»

«Der Matthes hat dem Mann gesagt: ‹Wir helfen dir, sie von hier wegzuschaffen.› Ein kleines Stück weiter wäre ein Steinhaufen bei einer leeren Scheune, da könnte man sie ablegen, als ob sie gestürzt wäre. So haben der Matthes und ich sie denn bei den Beinen gepackt und ihr Mörder bei den Armen. Sie war ganz leicht, wie eine Feder, und alles war voller Blut. Von daher stammen auch die Flecken an meinen Hemdsärmeln …»

Entgeistert rieb sich Adalbert die juckende Stirn. Das sah weiß Gott gar nicht gut aus für seinen Schwager.

Auch Wetzstein und Grieswirth schienen für einen Moment sprachlos.

Grieswirth fasste sich als Erster. «So habt Ihr also mitgeholfen, einen Unfall vorzutäuschen, anstatt Zeter und Mordio zu schreien?»

«Die Frau war ja ohnehin schon tot», erwiderte Peter leise. «Und im ersten Moment glaubte ich auch, dass der Rote Matthes mit dem Kerl gut bekannt war und ihm einen Gefallen tun wollte. Der war uns beiden dann ja auch mehr als dankbar.»

Wetzstein zwirbelte nachdenklich an seinem Kinnbart. «Wo Ihr nun zu dritt den Leichnam fortgeschafft habt, habt Ihr den Meuchelmörder ja aus nächster Nähe gesehen. Ihr müsstet ihn also beschreiben können …»

«Wie denn, Ratsherr Wetzstein? Es war eine mondlose, stockfinstere Nacht, und er trug einen langen, schwarzen Mantel und den Hut tief ins Gesicht gezogen. Ich konnte sein Gesicht ebenso wenig sehen wie das der Toten, die einen Kapuzenmantel trug. Und ja: Bevor wir sie zu dem Steinhaufen geschleppt haben, hatte der Mann ihr die Kapuze so weit als möglich über den Kopf gezogen. Was mir auch recht war. Einem Toten ins Gesicht zu schauen, das ist selten schön.»

«Wem sagt du das», murmelte Achaz. Laut fuhr er fort: «Aber irgendetwas musst dir doch einfallen zu dem Mann. Vorhin hast du erwähnt, dass der Rote Matthes ihn kannte. Hat er ihn also beim Vornamen oder Nachnamen genannt? Seinen Beruf oder Amt erwähnt?»

«Nein, ich schwör's. Auch hinterher nicht. Im Nachhinein glaube ich, dass Matthes mit Absicht nichts erwähnt hat. Damit ich nicht selbst auf den Einfall komme, ihn auszupressen.»

Wetzsteins Miene hellte sich auf. «Aha, da wären wir ja an einem wichtigen Punkt angelangt. Wie ging es also weiter, nachdem die Tote auf dem Steinhaufen lag?»

Peter räusperte sich. «Wie gesagt, der Mann war uns äußerst dankbar, hat uns ein paar Münzen aus seinem Beutel zugesteckt und ist auf und davon. Wir haben uns dann auch schleunigst vom Acker gemacht, damit uns keiner bei der Toten sieht. Als wir dann …»

«Heißt das etwa», unterbrach ihn Adalbert, «dass ihr nicht einmal nachgeprüft habt, ob sie wirklich tot war?»

Peter wurde blass. «Ich weiß nicht … als ich sie so bei den Beinen getragen hab, hat sie sich einfach tot angefühlt. Außerdem hatte ich reichlich getrunken gehabt und auf einmal auch Angst bekommen. Ich wollte nur noch weg. Wir sind dann zurück in den Mohren, der so spät für seine Stammgäste noch geöffnet hat, und Matthes war ganz aus dem Häuschen. ‹Wenn der Kerl glaubt, dass ich mich mit ein paar Hellern zufriedengebe, hat er sich geschnitten. Diesen Akt der Nächstenliebe lass ich mir weitaus besser bezahlen!› ‹Du meinst: *Wir* lassen uns bezahlen›, hab ich ihm gesagt, und da hat er gemeint, dass ich mir keine Sorgen machen bräuchte, meinen Anteil würde ich schon bekommen. Ich hab ihn dann noch gefragt, wer der Mann sei, aber das wollte er mir nicht sagen. Ich solle nur alles ihm überlassen. So bin ich am nächsten Tag zu meinem Silber gekommen, das du, Achaz, in der Dachkammer gefunden hast. Aber es war mir zu wenig dafür, dass wir einen Meuchelmörder vorm Henker retten. Ich hab dann am Tag drauf nochmals Geld gefordert, weil dem Matthes nämlich rausgerutscht war, dass er jetzt einen steinreichen Mann an der Angel hätte, aber es war wieder nur eine Handvoll Pfennige, und Matthes hat mich hingehalten. Er meinte, dass der Alte erst noch Geld aus seinen Geschäften flüssigmachen müsste.»

«Eben habt Ihr die Worte *der Alte* benutzt», sagte Wetzstein nachdenklich. «Wirkte er denn alt?»

«Ich weiß nicht … älter als wir sicherlich. Aber wenn ich jetzt so zurückdenke, dann fällt mir ein, dass er gut gekleidet war. Und auch nicht besonders groß, aber kräftig dabei.»

«Nun, das trifft wohl auf die Hälfte aller Männer im reiferen Alter zu. Würdet Ihr denn seine Stimme wiedererkennen?»

«Ich denke schon. Ja, ich bin mir sicher.»

«Gut. Was mich betrifft: Ich habe vorerst keine weiteren Fragen. Wie steht es mit Euch?» Wetzstein wandte sich an seine Ratscollegen.

Adalbert machte eine abwehrende Handbewegung. «Nein.»

«Ich weiß nicht», sagte Grieswirth. «Eine ganz und gar seltsame Geschichte. Sie klingt mir ein bisschen wie ausgedacht. So, als ob unser Verdächtiger von sich selbst ablenken wollte.»

Peter warf seinem Schwager einen flehenden Blick zu. «Ich

weiß, dass ich eine ganze Menge Schuld auf mich geladen habe. Auch dir und meiner Schwester gegenüber. Aber glaubst *du* mir wenigstens, dass ich der Zinkenhauerin kein Haar gekrümmt habe? Niemals könnte ich eine wehrlose Frau erschlagen.»

«Ja, ich glaube dir. Nur nützt dir das leider wenig vor Gericht.»

«Trotzdem. Für mich ist es wichtig. Ich … ich bin dir sehr dankbar, wie du dich für mich einsetzt.» Er zögerte. «Und Serafina? Wird sie mir glauben?»

«Das wird sich zeigen.» Achaz drehte sich zu Wetzstein um. «Was meint Ihr, lieber Wetzstein? Könntet Ihr morgen bei Gericht durchsetzen, dass mein Schwager in den Haberkasten verlegt wird?»

«Ich denke schon. Veranlasst bitte», wies er den Stockwart an, «dass noch heute das Stroh ausgewechselt wird. Das hält man ja keine Nacht aus in diesem Dreck und Gestank.»

# Kapitel 36

«Was für ein furchtbarer Tag!», seufzte Serafina und schloss ihren Mann fest in die Arme.

Sie hatte unten in der Diele auf seine Rückkehr gewartet, war unruhig vor ihrem Arbeitstisch auf und ab gelaufen, während Irmla in der Küche mit dem Abendessen wartete, bis sich endlich die Haustür öffnete.

Adalbert versuchte sich an einem Lächeln. «Du tust ja grad so, als wäre ich aus einer Schlacht zurückgekehrt.»

«So kommt es mir auch vor. Allein wie du ausschaust mit deiner Wunde. Als hättest du an vorderster Front gekämpft.» Sie ließ ihn los und half ihm aus dem Mantel. «Magst du erst zu Abend essen oder gleich berichten?»

«Ich glaube, ich habe gar keinen Hunger. Jetzt ist mir doch ein wenig schwindlig im Kopf.»

Tatsächlich sah er ziemlich erschöpft aus.

«Ich bringe dich zu Bett», beschied Serafina. «Du brauchst jetzt viel Ruhe.»

Ohne Widerrede ließ er sich von ihr in die Schlafkammer führen und bis aufs Hemd auskleiden. Mit einem wohligen Seufzer streckte er sich unter der Bettdecke aus.

«Ich sollte mich öfters von dir pflegen lassen», lächelte er. «Jetzt fehlt mir nur noch ein Becher Burgunderwein.»

«Von wegen! Ich mach dir einen warmen Kräutersud, den trinkst du noch und dann schläfst du.»

Als Serafina mit einem Bund aus Eisenkraut, Baldrian, Melisse und Arnika die Küche betrat, hatte Irmla das Abendessen schon aufgetragen.

«Was ist mit dem Doctor Adalbert? Geht es ihm nicht gut?», fragte sie besorgt.

«Er ist hundemüde und schon zu Bett gegangen. Ist noch heißes Wasser da?»

«Dort im Topf. Hat er denn etwas berichtet von Eurem Bruder?»

Sie schüttelte den Kopf und tat die Kräuter ins Wasser. «Ach Irmla, was, wenn sein Kopf nun doch einen größeren Schaden genommen hat? So wie vor einem Jahr, als er nach dem Überfall durch Bader Pfitzauf nicht mehr recht bei Verstand war und mich dauernd mit anderen Frauen verwechselt hatte?»

Erschrocken sah Irmla sie an. «Redet er denn so verwirrt daher wie damals?»

«Nein, das nicht. Aber er hat noch mit keinem Wort erwähnt, wie es im Spitalsloch war.»

Irmla lachte. «Dass er Euch so auf die Folter spannt, haltet Ihr natürlich schier nicht aus. Nein, nein, der Medicus wird schon wieder. Morgen ist schließlich auch noch ein Tag, wenn Euer armer Mann im Augenblick zu erschöpft ist. Und jetzt esst wenigstens Ihr mit mir zu Abend.»

Gehorsam setzte sich Serafina an den Tisch, obwohl auch sie kein bisschen hungrig war. Aber sie musste ohnehin warten, bis die Kräuter gut durchgezogen waren.

Was, wenn Peter den Ratsherren Wetzstein und Grieswirth alles verraten hatte? Weil er, wenn er seine Unschuld nicht beweisen konnte, ohnehin nichts mehr zu verlieren hatte? Wenn ihr Bruder in die Enge getrieben war, traute sie ihm alles zu.

Schweigsam löffelte sie ein wenig von der Hafergrütze, dann sprang sie auf, füllte einen großen Becher von dem Sud ab und tat noch Apfelessig und Honig dazu.

«Hoffen wir, dass Achaz morgen wieder auf den Beinen ist», murmelte sie.

«Mit Eurem Zaubertrank ganz gewiss.»

Als Serafina in die Schlafkammer zurückkehrte, mit dem Becher in der einen, der Tranlampe in der anderen Hand, fand sie ihn mit geschlossenen Augen auf der Seite liegend vor. Sein Atem ging ruhig und gleichmäßig.

Ein warmer Schauer fuhr ihr über den Rücken. Wie sehr sie diesen Mann liebte! Selbst wenn für sie beide nun alles vorbei sein sollte in Freiburg: Hauptsache war, dass er keinen Schaden genommen hatte und bald wieder wohlauf war. Sie beide würden schon einen Weg finden, solange sie nur beisammen waren.

Sachte drückte sie ihm einen Kuss auf die Wange. «Bist du wach?»

«Ja.» Er schlug die Augen auf. «Hab nur ein wenig gedöst.»

«Dann trink. Das bringt dich wieder zu Kräften.»

Sie half ihm, sich ein wenig aufzurichten, dann trank er den Becher in kleinen Schlucken halb leer.

«Das schmeckt ja grauenhaft.» Er verzog das Gesicht.

«Aber es hilft.»

Er nahm ihre Hand und zwinkerte ihr zu. «Willst du gar nicht wissen, wie es im Spitalsloch war?»

«Aber ja.» Sie setzte sich auf die Bettkante. «Ich dachte nur, du wärst noch zu schwach.»

«Unsinn. Alsdann: Deinem Bruder geht es den Umständen entsprechend gut. Ich glaube, er hat einiges durchgemacht die letzten Stunden. Und wenn eines sicher ist, dann, dass er kein Wort zu deiner Vergangenheit über die Lippen bringen wird. Was damals zwischen euch vorgefallen ist, tut ihm inzwischen sehr leid.»

Mehr als überrascht erwiderte sie seinen Händedruck.

«Warum», hakte er mit sanfter Stimme nach, «hast du mir eigentlich nicht schon viel früher erzählt, dass Peter dich nach deinem Unglück verstoßen hat?»

«Du weißt doch, dass ich nicht gerne über jene Zeiten rede. Außerdem glaube ich heute, dass er gehofft hatte, er würde fortan mehr Zuneigung von unserem Vater bekommen. Wo ich schließlich zum schwarzen Schaf der Familie geworden war.»

Er nickte. «Du warst immer der Liebling Eures Vaters, ich weiß. Hat er wenigstens Erfolg gehabt?»

«Nein. Der Vater ist kurze Zeit später gestorben. So habe ich ihn nie mehr wiedergesehen und war nicht einmal bei seiner Bestattung dabei.»

«Das tut mir leid, mein Liebes.» Er umarmte sie.

«Was vorbei ist, ist vorbei», raunte sie gegen seine warme Brust. Das Wichtigste war doch, dass Peter zur Vernunft gekommen war. Und die Zinkenhauerin nicht erschlagen hatte.

«Jedenfalls», fuhr er fort, «wird er nichts über deine Konstanzer Zeit verraten. Außerdem habe ich deutlich gespürt, wie wichtig du ihm immer noch bist und wie wichtig ihm ist, dass auch *du* ihm glaubst, dass er kein Mörder ist.»

Sie richtete sich wieder auf. «Dann wisst ihr nun, was geschehen ist mit der Agnes?»

«Mehr oder weniger.»

Immer wieder von kurzen Pausen durchsetzt, berichtete er ihr alles Wichtige. Sie hatte den Eindruck, dass es ihn viel Kraft kostete, seine Gedanken und Worte zu sammeln.

«Morgen wird er vor die Richter geführt», schloss er, «und Jodokus wird freigelassen.»

«Wie schön für Jodokus. Aber wegen Peter mache ich mir dennoch Sorgen. Wir beide glauben ihm, dass er die Wahrheit sagt, aber glauben ihm auch die Richter? Wenn ich dich richtig verstanden habe, dann hat er die Freveltat zwar beobachtet, kann aber zum Mörder nicht viel sagen. Der Rote Matthes hingegen kennt den Kerl so gut, dass er ihn um Geld auspresst, ist aber spurlos verschwunden und wird wahrscheinlich nie wieder auftauchen. Der wahre Übeltäter wird also womöglich nie entdeckt werden.»

«So ganz ohne Beschreibung hat Peter uns nicht gelassen. Es war kein einfacher Handwerker und auch kein hergelaufener armer Trunkenbold. Er war gut gewandet, mittelgroß, kräftig und etwas älter als ich. Außerdem würde Peter seine Stimme wiedererkennen.»

«Ach Adalbert, wie sollen die Richter damit den wahren Täter finden? Sie können schließlich nicht alle Mannsbilder, auf die diese Beschreibung passt, im Gefängnis aufmarschieren lassen, damit sie vor Peter eine Stimmprobe abgeben. Und denk dir nur, Peter würde einen Vornehmen wie den Junker Bertli Snewlin bezichtigen … würde man dann dem Ritter Glauben schenken oder meinem Habenichts von Bruder?»

Adalbert zuckte die Schultern. Er sah plötzlich wieder müde aus. Und mutlos.

«Ich will ja nicht den Teufel an die Wand malen», setzte sie nach, «aber stell dir vor, Peter würde am Ende peinlich befragt werden und unter den Folterqualen etwas zugeben, was er gar nicht begangen hat.»

«Ich bitte dich, Serafina, du darfst nicht so schwarzsehen.» Kraftlos ließ er sich auf das Kopfkissen zurückfallen und schwieg.

«Vielleicht hast du recht.» Sie erhob sich von der Bettkante. «Ich lass dich jetzt besser schlafen, du brauchst deine Ruhe.»

«Warte, Serafina. Eben gerade ist mir noch etwas eingefallen. Ziemlich zu Anfang hat Peter gesagt, dass ihm die Stimme der jungen Frau, also der Agnes, merkwürdig bekannt vorgekommen sei. Leider ist keiner von uns näher darauf eingegangen.»

«Das ist allerdings seltsam. Woher sollte Peter sie gekannt haben? Zum einen ist er viel zu schüchtern, um fremde Frauen anzusprechen, zum andern war er, soweit wir wissen, hier in Freiburg nur mit dem Roten Matthes oder im Hurenhaus unterwegs.»

«Soweit wir wissen», widerholte er und schloss die Augen.

«Hör zu, Adalbert: Bist du einverstanden, wenn ich morgen früh nochmals die Theresia vom Frauenhaus aufsuche? Ich hatte schon bei meinem letzten Besuch den Eindruck, dass sie uns etwas Wichtiges verschweigt. Vielleicht kann sie uns ja den Schlüssel zur Lösung reichen.»

«Tu das», murmelte er und war dabei schon halb eingeschlafen.

# Kapitel 37

Gleich nach dem Morgenessen wollte sich Serafina auf den Weg machen. Aus eigener Erfahrung wusste sie, dass sich die Freier erst gegen Mittag im Hurenhaus blicken ließen und die Frauen gerne ausschliefen, um sich dann in aller Ruhe für ihr Geschäft herauszuputzen.

Sie ließ Adalbert weiterschlafen, während sie sich ankleidete und dann in der Küche ein wenig Brotsuppe zu sich nahm.

«Ich denke, ich bin in einer guten Stunde zurück», sagte sie zu Irmla. «Schickt am besten jeden, der den Medicus konsultieren will, fort. Er soll so viel als möglich schlafen, und wenn er wach wird, von meinem Kräutersud trinken.»

«Macht Euch keine Sorgen, Frau Serafina. Ich kümmere mich schon. Weiß der Doctor Adalbert, wohin Ihr wollt?»

«Aber ja. Hab's ihm gestern Abend gesagt. Ihr braucht mich also diesmal nicht zu begleiten», sie zwinkerte der Magd zu, «und auf mich aufzupassen.»

Von oben aus der Schlafkammer hörten sie es rumpeln.

«Der Doctor ist wach», sagte Irmla. «Er wird doch nicht aufstehen wollen?»

«Ich gehe schon.»

Als Serafina die Schlafkammer betrat, kauerte Adalbert auf der Bettkante. Den Becher zu seinen Füßen hatte er umgestoßen, der Rest des Kräutertranks versickerte in den Dielenritzen.

«Wie ungeschickt von mir», murmelte er.

«Ach, Adalbert, du sollst doch noch nicht aufstehen.» Sie setzte sich neben ihn. «So viel, wie du geschlafen hast, hat dein Kopf wohl doch mehr Schaden genommen als gedacht.»

«Mein Kopf?» Er betastete den Verband. «Oje, was hab ich da nur gemacht?»

Unter leisem Stöhnen verdrehte er die Augen.

Verunsichert musterte sie ihn. «Adalbert? Ist alles gut mit dir?»

«Mit mir schon, schöne Frau. Aber ich frage mich, was Ihr in meiner Schlafkammer macht? Ist das nicht unschicklich, einen fremden Mann im Bett aufzusuchen? Oder seid Ihr gar eine dieser jüdischen Ärztinnen, von denen man in Basel so viel erzählt?»

Sie erschrak zutiefst. «Was redest du da? Erkennst du mich denn nicht?»

«Aber natürlich.» Er tippte sich gegen die eingebundene Stirn. «Jetzt erkenne ich Euch. Ihr seid Schwester Serafina von den Christoffelsschwestern.»

Ihre Hände begannen zu zittern. Es war genau wie damals, als er nach dem heftigen Schlag auf den Schädel tagelang das Gedächtnis verloren und nur Unsinn von sich gegeben hatte.

«Habe ich Euch schon gesagt», fuhr er fort, «dass ich Euch bewundere, seit dem ersten Tag, an dem wir uns getroffen haben? Dass ich Euch seither von ganzem Herzen liebe?»

Er nahm ihre Hände und küsste sie.

«Das ist die Wahrheit, Serafina. Das wollte ich dir einfach noch einmal sagen. Habt ihr beiden eigentlich schon gefrühstückt? Ich hätte jetzt nämlich zum ersten Mal richtig Hunger.»

Bei den letzten Worten grinste er spitzbübisch.

«Du Scheusal! Du hast mich zum Narren gehalten!»

Sie wollte vom Bett aufspringen, aber er war schneller und zog sie in die Arme.

«Ich liebe dich wirklich, Serafina», flüsterte er. «Und manchmal habe ich große Angst um dich. Du musst vorsichtiger sein.»

«Das sagst gerade du!» Sie war immer noch empört. «Mir einen solchen Schrecken einzujagen.»

Dann musste sie lachen. Hatte Achaz sie doch tatsächlich aufs Glatteis geführt. Seine Liebeserklärung indessen hatte sie zutiefst gerührt.

«Du könntest bei Vitus' Gauklertruppe mitspielen, du elender Possenreißer.»

«Siehst du? Es gibt immer einen Ausweg. Sollte man uns je nicht mehr in Freiburg haben wollen, dann ziehen wir mit seiner Straßburger Compania durch die Lande. Und jetzt will ich aufstehen, ich habe so einiges vor heute.»

Er stemmte sich in die Höhe und geriet sofort ins Schwanken.

«Himmel, dieser verdammte Schwindel», stieß er wütend hervor und ließ sich mit Serafinas Hilfe wieder ins Bett sinken. Er war ganz blass geworden.

«Du brauchst eben doch noch Ruhe, Adalbert. Du hast ein gehöriges Loch im Schädel. Damit kann man nicht gleich am ersten Tag herumspringen wie ein junges Füllen. Wir können heilfroh sein, dass der Wundarzt es nicht hat nähen müssen.»

Er seufzte. «Vielleicht hast du recht. Aber Hunger hätte ich trotzdem.»

«Was ein gutes Zeichen ist.» Sie küsste ihn auf die Wange. «Irmla bringt dir gleich noch Brotsuppe und von meinem Kräutersud. Ich muss weg, bin aber in einer Stunde wieder da. Dann wechsle ich dir den Verband.»

«Du musst fort?»

«Das hatte ich dir doch gestern Abend gesagt. Zu Theresia, weil ich den Eindruck habe, sie verheimlicht etwas Wichtiges.»

«Da muss ich nicht mehr ganz bei mir gewesen sein, als du mir das gesagt hast. Nein, Serafina, das ist mir gar nicht recht, wenn du schon wieder ins Frauenhaus marschierst. Ich kann veranlassen, dass Sackpfeiffer sie in die Ratskanzlei bringt, wo du sie dann in aller Ruhe befragen magst.»

«Ihr mit einer Vorladung einen Schrecken einjagen? Dann wird sie rein gar nichts verraten, da bin ich mir sicher. Es tut mir leid, aber für diesmal wirst du mir das nicht ausreden.»

Erneut verdrehte er die Augen. «Mit was für einem Dickschädel bin ich nur verheiratet. Kein Wunder, dass man da Kopfschmerzen bekommt. Jetzt fällt mir ein – ich hätte heute Vormittag Quintlins Frau aufsuchen sollen, die seit einigen Tagen von Leibschmerzen geplagt wird. Gehst du vorher dort vorbei und sagst ab?»

«Aber ja.»

Dann stutzte er. «Was ist heute eigentlich für ein Tag?»

«Montag. Warum?»

«Verdammt!», fluchte er, was sonst gar nicht seine Art war. «Über den ganzen Trubel habe ich vergessen, dass wir heute deinen Laden schließen müssen.»

Der kleine Umweg über die Salzgasse war Serafina mehr als unangenehm, denn sie mochte die Quintlins nicht besonders. Die Frau des Goldschmiedemeisters war ein übertrieben frömmlerisches Weib und zugleich eine der schlimmsten Klatschbasen der Stadt. Quintlin selbst hatte sich im letzten Herbst, als es den hiesigen Schwesternsammlungen ums Haar an den Kragen gegangen wäre, zusammen mit Ratsherr Schneehas für die Ausweisung aller Beginen starkgemacht. Dass er obendrein, im Gefolge seines Busenfreundes Johans, ein Gegner ihrer Armenapotheke war, machte ihn nur noch unangenehmer. Er würde mehr als frohlocken, wenn sie spätestens heute Nachmittag ihr Fenster zur Straße zumauern ließen. Genau wie Adalbert hatte sie daran keinen einzigen Gedanken mehr verschwendet. Und wenn sie ehrlich war, war das gerade ihre geringste Sorge.

Der Laden der Goldschmiede war noch geschlossen, und so läutete Serafina das Glöckchen neben der Haustür. Ein Knecht öffnete und fragte sie höflich nach ihrem Begehren.

«Richtet bitte der Hausherrin mit Grüßen von Serafina Stadlerin aus, dass der Stadtarzt heute nicht vorbeikommen kann. Er ist leider unpässlich.»

Sie wollte sich schon umdrehen und ihrer Wege gehen, erleichtert, dass sie um eine Begegnung mit den Quintlins herumgekommen war, als eine schrille Frauenstimme sie zurückrief:

«So wartet doch! Seid Ihr das, Frau Serafina?»

Sie hörte hastig tapsende Füße auf der Treppe, dann stand die Meistersfrau auch schon vor ihr.

«Wie geht es denn dem Medicus? Das ist ja eine ganz furchtbare Geschichte, die ich da gehört habe.»

«So?» Serafina kniff die Augen zusammen. «Und was genau habt Ihr gehört?»

«Dass sein eigener Schwager ihn halbtot geschlagen haben soll. Ach herrje, das ist ja Euer Bruder! Nein, wie schrecklich.»

Dass die Gerüchteküche jetzt schon am Brodeln war, brachte Serafina für einen Moment aus der Fassung. Jemand musste gestern vor dem Spital ihren Bruder erkannt haben, wie er in Fesseln von Sackpfeiffer abgeführt worden war.

Sie gab sich einen Ruck und erwiderte lächelnd: «Da hat Euch jemand einen gewaltigen Bären aufgebunden. Weder ist mein Mann halbtot, noch hat mein Bruder ihn niedergeschlagen. Der Stadtarzt hat eine kleine Kopfverletzung, nichts weiter. Mit ein wenig Ruhe ist er morgen wieder auf den Beinen und kann sich um Eure Zipperlein kümmern.»

Fast enttäuscht sah die Meisterin sie an. «Aber man hat doch Euren Bruder ins Spitalsloch gebracht?»

«Ein großes Missverständnis, das sich heute noch aufklären wird. Das dürft Ihr gerne so weitergeben. Und nun habt einen schönen Tag, Meisterin.»

Rasch eilte Serafina davon, um weiteren dummen Fragen aus dem Weg zu gehen. Sie konnte nur beten, dass sich heute wirklich alles aufklären würde. Wenigstens brachte man Peter nicht mit dem Tod der Zinkenhauerin in Verbindung, denn das hätte die Goldschmiedefrau ihr mit Gewissheit als Erstes unter die Nase gerieben.

Um auf der Großen Gass nicht erneut angesprochen zu werden, durchquerte sie auf Nebengassen im Zickzack die Stadt und erreichte unbehelligt das Haus Zur Kurzen Freud. Türen und Fenster waren noch verschlossen, und sie musste mehrmals laut anklopfen, bis der Hurenwirt öffnete.

«Was wollt Ihr?», fragte er barsch.

«Ich muss die Theresia sprechen.»

Da erst erkannte Heinrich sie. «Frau Serafina? Wart Ihr nicht gestern schon hier?»

«Ganz recht. Kann ich also hereinkommen?»

«Die Mädchen schlafen noch.»

Aus der Schankstube waren deutlich Stimmen zu hören.

«Ich denke, einige sind schon recht munter», sagte sie und drückte sich an ihm vorbei in den Flur.

«Halt, so geht das nicht», rief er entrüstet, doch sie stand schon in der Stube. Theresia, Rosa und zwei andere Mädchen saßen im losen Hemd um einen der Tische und tunkten Brotstücke in eine Schüssel Milch.

«Frau Serafina!» Erstaunt hob Theresia den Kopf. «Geht es wieder um Euren Bruder?»

«Ja und nein. Kommst du auf einen Augenblick mit mir hinaus?»

Der Hurenwirt war neben sie getreten.

«Das geht nicht. Die Mädchen müssen sich jetzt richten.»

«Nur auf ein Vaterunser», gab Serafina bestimmt zurück. «Oder ist das hier ein Gefängnis?»

Doch Theresia war bereits aufgesprungen und holte Mantel und Schuhe.

«Gehen wir.»

Sie schien es regelrecht eilig zu haben, mit Serafina allein zu sein. Als hätte sie etwas auf dem Herzen.

# Kapitel 38

Sie waren in die Henkersgasse eingebogen, um sich ein gutes Stück vom Frauenhaus fernzuhalten. Kurz vor der verfallenen Scheune blieb Theresia abrupt stehen.

«Ich will da nicht dran vorbei», sagte sie leise, und ihre Stimme bebte.

«Dann gehen wir einen anderen Weg.» Serafina legte ihr den Arm um die Schultern. «Du warst gut befreundet mit der Agnes, nicht wahr?»

Die junge Hübschlerin nickte und kämpfte ganz offensichtlich gegen die Tränen an.

«Eure Wirtin Martha hat gesagt, dass ihr euch von früher kanntet.» Serafina sah sie ernst an. «Aber das kann nicht stimmen, weil du noch bis vor drei Jahren in Straßburg gearbeitet hast. Als du hierherkamst, war die Agnes längst Dienstmädchen bei Ignaz Zinkenhauer in Waldkirch.»

Theresia war zusammengezuckt bei der Erwähnung des Kaufmanns.

«Ich weiß. Und sie hat es gar nicht gut gehabt bei ihm. Das heißt, anfangs schon, als Magd. Er hat sie umschwärmt und ihr den Hof gemacht, obwohl da seine Frau noch gelebt hatte. Aber die Alte hat das gar nicht gekümmert, hat ihn einmal sogar ausgelacht, weil er sich aufführen würde wie ein brünstiger Bock und dabei ganz und gar lächerlich aussehen würde.»

«Hat Agnes dir das erzählt?»

Theresia zögerte. «Nein … der Zinkenhauer selber. Er ist … er ist schon seit Jahren Freier bei uns.»

«Als verheirateter Mann?» Serafina hob die Brauen. «Dann hätte euer Wirt ihn ja von Rechts wegen gar nicht ins Frauenhaus lassen dürfen.»

Doch die Erklärung, die prompt kam, war ihr mehr als vertraut.

«Ein gutes Schmiergeld an den Wirt reicht aus. Dazu das Versprechen, kein Aufsehen zu erregen und die Folgen auf die eigene Kappe zu nehmen.»

«Wie gut kennst du also den Kaufmann?», fragte Serafina, obwohl ihr eine andere Frage weitaus drängender auf der Zunge lag. «Du kannst ruhig freiheraus mit mir reden.»

Das tat Theresia denn auch. Ganz offensichtlich schien es ihr eine Erleichterung zu sein.

«Ziemlich gut kenn ich ihn. Er kam immer montags von Waldkirch herüber, wenn bei uns am wenigsten los ist. Ganz in Schwarz verhüllt, damit ihn unterwegs niemand erkennt, und auf einem edlen Ross, das er nebenan im Stall untergestellt hat …»

So erfuhr Serafina Erstaunliches über den angesehenen, vermögenden Kaufmann, den sie bei ihrem zweiten Besuch in Waldkirch eher kühl, geschäftsmäßig freundlich und auch ein wenig selbstgefällig erlebt hatte. Was Theresia preisgab, zeichnete das Bild eines seltsamen Menschen, der sich zutiefst einsam fühlte und sich umso stärker wähnte, je schwächer sein Gegenüber war. Rosa und Theresia hatten bei seinen Besuchen immer so tun müssen, als fürchteten sie ihn, ja, als würden sie vor Angst regelrecht vor ihm zittern. Nur dann vermochte er Befriedigung zu erlangen. Bei seinem vorigen Weib gelang ihm das wohl überhaupt nicht mehr. Den Hübschlerinnen gegenüber beschrieb er die alte Zinkenhauerin als grob und großmäulig, und als sie dann mit einer Schwindsucht im Sterben lag, hatte er nur gemeint, er weine ihr keine Träne nach.

«So abfällig reden ja viele verheiratete Freier über ihre Ehegefährtinnen», erklärte Theresia, «als täten sie sich rechtfertigen wollen. Aber der Zinkenhauer war obendrein immer voller Selbstmitleid. In einem seiner jammervollen Momente hat er mir mal anvertraut, wie schlimm seine Kindheit gewesen sei, mit einem schwächlichen Vater, der mit dem armseligen Kramhandel nie auf einen grünen Zweig gekommen war, und einer herzlosen Mutter, die nicht nur ihn und die beiden jüngeren Brüder mit harter Hand geschlagen hat, sondern sogar den eigenen Ehemann. Ich hab dann so getan, als ob er mir fürchterlich leidtäte, aber in Wirklichkeit hab ich mir gedacht: Was stellt der sich so an? Wir haben alle unseren Packen zu tragen.»

«Und Agnes? Was war mit Agnes?»

«Von ihr hat er uns regelrecht vorgeschwärmt. Schon lange vor dem Tod seiner Frau, als Agnes noch Dienstmagd war. Er hat immer gesagt: ‹Wenn mein Weib mal nicht mehr ist, heirate ich die Agnes. Solch ein sanfter, bescheidener Mensch.› Und so kam es dann ja auch, zum großen Ärger der anderen Magd, dieser Käthe.»

«Ärger?»

«Nun ja, diese alte Vettel hat wohl selbst auf die Hochzeit gehofft. Die war ja vollkommen vernarrt in den Zinkenhauer.»

Serafina nickte. Da hatte sie sich also nicht getäuscht. Aber wenn inzwischen eines sicher war, dann, dass es sich bei dem Meuchelmörder um einen Mann handelte.

«Erzähl weiter», bat sie.

«Die erste Zeit nach der Hochzeit hat der Zinkenhauer die Agnes wohl auf Händen getragen, und sie hat ihr Glück kaum fassen können. Endlich war sie jemand, den alle Welt höflich grüßte, war nicht mehr das Bankert einer armen Taglöhnerin aus der Vorstadt, sondern die Ehegenossin eines reichen Kaufmanns. Jung und hübsch war sie ja obendrein. Jedenfalls ist er nach der Hochzeit erst mal nicht mehr bei uns aufgetaucht, worüber auch keiner bös war.»

«Woher weißt du das alles? Kanntest du die Agnes damals etwa schon?»

Theresia biss sich auf die Lippen. Dann sagte sie leise: «Nein. Sie hat mir später davon erzählt.»

«Später also», murmelte Serafina. Sie sah die Gelegenheit gekommen, die Frage zu stellen, die sie am meisten umtrieb: Warum nämlich die Frauenwirtin ihr hatte weismachen wollen, Agnes und Theresia würden sich aus früheren Zeiten kennen. Was wurde da verschwiegen im Haus Zur Kurzen Freud?

«Hör zu, Theresia: So, wie sich das anhört, wart ihr beide eng befreundet. Wie kann das sein, wo Agnes doch als Ehefrau von Ignaz Kannengießer in Waldkirch lebte?»

Es war dem Mädchen förmlich anzusehen, wie sie sich innerlich wand.

«Ich … ich darf darüber nicht reden. Die Hurenwirtin und ihr Mann haben's uns verboten.»

«Bitte, Theresia. Es ist wichtig. Du willst doch auch, dass Agnes' Mörder gefunden wird.»

Theresia blickte sich nach allen Seiten um, als befürchte sie, beobachtet und belauscht zu werden, dann flüsterte sie:

«Agnes war eine von uns.»

Fast hatte sich Serafina so etwas gedacht. Sie hatte im Gewerbe der Hübschlerinnen zu vieles erlebt, als dass sie noch etwas sprachlos machen konnte.

«Eine käufliche Dirne also?»

«Ja. Seit fast einem Jahr. Wir beide hatten uns sofort angefreundet.»

«Ich verstehe.» Serafina rieb sich das Kinn. «Und dann hat Zinkenhauer das herausgefunden und sie im Zorn erschlagen.»

Theresia schüttelte heftig den Kopf. «Nein! *Er* war es doch gewesen, der sie hergebracht hatte.»

Für einen Moment blieb Serafina der Mund offen stehen. «Wie? Du meinst, er hat sie gezwungen?»

«Regelrecht verkauft hat er sie.» Wütend krampfte Theresia die Fäuste zusammen. «Hat sie fast jeden Montag und Freitag bei Einbruch der Dämmerung hergebracht, und danach haben sie in einem Häuschen am Mönchstor, das er angemietet hatte, übernachtet.»

Dass ein Mann sein Weib an ein Hurenhaus verschacherte, weil er es los sein wollte oder bis über beide Ohren in Schulden steckte, war ihr auch in Konstanz einmal zu Ohren gekommen. Hier aber lag der Fall offensichtlich anders.

«Willst du damit sagen, er hat sie hergebracht und später wieder abgeholt?»

«Nein … im Gegenteil …», druckste Theresia herum. Dann holte sie tief Luft. «Ach, ich hab Euch eh schon zu viel verraten, wo uns Mädchen doch strenges Schweigen auferlegt war, darüber zu reden. Da kann ich Euch auch gleich alles erzählen.»

# Kapitel 39

Stockend schilderte die junge Hübschlerin, was es mit Zinkenhauer und Agnes auf sich hatte. Verschleiert und stark geschminkt hatte er seine junge Frau ins Hurenhaus gebracht, wo vor allem freitags junge Lehrknechte und Gesellen herumlungerten, um ihren Wochenlohn auf den Kopf zu hauen. Zunächst musste Agnes die jungen Burschen bedienen, was Zinkenhauer vom Nebenzimmer aus durch ein Guckloch beobachtete, danach fiel er selbst über sie her. Hinterher entschuldigte er sich jedes Mal bei ihr, weinte auch manchmal dabei oder ging am nächsten Morgen in die Kirche, um beim Herrgott Abbitte zu leisten. Aber es ging Woche für Woche so weiter. Für Agnes war es die Hölle. Manchmal kam sie schon halbbetrunken im Bordell an, weil sie das alles nicht mehr aushielt, und mehr als einmal hatte sie daran gedacht, ihrem Leben ein Ende zu setzen, auch wenn dies eine Todsünde war.

Serafina musste mehrmals schlucken, während sie Theresias Bericht lauschte. Jetzt wurde ihr auch klar, warum das Gesicht der jungen Zinkenhauerin so seltsam bemalt gewesen war.

«Aber wie konnte es so weit kommen?», fragte sie am Ende reichlich fassungslos. Fassungslos auch über das ebenso schändliche wie verbotene Treiben der Hurenwirtsleute. «Du sagtest doch, er habe sie nach der Hochzeit auf Händen getragen?»

«Ihr Fehler war vielleicht, dass sie als Kaufmannsfrau regelrecht aufgeblüht war. Ihr müsst wissen, dass die Agnes eigentlich ein sehr scheuer, unsicherer Mensch ist. Aber bald schon wurde sie von all seinen Geschäftsfreunden hofiert, man schmeichelte ihr, tat ihr schön, und sie begann das zu genießen. Wagte fortan sogar hie und da Widerworte gegen den Kaufmann, wenn er sie wieder herumscheuchen wollte wie seine Magd, was ihn jedes Mal noch zorniger machte. Das dicke Ende kam, als ihm eine böse Zunge steckte, sein neues Weib habe sich in jungen Jahren gegen Geld verkauft. Was so aber gar nicht stimmte: Der Rote Matthes aus der Schneckenvorstadt, in den Agnes einstmals ein wenig verliebt gewesen war, hatte sie vor Jahren einmal mit Gewalt genommen und ihr hinterher einen Beutel mit Münzen vor die Füße geworfen. Jedenfalls hat der Zinkenhauer sie erst verprügelt, als er davon erfuhr, und sie danach ins Bordell geschleift, mit den Worten: ‹Eine Hurenmaid hab ich also geheiratet, ja? Dann sei gefälligst auch weiterhin eine!› Noch am selben Abend war er mit unserem Wirt handelseinig geworden.»

Serafina holte tief Luft. Was für eine widerwärtige Weise, die eigene Frau zu erniedrigen und zu demütigen.

«Und sie hat sich nie dagegen zur Wehr gesetzt?»

«Ich glaube nicht. Körperlich war sie ja eher schwächlich. Aber beim letzten Mal, als wir uns unter vier Augen gesprochen haben, da hat sie mir gesagt, dass sie ihm drohen würde, wenn er sie noch einmal zu uns bringt. Dass sie dann nämlich in Freiburg und Waldkirch alles an die große Glocke hängen würde. Sie war so verzweifelt. Und als die beiden am vergangenen Montag nicht ins Hurenhaus gekommen sind, da hab ich mir schon gedacht, dass etwas Schlimmes passiert sein musste. Wir alle haben das gedacht. Wahrscheinlich hat sie sich geweigert, unser Haus zu betreten, und ihm gedroht, ihn vor aller Welt bloßzustellen, bis der Zinkenhauer sie im Zorn erschlagen hat.»

Jetzt begann Theresia wirklich zu weinen.

«Hätte ich die Agnes vielleicht retten können», fragte sie unter Schluchzen, «wenn ich den Zinkenhauer für sein schändliches Tun vor Gericht gebracht hätte?»

«Nein, Theresia. Verzeih, wenn ich so offen rede, aber dir als Hübschlerin hätte niemand geglaubt. Aber jetzt wird er für alles büßen müssen. Mit deiner Hilfe kommt er vor Gericht.»

«Wie denn, wenn keiner den Mord gesehen hat?»

«Der Rote Matthes und mein Bruder haben es mitangesehen.»

«Was?»

Theresia riss die Augen auf, und Serafina berichtete, was an jenem Abend geschehen war.

«Aber warum haben die beiden der Agnes nicht geholfen?», fragte Theresia bestürzt.

«Sie standen zu weit weg, und schon der erste Schlag muss tödlich gewesen sein.»

«So hat sie wenigstens nicht leiden müssen», flüsterte Theresia und wischte sich die Tränen aus dem Gesicht.

«Das hat sie ganz gewiss nicht», versuchte Serafina zu trösten, obwohl das niemand wissen konnte. «Das Dumme ist nur, dass der Rote Matthes aus der Stadt geflohen ist und dass mein Bruder den Zinkenhauer nie zuvor gesehen hat. Er würde ihn nicht einmal erkennen, wenn er jetzt vor ihm stünde, weil es sehr dunkel war. Aber seine Stimme hat er gehört, und die würde er auch wiedererkennen. Hör zu, Theresia.» Serafina musterte sie eindringlich. «So, wie Peter die Tat geschildert hat, passt alles haargenau zu dem, was du erzählst. Du musst nur alles vor Gericht wiederholen und dazu jetzt gleich mit mir zu Ratsherr Wetzstein gehen, einem der Beisitzer des Blutgerichts. Du und Peter, ihr seid zusammen die wichtigsten Zeugen. Traust du dir das zu? Agnes zuliebe? Dir muss allerdings klar sein, dass der Hurenwirt dich dann umgehend vor die Tür setzt. Denn auch für ihn und sein Weib wird das böse Folgen haben.»

«Ja, ich tu's trotzdem.» Sie nickte beherzt. «Das bin ich der armen Agnes schuldig. Wenn wir damit nur diesen Erzbösewicht Zinkenhauer überführen. Scheinheilig wie der ist, hat er wahrscheinlich auch noch bittere Tränen über ihren Tod vergossen.»

«Ich vermute fast, dass seine Tränen echt waren», murmelte Serafina, der im Leben schon die absonderlichsten Mannsbilder begegnet waren. Erst die eigene Frau erschlagen, und dann heulen wie ein Schlosshund. Zugleich war Zinkenhauer ein eiskalter Lügner, hatte er doch beschworen, dass jene Geldkatze, die man bei Jodokus gefunden hatte, die von Agnes sei – und damit in Kauf genommen, dass ein Unschuldiger statt seiner am Galgen enden würde. Seine Magd hatte obendrein dasselbe behauptet, um ihren geliebten Herrn zu schützen und weil sie froh war, ihre junge Nebenbuhlerin los zu sein.

Serafina hakte sich bei Theresia unter. «Gehen wir zurück. Du musst dir noch etwas Anständiges anziehen, trägst ja nur dein Hemd unter dem Mantel.»

«Wenn ich jetzt zurückkomme, werde ich eh meine Sachen packen müssen. Heinrich wird vor Wut platzen, weil ich alles verraten habe.»

«Der wird nicht mehr lange Hurenwirt sein, glaub mir. Bis dahin kannst du fürs Erste bei uns unterkommen.»

Den Gedanken, was Irmla und Adalbert wohl zu diesem spontanen Einfall sagen würden, schob Serafina kurzerhand weit von sich. Zumal für solcherlei Überraschungen heute kein guter Tag war, wo doch noch die leidige Sache mit dem Fenster anstand.

Sie waren schon fast wieder an der Schwelle zum Frauenhaus angelangt, als Serafina plötzlich ein Gedanke kam.

«Du kennst doch sicher den Stadtapotheker Johans.»

Theresia nickte.

«Besucht der möglicherweise», fuhr Serafina fort, «auch hin und wieder euer Bordell?»

«Nein. Das würde der nicht wagen, wo er doch verheiratet ist und ein stadtbekannter Bürger.» Sie senkte die Stimme. «Aber meine Gefährtin, die Margret, die wird manchmal zu ihm gerufen, wenn die Frau Apothekerin bei ihrer alten Mutter in Breisach ist. Ihr müsst wissen, der ist ziemlich unglücklich mit seinem Weib und nur deshalb so ein griesgrämiger Zwerg.»

«Das klingt sehr gut», Serafina lächelte, «und vor allem hilfreich.»

# Kapitel 40

Sie hatten großes Glück und trafen den Bäckermeister gerade noch vor seinem Haus an, wo er im Begriff war, schnellen Schrittes loszumarschieren.

«Frau Serafina!», rief Wetzstein überrascht und hielt inne. «Wollt Ihr zu mir oder zu meiner Frau? Ich habe es nämlich eilig, die Gerichtssitzung fängt gleich an.»

Serafina nickte erleichtert.

«Das ist gut, lieber Ratsherr. Wir wollten zu Euch, in der Sache wegen der armen Agnes.»

Aus Erfahrung wusste sie, dass es schon für einen gewöhnlichen Bürger schwierig war, bei einer laufenden Rats- oder Gerichtssitzung eingelassen und angehört zu werden, ganz gleich, wie wichtig seine Aussage war. Für ein Weib war dies nahezu unmöglich. Deshalb war es ein großes Glück, dass sie Wetzstein noch zu Hause angetroffen hatten.

Sie zog Theresia, die mit ihrem Bündel über der Schulter ein wenig befangen Abstand hielt, näher heran. Der Hurenwirt hatte sie tatsächlich umgehend des Hauses verwiesen, und sie hatte gerade noch in aller Eile ihre Siebensachen packen dürfen.

«Das hier ist Theresia aus dem Haus Zur Kurzen Freud», stellte Serafina ihre Begleiterin vor.

Wetzstein runzelte die Brauen und starrte das Mädchen verdutzt an, doch Serafina fuhr unbeirrt fort:

«Sie hat eine wichtige Aussage zum Meuchelmord an Agnes Zinkenhauer zu machen. Dürfen wir Euch also bis zur Kanzlei begleiten?»

«Aber sicher, ja.» Dass ihm diese Art Begleitung nicht ganz recht war, konnte man ihm ansehen. Doch er war Manns genug, sich nicht aus der Ruhe bringen zu lassen. «Was gibt es denn so Dringendes, Theresia?»

Da Theresia eingeschüchtert schwieg, antwortete Serafina an ihrer Stelle.

«Sie hat einen starken Verdacht, wer die Zinkenhauerin erschlagen hat. Gemeinsam mit meinem Bruder wird man den Übeltäter nun überführen können.»

«Psst», wehrte der Ratsherr ab, «nicht hier auf der Straße. Gehen wir in die Ratskanzlei. Dort wird Schreiber Lambrecht alles ordnungsgemäß zu Papier bringen, und ich kann das Protokoll gleich mit zur Sitzung nehmen.»

«Wird Jodokus dann freigelassen?» Sie und Theresia konnten kaum Schritt halten mit dem schmerbauchigen kleinen Mann, so eilig hatte der es jetzt.

«Das wird sich zeigen, aber ich denke schon, wenn es einwandfreie Beweise gibt. Wie geht es denn unserem lieben Stadtarzt? Hat er den Schlag gut überwunden?»

«Ich hoffe es zumindest. Aber Ihr kennt ihn ja, er findet einfach keine Ruhe.»

Von Wetzsteins Haus am Fischbrunnen war es nicht weit bis zu Serafinas Zuhause, und als sie jetzt in die Barfüßergasse einbogen, fiel ihr Blick auf das nahe Heilig-Geist-Spital. Das Herz zog sich ihr zusammen, als sie daran dachte, wie Peter dort im stinkenden, dunklen Kerker saß und seines Urteils harrte.

«Dürfte ich denn meinen Bruder besuchen?», fragte sie.

«Zuerst muss er den Richtern vorgeführt werden, vorher sind Verwandtenbesuche in der Regel nicht erlaubt. Aber ich verspreche Euch, dass er noch heute Mittag in den Haberkasten gebracht wird.»

Die Ratskanzlei befand sich nur wenige Schritte schräg gegenüber des Hauses Zum Pilger, und als Serafina Anstalten machte, Theresia zu begleiten, hielt Wetzstein sie zurück.

«Geht Ihr nur heim, Frau Serafina. Ihr dürft ohnehin nicht dabei sein, wenn das Mädchen seine Aussage macht.»

Als Theresia sie flehentlich ansah, warf Serafina ihr ein aufmunterndes Lächeln zu.

«Du schaffst das auch ohne mich. Sag den Herren einfach alles, was du auch mir erzählt hast. Du brauchst kein Blatt vor den Mund zu nehmen. Jede Kleinigkeit ist wichtig, denk dran. Und nachher kommst du zu mir.» Sie deutete auf ihre Haustür. «Hier wohne ich. Bis später also, versprochen?»

Theresia nickte. «Versprochen. Aber wird man mir auch glauben?»

«Das wird man. Nicht wahr, Ratsherr?»

Auch Wetzstein lächelte nun. «Du wirst unter Eid aussagen, junge Frau, und ich nehme nicht an, dass du uns vor Gott und der Heiligen Schrift anlügst. Gehen wir also, ich bin schon sehr gespannt.»

«Warte, Theresia.» Serafina nahm ihr das Bündel aus der Hand. «Ich nehme das schon einmal mit. Bis später.»

Sie sah den beiden nach, wie sie hinter der schweren Eichenholztür der Kanzlei verschwanden. Theresia würde schon alles richtig machen. Ihre Sachen hatte Serafina indessen an sich genommen, um sicherzugehen, dass Theresia hinterher auch wirklich bei ihr vorbeikam und nicht etwa sang- und klanglos aus der Stadt verschwand. Serafina war dem Mädchen nämlich mehr als dankbar. So war es das Mindeste, ihr nach dem Rauswurf aus dem Hurenhaus auch zur Seite zu stehen.

Während sie nach ihrem Schlüssel kramte, ließ eine schneidende Stimme sie zusammenzucken.

«Einen wunderschönen Guten Morgen, werte Frau Serafina. Habt Ihr denn die Maurer noch gar nicht einbestellt?»

Sie fuhr herum und sah Johans, den Apotheker, vor sich. Mit einem frohlockenden Grinsen fuhr er fort:

«Nun, Ihr habt ja noch Zeit bis heute Abend. Ansonsten wird die Gerechtsame für Eure Apotheke widerrufen, aber das wisst Ihr ja selbst.»

Na warte, dachte sie sich, du kommst mir gerade recht. Laut sagte sie: «Und dann habt Ihr gewonnen, nicht wahr?»

«Ach, um mich geht es dabei doch gar nicht», wehrte er in dünkelhaftem Tonfall ab. «Es geht darum, dass dieses ganze Armengesindel aus der Gasse verschwindet. Die Nachbarschaft wird es Euch danken.»

Sie setzte ihr freundlichstes Lächeln auf. «Das wird sich zeigen. Übrigens komme ich gerade aus dem Haus Zur Kurzen Freud und soll Euch recht schöne Grüße von der jungen Margret ausrichten.»

Sie konnte förmlich mitansehen, wie seine Gesichtszüge erstarrten. Ihre Bemerkung hatte gesessen.

«Ich … ich kenne keine Margret», stotterte er errötend und blickte sich unwillkürlich nach rechts und links um. Dann ging er ohne ein weiteres Wort seiner Wege.

Innerlich lachte sie laut auf. Wie ein ertappter Dieb hatte er sich benommen. Ob sie indessen mit ihrer versteckten Warnung etwas erreichen würde, stand auf einem anderen Blatt.

Als sie die Eingangsdiele betrat, hörte sie vertraute Stimmen aus der Küche. Zu ihrer großen Freude saßen dort Grethe, Irmla und Achaz einträchtig um den Tisch – Adalbert in seinem leichten, blauen Hausmantel und den geliebten Seidenpantoffeln an den Füßen, die Wangen schon wieder rosig verfärbt. Mit seinem Verband um den Kopf sah er ein wenig aus wie eine Nonne ohne Schleier.

Serafina umarmte die Freundin. «Wie schön, dich zu sehen.»

«Du lässt ja nichts mehr von dir hören», erwiderte Grethe in gespielter Entrüstung. «Dabei macht in der Stadt schon das Gerücht die Runde, dass unser Medicus halb totgeschlagen worden wäre.»

«Wie maßlos immer übertrieben wird!» Adalbert grinste und zwinkerte Serafina zu. «Wie du siehst, liebe Frau, bin ich schon wieder wohlauf. Allerdings warst du auch sehr lange weg. Viel zu lange.»

«Ich hatte so einiges zu erledigen.» Sie strahlte ihn an. «Und ich habe große Neuigkeiten. Ihr werdet es kaum glauben.»

Adalbert runzelte die Stirn. «Willst du damit sagen, dass du der Lösung des Rätsels im Frauenhaus nähergekommen bist?»

«So ist es. Sogar ganz nah.» Sie holte tief Luft und blickte in die Runde. «Ignaz Zinkenhauer selbst hat die Agnes erschlagen.»

In diesem Augenblick hätte man eine Nadel fallen hören können, so still war es im Raum geworden. Erst recht, als sie zu schildern begann, was sie von Theresia erfahren hatte. Dabei versuchte sie, die höchst anstößigen Einzelheiten in möglichst sachliche Worte zu fassen. Doch den entsetzten Gesichtern nach war ihr das misslungen.

«Was für ein Hundsfott», stieß Grethe als Erste hervor, «was für ein mieses, dreckiges Schwein …»

«Nun ja», erwiderte Serafina, «er wird seine Strafe bekommen. Theresia ist in diesem Augenblick mit Ratsherr Wetzstein in der Kanzlei und macht dort ihre Aussage. Ich bin mir sicher, dass er es war. Man braucht also den Zinkenhauer nur noch nach Freiburg beordern, und Peter wird seine Stimme wiedererkennen. Und die Wirtsleute vom Frauenhaus werden ebenfalls unter Eid zugeben müssen, was für ein schlimmes Spiel der Zinkenhauer in ihrem Haus getrieben hat.»

«Dieser Mensch ist doch nicht ganz bei Trost», ereiferte sich auch Adalbert. «So etwas Schändliches hab ich mein Lebtag noch nicht gehört.»

Serafina zuckte nur die Schultern. «Du bist halt kein Weib. Theresia und ich könnten dir da so einiges erzählen. Und Grethe sicher auch.»

«Bitte nicht», knurrte Irmla, die bislang nur kopfschüttelnd geschwiegen hatte, und deutete auf den schäbigen Reisesack, den Serafina noch immer in der Hand hielt. «Was ist das denn? Habt Ihr das von der Gasse aufgelesen?»

Serafina spürte, wie sie unter Irmlas strengem Blick unsicher wurde. «Nein, nein. Das ist … das sind … nun ja, die Habseligkeiten von Theresia. Der Frauenwirt hat sie selbstredend auf die Straße gesetzt, nachdem sie mir alles offenbart hat. Die Mädchen vom Haus Zur Kurzen Freud hatten ja Stillschweigen schwören müssen über Zinkenhauers Treiben, und da war es doch schon überaus mutig von Theresia, finde ich …»

«Ihr habt Euch doch nicht allen Ernstes gedacht, dass diese Theresia hier einzieht?», unterbrach Irmla ihren Redefluss.

«Eigentlich schon.» Trotzig schob Serafina das Kinn vor. «Es wäre ja auch nur für kurze Zeit. Jetzt, wo das Kämmerchen von Peter wieder frei ist, könnte sie doch zumindest so lange hier wohnen, bis man für das Frauenhaus neue Pächter gefunden hat.»

Irmla verschränkte die Arme vor der Brust. «Eine Hurenmaid unter dem Dach des Freiburger Stadtarztes! Das wird bei den hohen Herren von Snewlin, Kippenheim, Münsingen und wie sie alle heißen, die hier ein und aus gehen, wahrlich auf große Begeisterung stoßen. Und beim Magistrat erst recht. Meint Ihr nicht auch, Doctor Adalbert?»

Adalbert schüttelte den Kopf.

«Ich weiß nicht, Serafina. Ich finde, dass das kein besonders guter Einfall ist.»

«Bitte! Es ist doch nur für ein paar Tage.»

«Ich glaube kaum, dass wir Ratsherren so schnell neue Wirtsleute für das Frauenhaus finden werden.»

Da räusperte sich Grethe vernehmlich. «Mir kommt da ein Gedanke. Vielleicht will ja Theresia gar nicht zurück ins Bordell. Wir fragen sie einfach, ob sie bei uns im Christoffelshaus wohnen möchte. Die Meisterin hat bestimmt nichts dagegen. Wisst ihr was? Ich warte noch, bis Theresia zurück ist, und dann nehme ich sie gleich mit zum Kochen und Mittagessen.»

«Und ich begleite euch.» Serafina schlang ihr die Arme um den Hals und küsste sie auf beide Wangen. «Du bist ein Schatz!»

Adalbert erhob sich, und das, zu Serafinas Überraschung, ganz ohne Mühe. «Da nun alles geklärt ist, werde ich mich ein wenig frischmachen und mich ankleiden. Die Herren vom Gericht und damit auch Laurenz Wetzstein pflegen ihr Mittagsmahl im Roten Bären einzunehmen: Eine bessere Gelegenheit, den Stand der Dinge zu erfahren, gibt es nicht.»

Serafina musste lachen. «Und da behauptest du immer, *ich* sei neugierig. Aber zuvor will ich dir einen neuen Verband anlegen. Mal sehen, möglicherweise reicht auch eines meiner Wundpflaster. Das sieht man dann nicht unter deiner Gelehrtenkappe.»

Achaz nickte erfreut.

«Ich wäre schon heilfroh, wenn ich diese Maskerade los wäre. Übrigens könnte es nach dem Essen später werden. Ich nehme an, dass man nach Theresias Aussage umgehend zwei Stadtboten zu Zinkenhauer nach Waldkirch schicken wird. Vielleicht erlaubt man mir ja, als Ratsherr und guter Freund von Wetzstein, bei der Gegenüberstellung mit Peter dabei zu sein.»

Er verließ die Küche, und auch Grethe erhob sich. «Warten wir unten in der Diele auf Theresia», schlug sie vor, «sie wird sicher gleich hier sein.»

Irmla stemmte die Arme in die Seite. «So verschwinden also wieder einmal alle zum Mittagessen? Dann braucht man mich wohl auch nicht mehr als Köchin und Magd.»

«Ach Irmla.» Serafina strich ihr liebevoll über die Wange. «Ihr wisst genau, dass Achaz und ich verloren wären ohne Euch.»

# Kapitel 41

Wie nicht anders zu erwarten war, hatte Meisterin Catharina die junge Hübschlerin aufs Freundlichste empfangen. Nach einer kurzen Unterredung mit den übrigen Christoffelsschwestern wurde beschlossen, dass Theresia einstweilen bei ihnen wohnen durfte, und zwar in Grethes Kammer. Nicht nur hierüber war Theresia unendlich erleichtert: Endlich war ihr mit der Aussage in die Feder des Gerichtsschreibers eine große seelische Last genommen.

Und Serafina hatte zu ihrer eigenen Freude zwei, drei unbeschwerte Stunden im Kreis ihrer ehemaligen Gefährtinnen zugebracht. Sie hatte wie in alten Zeiten den Ziegen- und Hühnerstall ausgemistet, was fortan Theresias Aufgabe sein würde, war zum Mittagessen geblieben, und am Ende hatten sie miteinander gesungen und gebetet. Alles war so vertraut wie eh und je gewesen.

Serafinas beschwingte Stimmung verflog indessen, als sie nach Hause kam und Achaz noch immer nicht zurück war. Was, wenn Peter den Waldkircher Kaufmann nun doch nicht überführt hatte? Oder die Heimlichen Räte vom Blutgericht ihm und Theresia keinen Glauben schenkten? Vor allem aber: Welche Strafe würde ihrem Bruder dann blühen? Wenn er nicht nur Mittäter an einer üblen Vertuschung wäre, sondern dazu noch als Lügner angesehen würde? Während sie an ihrem Arbeitstisch fahrig ihre Salben mischte, sah sie ihn in Gedanken schon mit gebrandmarkter Stirn und abgehackten Fingern.

Endlich, nachdem die Münsterglocke bereits zur dritten Nachmittagsstunde geschlagen hatte, öffnete sich schwungvoll die Haustür und Achaz stürmte mit leuchtenden Augen auf sie zu.

«Dein Spürsinn hat dich nicht getäuscht. Der Zinkenhauer war's und hat sogar gestanden!»

Ihr fiel ein Stein vom Herzen. «Warst du dabei?»

«Ja, und es war kein angenehmes Schauspiel. Dieser Schandbube war wohl schon ziemlich überrumpelt gewesen, als die Stadtboten ihn abholten, und so hatte er denn auch in der Ratsstube nur trotzig geschwiegen zu den Fragen der Richter. Dann hat man Peter aus dem Haberkasten geholt und ihm noch im Hof vor der Ratsstube die Augen verbunden. Es war Wetzsteins Einfall gewesen, dass ihm drei Männer vorsprechen sollten, und hierzu hatte man eigens den Seilermeister Pongratz sowie den Kaufherrn Pfefferkorn hergebeten. Sofort und ohne Zögern hat Peter unter den dreien die Stimme vom Zinkenhauer erkannt. Woraufhin der Mann regelrecht zusammengebrochen ist und geheult und gejammert hat, dass er nichts Besseres als den Tod verdient habe, wo er doch seiner Liebsten im Zorn das Leben genommen hat.»

«Was geschieht jetzt mit dem Kaufmann?»

«Man hat ihn sofort gefesselt und unter großer Bewachung in den Christoffelsturm gebracht und den Jodokus dafür freigelassen. Übrigens werden der Hurenwirt und sein Weib ebenfalls für heute Nachmittag vorgeladen. Bei der anschließenden Beratung des Gerichts darf ich allerdings nicht mit dabei sein.

Nun ja, morgen haben wir unsere Sitzung des Großen Rats, da werde ich dann mehr wissen. Falls das Waldkircher Blutgericht darauf besteht, wird Zinkenhauer dort gerichtet werden.»

«Und Peter? Was ist mit Peter?»

«Ohne Strafe wird er nicht davonkommen. Immerhin hat er einen Meuchelmord vertuscht, um Geld zu erpressen, und war an dem Überfall auf mich beteiligt. Auch wenn das alles auf dem Mist des Roten Matthes gewachsen ist. Von dem fehlt übrigens nach wie vor jede Spur. Ich denke, er und sein Kloakenbruder werden sich nie wieder in Freiburg blicken lassen.»

Er gab ihr einen Kuss auf die Wange.

«Um Peter mach dir jedoch nicht allzu große Sorgen. Über das Urteil am endlichen Rechtstag wird der gesamte Große Rat befragt. Das bedeutet, auch Wetzstein, Grieswirth und ich selbst haben ein Wort mitzusprechen. Ich bin mir sicher, dass sich andere Ratsherren ebenfalls für Milde aussprechen werden, so sehr wie er uns geholfen hat und so reuig wie er sich zeigt. Also Kopf hoch.» Er lächelte. «Was hast du eigentlich mit Apotheker Johans angestellt? Den habe ich zu Mittag im Roten Bären getroffen, und er hat mich darüber aufgeklärt, dass das mit der Schließung deines Ladens ein großes Missverständnis sei. Noch heute werde der Kleine Rat den Beschluss zurücknehmen. Obendrein hat er mich allen Ernstes gefragt, ob er dich irgendwie unterstützen kann bei deinen Rezepturen. Ein schier unglaublicher Gesinnungswandel, findest du nicht? Oder hattest *du* da womöglich die Hand mit im Spiel? Wenn ich dich so anschaue …»

Serafina konnte nicht verhindern, dass sie über das ganze Gesicht zu grinsen begann, kaum dass er das Wort «Johans» ausgesprochen hatte. Dennoch versuchte sie, so ernsthaft als möglich zu antworten:

«Ich? Wie kommst du darauf? Wahrscheinlich hat er ein bisschen nachgedacht. Und ist zu dem Schluss gekommen, dass es besser ist, kollegial mit mir zusammenzuarbeiten, als schweres Geschütz gegen mich aufzufahren.»

# Kapitel 42

Auch heute war wieder ein strahlend schöner Maientag. Doch Serafina war trotz der guten Nachrichten vor fünf Tagen, dass der Mörder überführt war und ihre Armenapotheke nun viele Menschen erreichen würde, mehr als bedrückt und hatte die vergangene Nacht kaum geschlafen. Mit klopfendem Herzen, Peters Reisesack in der schweißnassen Hand, wartete sie im Hof der Christoffelsschwestern auf ihre Freundin Grethe und kraulte dabei dem Hund, der sich eng an ihre Beine geschmiegt hatte, gedankenverloren das Fell.

Heute nämlich, gleich nach Marktschluss, würde der Endliche Rechtstag eingeläutet werden, in der offenen Holzlaube am Fischmarkt, und man würde über ihren Bruder öffentlich das Urteil fällen. Serafina konnte sich das Gedränge der Gaffer und Neugierigen dort lebhaft vorstellen. Feierlich würden der Schultheiß, die Heimlichen Räte und der gesamte Magistrat in die Gerichtslaube einziehen, wo als Erstes der Gerichtsschreiber mit lauter Stimme die Urgicht verlesen würde. Diese enthielt in aller Ausführlichkeit Peters Verhör und sein Geständnis, und spätestens dann wusste auch der Letzte in der Stadt, dass der in Handfesseln vorgeführte Malefikant ihr Bruder und damit der Schwager des Stadtarztes war. Nach einer schier endlosen Folge von Reden und Gegenreden, von so seltsamen Fragen wie nach der richtigen Tageszeit, dem richtigen Ort oder irgendwelchen alten Bräuchen des kaiserlichen Rechts würden die Heimlichen Räte, die nun als öffentliche Ankläger auftraten, von den anwesenden Ratsherren einzeln das Urteil erfragen, bis es denn einstimmig gefällt wurde. Einen solchen Endlichen Rechtstag hatte sie einmal in Konstanz miterlebt, und das unaufhörliche Palaver zwischen den hohen Herren hatte auf sie wie einstudiert gewirkt, um das anwesende Volk gehörig zu beeindrucken. Zumal die Heimlichen Räte, wie sie inzwischen von Adalbert wusste, nach Abschluss aller Verhöre und Untersuchungen das Urteil bereits vorgefasst hatten und die anwesenden Ratsherren, die als Schöffen dienten, es in aller Regel nur noch bestätigten. Urteilsfinder nannten diese Schöffen sich, aber in Serafinas Augen waren sie nichts als Äffchen, die ihrem Herrn etwas nachplapperten. Indessen hatte Achaz sie zu beruhigen versucht: Diesmal würden sich etliche von ihnen für ein mildes Urteil einsetzen, sofern sich Peter nur reumütig zeigte.

Doch was war schon ein mildes Urteil?

Auch wenn sie wusste, dass es so schlecht gar nicht stand um Peter, wurde sie zusehends unruhiger, je näher die Urteilsverkündung rückte. Schmerzhaft und entehrend würde es für Peter allemal werden, wenn der Büttel oder Henkersknecht ihn vor aller Augen für seine Vergehen abstrafte. Und in diesem schweren Augenblick konnte und wollte sie ihren Bruder nicht alleinlassen, auch wenn sie sich das vorausgehende Spektakel ersparen würde. Zu ihrer Erleichterung hatte Grethe sich sofort angeboten, sie zur Urteilsverkündung zu begleiten.

Adalbert hingegen hatte sie seit Stunden nicht mehr gesehen. Schon gleich nach einem hastig eingenommenen Morgenmahl war er in die Ratsstube verschwunden, wo sich der Magistrat zu einer abschließenden Besprechung mit den Heimlichen Räten versammelte.

«Du hast es gut», raunte sie Michel zu, der sich vor ihr auf den Rücken geworfen hatte. «Du lässt es dir einfach wohlergehen.»

Längst hatte die Münsterglocke den Beginn des Endlichen Rechtstags verkündet, da erschien Grethe in der Tür zum Hof.

«Entschuldige, dass ich dich hab warten lassen», rief sie, während sie sich im Laufen ihre graue Beginenkutte überwarf, «aber mir ist doch vor Aufregung glatt die Milch übergekocht.»

Sie nahm Serafina in die Arme.

«Es wird schon alles gut gehen, wirst sehen. Und dass du deinem Bruder zur Seite stehen willst, wird ihm die Strafe erträglicher machen.»

Serafina nickte nur stumm.

Als sie um die nächste Ecke bogen, sahen sie schon von weitem das Gedränge am Fischmarkt. Tiefe, ernsthafte Männerstimmen drangen im Wechsel zu ihnen herüber.

Serafina hielt ihre Freundin am Arm fest. «Nicht so schnell. Ich will mir dieses aufgeblasene Geplapper der Richter gar nicht mitanhören.»

«Auch recht. Warten wir dort in der Toreinfahrt, bis das Urteil gesprochen wird.»

Sie stellten sich in den Schatten der Einfahrt, von der aus der Schandpfahl für die Leibes- und Ehrenstrafen gut zu sehen war. Noch stand er frei, die Eisenringe hingen leer an ihren Ketten. Was würde Peter dort wohl bevorstehen? Ja, er hatte eine Strafe verdient, aber ob sie auch gerecht sein würde? In ihrem

Leben hatte sie schon so manchen viel zu grausamen Richtspruch erlebt, und die Neigung zu Gnade oder Barmherzigkeit schien ihr wie eine vergessene Tugend aus uralten Zeiten.

Serafina wandte den Blick ab und presste sich enger an das Mauerwerk. Sie mochte es kaum glauben, dass der Tag, an dem ihr Bruder Ignaz Zinkenhauer des Meuchelmordes überführt hatte, noch nicht einmal eine Woche her war. Ihr kam es vor wie eine Ewigkeit. Dreimal hatte sie Peter seither im Haberkasten besuchen dürfen, und jedes Mal war er noch magerer und blasser gewesen. Gestern, bei ihrem letzten Besuch, hatte er ihr gestanden, wie sehr er sich schäme für das, was er ihr einstmals angetan habe. «Und dann hab ich mich auch noch bereichern wollen an deinem schlimmen Schicksal. Allein dafür gebührt mir die schlimmste Strafe. Soll der Henker mir ruhig die Hand abhacken.» Da erst hatte sie ihm offenbart, dass Achaz und sie ihm längst verziehen hatten. Erstaunlich leicht hatte sich das in diesem Augenblick gesagt, dabei hatte sie so viele Stunden mit sich gerungen, bis sie schließlich gespürt hatte, dass die Bande ihrer Kindheit um so viel stärker waren als alles, was danach geschehen war.

Lange Zeit stand sie schweigend neben Grethe, nur hin und wieder warf sie einen bangen Blick hinüber zum Fischmarkt, ob sich dort etwas Neues tat. Dabei war ihr abwechselnd heiß und kalt.

«Ist es wahr», hörte sie die Freundin neben sich flüstern, «dass der Zinkenhauer wieder frei ist?»

«Ja, das stimmt», gab Serafina mit belegter Stimme zurück und spürte sofort wieder Empörung aufflammen. «Stell dir vor: Die Waldkircher hatten ihn zum Tod durch das Schwert verurteilt, aber er durfte sich um den Preis seines Anwesens, einer stattlichen Geldsumme, und zwanzig Pfund Wachs für die Kirche loskaufen. Seither ist er verschwunden. Genau wie seine Magd Käthe. Die hat er auch freigekauft, vom Ausstäupen am Pranger. Sie hatte von allem gewusst und ihren Herrn schützen wollen. Nur dass ausgerechnet der Rote Matthes die Tat beobachtet und Zinkenhauer um Geld ausgepresst hatte, das hat sie nicht gewusst.»

«Und jetzt geht für diese Käthe womöglich ihr Herzenswunsch in Erfüllung, endlich Zinkenhauers Weib zu werden», schnaubte Grethe. «Die Reichen und Mächtigen kommen doch immer wieder mit dem Schrecken davon.»

«Ich weiß nicht, vielleicht hast du recht. Aber so vogelfrei und heimatlos, wie die beiden nun sind, möchte ich nicht leben. Gerade so wie der Rote Matthes jetzt. Den hat man gestern in Abwesenheit zum Brandmarken auf die Stirn verurteilt und ihm den ewigen Stadtverweis erteilt. Ach Grethe!» Ihr entfuhr ein unterdrücktes Schluchzen. «Was, wenn Peter nun Schlimmes geschieht? Wenn man ihn brandmarkt oder verstümmelt?»

«Hab keine Angst.» Grethes rundes Herzchengesicht, das eben noch so finster dreingeschaut hatte, lächelte sie mitfühlend an. «Vertrau darauf, was Achaz dir gesagt hat. Dass sich die meisten seiner Ratscollegen für Milde aussprechen werden. Und willst du noch eine gute Nachricht hören?»

Serafina atmete tief durch und nickte.

«Alsdann: Seit heute gibt es neue Pächter fürs Frauenhaus. Aber jetzt stell dir vor: Theresia kehrt nicht dorthin zurück. Sie will bei uns bleiben, und wir alle sind dafür. Zunächst einmal zur Probe, wie du damals, aber ich denke, sie wird bleiben. Wie findest du das?»

«Das ist schön!» Serafina freute sich aufrichtig. In diesem

Augenblick kündigte die Malefizglocke das Urteil an, und drüben am Fischmarkt wurde es mucksmäuschenstill.

Augenblicklich begann Serafinas Herz zu rasen. Die donnernden Worte des Freiburger Schultheißen, der den Vorsitz des Gerichts innehatte, drangen bis zu ihnen vor:

«Bürger und Hintersassen unserer Freien und Reichsstadt Freiburg! So höret nun das Urteil über den gegenwärtigen ledigen Ackermann Peter Stadler aus Weilerhof bei Radolfzell: Nach eigener Bekenntnis des Übeltäters infolge gründlicher Inquisition seitens unserer Heimlichen Räte und deren Beisitzer sowie nach gewissenhafter Urteilsfindung durch den ehrsamen und weisen Rat der Achtundvierzig ergeht heute, dem Freitag nach Pankratius im Jahre nach der Fleischwerdung des Herrn 1417, folgendes Urteil getreu dem guten alten Recht: Wegen begangener und überführter Missetat der frevlerischen Vertuschung eines Meuchelmordes zum Zwecke der eigenen Bereicherung sowie der gewaltsamen Gefangennahme unseres Freiburger Stadtphysikus Adalbert Achaz …»

Serafina presste sich die Hände auf die Ohren, um die weiteren Worte nicht mit anhören zu müssen. Doch prompt ließ sie die Arme wieder sinken: Nein, sie wollte wissen, was mit ihrem Bruder geschehen sollte.

«… indessen auf große Fürbitt hin von stattlichen Personen und um Milde und Erbarmen angedeihen zu lassen angesichts der aufrichtigen Reue des Malefikanten, hat das hohe Gericht zu Freiburg im Breisgau folgende Strafe beschlossen: Dem vormals erwähnten Peter Stadler seien sieben gelinde Rutenstreiche durch den Büttel zugedacht und der Stadtverweis auf ein Jahr und einen Tag.»

Laute Trommelschläge bekräftigten das Urteil.

Vor Erleichterung schossen Serafina die Tränen in die Augen. Verschwommen nahm sie den Trommler war, der sich mit zwei Scharwächtern von der Gerichtslaube hin zum Pranger eine Gasse bahnte, gefolgt von Peter und dem Büttel.

Sie wischte sich die Tränen aus dem Gesicht. Der Büttel war Gallus Sackpfeiffer, in der Faust hielt er ein Bündel aus Birkenreisig. Ihr Bruder schritt aufrecht vor ihm her, seine Miene war starr. Sie fragte sich, was in ihm vorging. Er trug weder Wams noch Überrock, nur sein Leinenhemd, und das dunkle Haar hatte man ihm stoppelkurz abgeschnitten.

Schon drängte sich die Menschenmenge um den Schandpfahl und verdeckte das kommende Schauspiel. Serafina ergriff Grethes Hand, und gemeinsam kämpften sie sich durch die Menge bis in die vorderste Reihe. Jetzt war der Moment gekommen, ihrem Bruder beizustehen, auch wenn es schwer sein würde, mit anzuschauen, wie er ausgestäupt wurde.

«Peter!», rief Serafina. «Ich bin bei dir.»

Er wandte ihr das Gesicht zu. Ihr war, als entspannten sich seine Züge, fast sah es aus, als würde er lächeln.

«Jetzt drängelt gefälligst nicht so», schimpfte jemand neben ihr. «Aber das ist doch die Schwester des Missetäters», kam prompt die Antwort, und ein Weib rief in hämischem Ton: «Obendrein die Frau vom Stadtarzt.»

Doch all das berührte Serafina nicht. Hauptsache, sie war in Peters Nähe. Willig ließ er sich von Sackpfeiffer das Hemd abstreifen und ins Halseisen stellen, den nackten Rücken ihm zugewandt.

Dann holte Sackpfeiffer zum ersten Schlag aus. Unwillkürlich zuckte Serafina zusammen.

Die Birkenzweige zischten durch die Luft und klatschten

gegen die bloße Haut, wo sie eine rötliche Spur hinterließen.

«Eins!», zählte der Pöbel laut mit, und Serafina klammerte sich noch fester an Grethes Hand.

«Zwei!»

Peter hielt das Gesicht zur Seite gewandt und gab keinen Laut von sich.

Serafina konnte es kaum mitansehen, obwohl der Büttel sich streng an das Urteil hielt und längst nicht mit voller Kraft zuschlug. Wofür sie ihm mehr als dankbar war. Ganz kurz traf sich ihr Blick mit seinem, und sie erkannte tiefes Mitgefühl darin.

«Ich komm mit dir vor die Stadt und helfe dir», rief sie ihrem Bruder nach dem dritten Rutenstreich zu.

Beim vierten Schlag zuckte er am ganzen Körper zusammen, und sie betete zum Herrgott, dass es bald vorbei sein würde. Doch er stöhnte nicht einmal, hatte die Augen geschlossen und die Lippen fest zusammengepresst. Auch bei den letzten Schlägen schrie er nicht, obwohl die Haut zwischen den Schultern längst aufgeplatzt war.

# Kapitel 43

Immer wieder floss Blut über Peters schmalen, bleichen Rücken, das Serafina vorsichtig mit einem sauberen, feuchten Tuch abtupfte.

«Tut es sehr weh?», fragte sie leise.

«Es geht.»

Sie standen am Ufer der Dreisam, ein gutes Stück vom Obertor entfernt, wo ihm der Büttel vor wenigen Augenblicken die Fesseln abgenommen und ihn nochmals ermahnt hatte, die Frist von einem Jahr und einem Tag nur ja einzuhalten. Ansonsten würde er wegen Bruch der geschworenen Urfehde aufs Härteste verurteilt werden. Das Abschlagen des Schwurfingers sei das Mindeste.

Als sie ihm nun ihre Heilsalbe aus Tannenharz, Arnika, Wermut und Taubnessel auftrug, stöhnte er leise. Dann behauchte sie dreimal die tiefsten Wunden, um den Schmerz wegzublasen, und sprach einen kurzen Segensspruch, der auf die Worte endete: «Gott heile dich.»

«Danke», sagte Peter mit rauer Stimme. «Für alles.»

«Am besten», erwiderte sie, als hätte sie die Ergriffenheit in seiner Stimme überhört, «lässt du den Oberkörper heute noch frei. Frische Luft tut den Wunden gut, und warm genug ist es ja. Dein Hemd und dein Wams hab ich mir vom Büttel geben lassen. Liegt alles in deinem Bündel, genau wie dein Umhang und eine kräftige Wegzehrung.»

Sie deutete auf Peters Reisesack, der jetzt prall gefüllt war. Das Säckchen mit dem erpressten Geld allerdings hatte Achaz schon gleich nach Peters Verhaftung dem Gericht übergeben.

Unschlüssig trat er von einem Bein aufs andere. «Ich mach mich dann mal auf den Weg.»

Sie spürte, wie der Abschied sie schmerzte. Und war zugleich enttäuscht, dass Adalbert nicht mit ihr vor die Stadt gekommen war. Seine Nähe hätte sie jetzt getröstet. Aber anscheinend hatte er ja unbedingt noch etwas äußerst Wichtiges zu erledigen. Oder wollte er ihr schlichtweg die Gelegenheit geben, sich allein von ihrem Bruder zu verabschieden?

«Tu das», sagte sie. «In den Saum deines Umhangs habe ich übrigens eine Handvoll Rappenpfennige eingenäht, für die Herbergen unterwegs. Und das hier», sie zog aus ihrer Geldkatze einen Rosenquarzstein, der von einem Lederbändchen durchzogen war, «ist von unserer Mutter. Sie hat es als junge Frau getragen, hatte Vater mir einmal erzählt. Es soll nun dich schützen, denn der Rosenquarz stärkt das Herz und hält Schaden fern.»

Und er hilft in der Liebe und stärkt das Gemüt, fügte sie im Stillen hinzu.

«Bindest du es mir um?», bat er mit einem scheuen Blick in ihre Augen, und sie nickte.

Ihre Finger zitterten ein wenig, als sie ihm das Amulett um den Hals band. Vor Trauer, aber auch vor Freude.

«Die restliche Salbe tu ich dir auch in deinen Beutel. Sieh zu, dass du jemanden findest, der sie dir morgen früh und übermorgen noch einmal aufträgt.»

Sie legte den Tiegel mit der Salbe zu seinen Sachen und zog den Beutel fest zu.

Als sie sich wieder aufrichtete, sah sie deutlich, wie er schluckte.

«Vielleicht sehen wir uns einmal unter anderen Umständen wieder», sagte er schließlich.

«Ja», erwiderte sie, «vielleicht. Das wäre schön.»

Da trat er einen Schritt auf sie zu und bewegte die Arme, als wolle er sie umfassen, tat es dann aber doch nicht.

«Gott schütze dich, Serafina. Dich und deinen Medicus.»

«Gott schütze dich auch, Peter. Er möge dich gesund nach Hause bringen.»

In diesem Augenblick sah sie vom Stadttor her in einer Staubwolke einen Reiter auf sie zu preschen, gehetzt wie ein reitender Bote. Doch der hochgewachsene Mann hing wie ein Plumpsack im Sattel.

Als er näher kam, erkannte Serafina zu ihrer großen Überraschung Achaz. Gerade noch rechtzeitig brachte er das kräftige hellbraune Pferd vor ihnen zum Stehen. Reichlich unbeholfen glitt er aus dem Sattel und überreichte Peter die Zügel.

«Deine Stute aus der Predigervorstadt kannst du jetzt sicher gut gebrauchen», verkündete er strahlend. «Ein wirklich schönes Tier hast du da auf dem Viehmarkt ausgesucht. Und Sattel und Zaumzeug hab ich obendrein wohlfeil erstanden.»

Das also hatte Adalbert noch zu erledigen gehabt! Ebenso verdutzt wie Serafina starrte auch Peter ihn an, während er dem schnaubenden Tier beruhigend den Hals klopfte.

«Aber wie soll ich dir das Geld jemals zurückgeben?»

«Gar nicht. Ich schenke sie dir. Alsdann, was hast du vor, wenn du wieder daheim bist?»

«Ich … ich will ganz neu anfangen», stotterte Peter, «als Rosshändler am Bodensee. Und nebenher selbst Pferde züchten. Mit Rössern kenne ich mich nämlich wirklich aus.»

«Na, dann ist das ja schon mal ein Anfang. So soll dir diese Stute viele gesunde Fohlen bringen.»

«Das kann ich nicht annehmen.» Nachdrücklich schüttelte Peter den Kopf. «Nicht nach allem, was geschehen ist.»

Achaz zwinkerte ihm zu. «Ganz umsonst ist's nicht. Du musst versprechen, uns besuchen zu kommen, wenn du deinen Pferdehandel auf die Beine gebracht hast. Ein Jahr und einen Tag hast du ja Zeit dafür. Und jetzt mach dich aus dem Staub, damit du vor Dunkelheit bis Neustadt kommst.»

Kurzerhand zog er Peter an sich, sorgsam darauf bedacht, nicht seine Wunden zwischen den Schultern zu berühren.

Gerührt betrachtete Serafina die beiden und hätte sich gewünscht, ihren Bruder so herzlich verabschieden zu können, wie Achaz es fertigbrachte. Doch da hatte Peter sich auch schon losgemacht und umarmte sie. Fest und innig. Am liebsten hätte sie ihn gar nicht mehr losgelassen.

Kein Vaterunser später blickte sie ihm nach, wie er auf der Landstraße nach Schwaben gemächlich davontrabte, bis seine Umrisse vor ihren Augen verschwammen.

«Weinst du etwa?», hörte sie Achaz fragen.

Sie schmiegte sich an seine Schulter. «Ein bisschen.»

«Ich denke, dein Bruder hat etwas dazugelernt. Er ist kein schlechter Kerl.»

«Nein, das ist er nicht. Auch wenn er uns eine ganze Menge Aufregung beschert hat. Und gerade dachte ich, womöglich sehen wir uns nie wieder.»

«Höchste Zeit, dass ich dich auf andere Gedanken bringe.

Es gibt noch mehr gute Nachrichten. Der Rosshändler aus der Predigervorstadt hat mir nämlich gerade gesteckt, dass sich die Straßburger Compania für die große Kirchweih bei ihm angekündigt hat, weil sie sich in seiner Remise einquartieren will. So wirst du deinen Vitus bald schon wiedersehen.»

Voller Freude über diese Neuigkeit küsste sie ihn stürmisch auf beide Wangen. Viel zu lange hatte sie von ihrem Sohn nichts mehr gehört.

«Komm, Adalbert, gehen wir nach Hause. Seit Tagen hab ich zum ersten Mal wieder richtig Hunger und freue mich auf ein gemütliches Mittagessen mit dir und Irmla.»

Er lachte. «Hoffen wir, dass es tatsächlich gemütlich wird und nicht wieder irgendein Büttel oder Gerichtsbote an die Tür klopft.»

Dann wurde er ernst und nahm ihre Hände in seine.

«Weißt du, was ich mir am allermeisten wünsche?»

«Ich nehme an, dass es die nächsten Jahre keinen Meuchelmord mehr in Freiburg gibt.»

«Das auch, Serafina, das auch. Aber das Schönste auf der Welt wäre für mich, wenn wir beide noch einmal ein Kind bekämen.»

# Nachbemerkung der Autorin

Die Idee zum meinem Krimiplot kam mir bei der Recherche zu Prostitution und Sexualität im 15. Jahrhundert, und zwar beim Thema Kuppelei. Auf diesem Feld agierten vor allem Frauen (ehemalige Prostituierte, Witwen und auch Ehefrauen, deren Männer durchaus einverstanden waren mit diesem einträglichen Zubrot), aber es finden sich auch immer wieder Männer als Kuppler, zumeist Bader, Wirte, Fuhrleute, ja sogar Amtsträger. Und tatsächlich gab es Fälle von Männern, die ihre eigenen Töchter oder Ehefrauen zur Schuldentilgung zeitweise ins Bordell verpfändet hatten, wie aus der Nürnberger Frauenhausverordnung von 1470 hervorgeht. Dass in meinem Roman der Ehemann zugleich seinen eher außergewöhnlichen sexuellen Neigungen nachgeht, ist meiner Phantasie entsprungen. Allerdings wurden auch damals alle möglichen Praktiken ausgeübt, nicht anders als heute. Es gab zwar diesbezüglich eine strenge Hausordnung, doch was verboten war, reizte nur umso mehr.

Hierzu muss man wissen, dass das 15. Jahrhundert ein Jahrhundert der Freizügigkeit war und damit auch die Hochzeit der Prostitution. Die gab es in Bordellen wie im Badehaus, wo man mitunter mehr Betten als Badzuber zählte, in den Privathäusern der Kupplerinnen wie auf der nächtlichen Gasse. In den Possenspielen der Gaukler wimmelte es von derber Erotik, vor- und außerehelicher Sex war gang und gäbe, in der bildenden Kunst wurden Erotik, Verführung und Prostitution zu einem häufigen Motiv. Schon die offenherzige Badehauskultur von damals zeigt eine unverkrampfte Haltung zu Körperlichkeit und Sexualität, und die Begriffe im Umfeld der Prostitution wirken auf uns heute fast schon verniedlichend, ungeachtet der harten und oft entwürdigenden Lebensumstände der Prostituierten damals wie heute:

Das Bordell (übrigens schon damals so bezeichnet) hieß auch «Frauenhaus», in Freiburg lustigerweise «Haus zur kurzen Freud», der Rotlichtbezirk war der «süße Winkel», die Prostituierten selbst, die ein «Handwerk« und kein Gewerbe verrichteten, wurden «Hübschlerinnen» genannt oder auch «schönste, freie Frauen», «feile, leichte Fräulein», «freie Töchter» oder «gelüstige Weiber» und «Metzen». Neben den «offenlichen (sic!) Frauen» des städtischen Bordells gab es noch die «Winkeldirnen» und «Schlupfhuren», auch «heimliche freie Frauen» genannt, die auf eigenes Risiko anschaffen gingen. Der Begriff «Hure» war ebenfalls verbreitet, wenn auch noch nicht so negativ besetzt wie später, «Dirne» kam erst im 16. Jahrhundert auf.

Erlaubt war die Prostitution natürlich nur in den offiziellen Bordellen, die wie die meisten Badehäuser eine städtische Einrichtung waren und das «gemaine Wohl» zu fördern hatten. Diese Frauenhäuser standen unter Schutz und Oberhoheit der Stadt (deshalb der Stadtwimpel auf dem Dach), verwaltet wurden sie von Frauenmeisterinnen oder häufiger noch von Frauenwirten, die das Haus gegen einen wöchentlichen Zins von der Stadt pachteten (erst später ging diese Aufgabe an die Scharfrichter über).

Im Gegenzug sorgte die Stadt für die Instandhaltung des

Gebäudes und führte Gesundheitsprüfungen durch. Erstaunlicherweise galt das Frauenhaus als eigener Rechtsraum, als «befriedeter Ort», und bot Freiern wie Prostituierten Schutz vor Verfolgung. In den Augen der Bürger waren die Hübschlerinnen keine Randgruppe oder Ausgestoßene. Ehen mit einem Bürgerlichen kamen durchaus vor. Lange Zeit galt dies sogar als frommes Werk des Mannes.

Der Freierlohn betrug 1471 in Nördlingen zwei Pfennige als Grundpreis und konnte hochgehandelt werden bis auf zwölf Pfennige. Das klingt wenig, doch im Vergleich entsprach ein einziger Liebesdienst einem halben Tag Arbeit im Weinberg, für eine ganze Nacht gab es das drei- bis sechsfache. Doch die Prostituierten konnten nur einen Bruchteil davon für sich behalten. Ein Drittel vom Lohn ging an den Frauenwirt, und wer im Bordell wohnte, zahlte zusätzlich noch eine wöchentliche Miete für Zimmer, Brennholz, Speis und Trank sowie das wöchentliche Bad. Hinzu kam ein Obolus an die Stadtwache für nächtlichen Schutz. Auch ihre Kleidung und sonstige Bedarfsgüter mussten die Frauen über den Hurenwirt beziehen. Diese «Versorgung» erfolgte in der Regel zu überhöhten Preisen.

Da die Prostituierten selten aus der Stadt und ihrem Umland stammten, sondern von weit her, hatten sie keine Unterstützung durch einheimische oder lang gewachsene Netzwerke, was die Frauen in einer gewissen Abhängigkeit von ihren Wirtsleuten hielt. Da sie einen unehrenhaften Beruf ausübten, standen die Frauen auf der untersten Stufe der sozialen Leiter und führten oft, wenn auch nicht immer, ein armseliges Leben. Dennoch waren sie nicht rechtlos. Sie mussten bei ihrer Aufnahme den Behörden einen Eid auf die Stadtverordnungen leisten und konnten vor Gericht klagen. Und sie waren der Ausbeutung durch Freier und Hurenwirte nicht willkürlich ausgeliefert, wofür die Frauenhausordnungen sorgten: Diese regelten nicht nur Verpflegung und Unterkunft, Kleidung und Lohn, sondern auch den Arbeitsschutz bei Menstruation, Schwangerschaft und Krankheit, die Gesundheitskontrolle sowie die Gelegenheit zum Messbesuch.

Die städtische Frauenhausordnung bestimmte auch, wer ein Bordell besuchen durfte und wer nicht: Geistlichen, Ehegatten und Juden war der Zutritt bei Strafe verboten. Zumindest offiziell. Bei Fremden konnte man es ohnehin nicht wissen, die Stadtwache kontrollierte nicht, was im Haus vor sich ging, und ansonsten galt Diskretion, gegen einen Obolus für den Wirt oder den Stadtvogt. Die zahlreichen zeitgenössischen Schwänke und Possen über Geistliche im Bordell zeigen nicht zuletzt, was durchaus üblich war. Im Übrigen besuchte man das Bordell auch nicht heimlich, sondern offen und aufrecht. Wer von den jungen, ledigen Männern nicht zu Huren ging, konnte sogar in üblen Verdacht geraten, war doch Homosexualität eine Todsünde.

Selbst die Kirche tolerierte zu jener Zeit die Prostitution, zumindest die städtisch kontrollierte in den Frauenhäusern, da das Heiratsalter der Männer damals hoch war und Bordelle als notwendiges Übel dem Triebabbau der zahlreichen Junggesellen dienten, wie schon die Kirchenväter Augustinus und Thomas von Aquin erkannten. Die Geistlichen selbst hielten sich mehr oder weniger ungeniert ihre Konkubinen, wenn sie, wie beim Konstanzer Konzil, nicht ebenfalls frank und frei die Bordelle aufsuchten.

Apropos Konzil von Konstanz: Die Reichs- und Bischofsstadt am Bodensee war zur Zeit des Konzils nicht nur Stätte der Glaubensreformation und des Ringens um ein vereintes christliches Abendland mit nur einem Papst statt derer drei, sondern ebenso des weltlichen Vergnügens. Die geschätzten 50 000 bis 70 000 Konzilbesucher (das Zehnfache der Einwohnerschaft!) wollten sich auch amüsieren – in jeder Hinsicht: Um die 700 Prostituierte, berichtet ein zeitgenössischer Chronist, boten in städtischen und privaten Bordellen den Teilnehmern ihre Dienste an, die zahlreichen Winkeldirnen und Wanderhuren gar nicht mitgezählt. An die Bedürfnisse der weltlichen wie der geistlichen Fürsten erinnert heute im Hafen die «Imperia» des Bildhauers Peter Lenk, eine riesige, üppige Kurtisane, die auf den erhobenen Händen zwei nackte, gauklerhafte Figuren mit den Insignien von Papst und Kaiser trägt.

Gegen Ende des 15. Jahrhunderts häuften sich dann die Verbotsmaßnahmen, zunächst gegen das Anlegen von Männerkleidern und das Tragen kurzer Haare zur Anwerbung homosexueller Kunden sowie gegen ungebührliche Sexualpraktiken. Mit Reformation und Gegenreformation (möglicherweise auch mit der Verbreitung von Syphilis) brach schließlich im 16. Jahrhundert ein Zeitalter der neuen Sittlichkeit an: Was vorher toleriert wurde, wurde jetzt streng bestraft. Oder anders ausgedrückt: Das recht entspannte Verhältnis zur Sünde fand ein Ende. Aus der «schönen Frau», der man die restlichen Nahrungsmittel von Hochzeitsfeiern spendierte, wurde die unehrliche Hure, der kein christliches Begräbnis mehr zustand, und das Tragen von kennzeichnender Kleidung zur Pflicht. Sex wurde nur noch innerhalb der Ehe akzeptiert, Bordelle und Badhäuser wurden als Hort von Unzucht, Ruhestörung, Gewalt und Ausschweifungen jeder Art nach und nach geschlossen.

*Mehr zur Autorin und ihren Büchern auf www.astrid-fritz.de*

# Glossar

*Achtundvierzig* – Freiburger Gesamtstadtrat im Spätmittelalter, jährlich neu gewählt; bestand zu gleichen Teilen aus Adels- bzw. Kaufmannsgeschlechtern und aus Zunftmitgliedern. Die Ratsherren fungierten beim *Endlichen Rechtstag* als Schöffen und Urteilsfinder

*Armenpfründner* – siehe *Pfründner*

*Armenspital* – Ableger des *Heilig-Geist-Spitals* in der Neuburgvorstadt, auf Höhe der Kreuzung Merian- und Rheinstraße. Entstand aus der Kapelle des dortigen Armenfriedhofs

*Armsünderschmalz* – Menschenfett, das aus den Körpern von Hingerichteten verwendet wurde; als «heilsame» Salbengrundlage in Apotheken und beim Scharfrichter zu kaufen

*Augustiner Chorherren* – Zusammenschluss von Geistlichen, meist Priestern, die klosterähnlich zusammenleben

*Ausstäupen* – öffentliche Leibesstrafe am Pranger mit Rutenschlägen

*Ave Maria* – lat.: Gegrüßest seist du, Maria. Grundgebet der katholischen Kirche

*Bankert* – uneheliches Kind

*Barfüßer* – volkstümlicher Name für Franziskanermönche

*Barfüßergasse* – heutige Franziskanerstraße in Freiburg

*Beginen* – (in Freiburg auch Regelschwestern genannt) Gemeinschaft religiöser Frauen, die ein eheloses Leben in ordensähnlichen Häusern führten und sich u. a. der Krankenpflege und Sterbebegleitung widmeten. Wurden immer wieder als Ketzerinnen verfolgt

*Blasius* – der heilige Blasius war ein frühchristlicher Bischof und Märtyrer; Schutzpatron der Nachtwächter und einer der *Nothelfer*

*Blutgericht* – (auch Hochgericht, Malefizgericht) Gericht für Schwerverbrechen, die mit Körper- oder Todesstrafen geahndet wurden

*brandschatzen* – Niederbrennen und Plündern von Häusern, Dörfern, Stadtvierteln etc.

*Brunnengässlein* – heutige Brunnenstraße; auf Höhe der Universitätskirche befand sich die *Beginen*sammlung zum Christoffel

*Bühne* – süddt. für Dachboden

*Bußpsalm* – Psalmen (religiöse Texte), die das Bekenntnis von Schuld zum Thema haben

*Büttel* – (auch Stadtweibel, Scherge, Steckenknecht, Stadtknecht) niedrige gerichtliche Hilfsperson in der mittelalterlichen Strafverfolgung; vollzieht auch bisweilen die Leibesstrafen

*Caritas* – im ursprünglichen Sinne: aktive christliche Nächstenliebe

*Christoffelstor, Christoffelsturm* – ehemaliges Stadttor von der Innenstadt in die Neuburgvorstadt am nördlichen Ende der heutigen Kaiser-Joseph-Straße; hier, wie auch in einigen anderen Türmen der Stadttore, befand sich das Gefängnis

*Dreisam* – Fluss durch Freiburg; lag früher dichter an der Altstadt als heute

*Elendenherberge* – Herberge für arme Reisende und Pilger; in Freiburg in der nördlichen Neuburgvorstadt angesiedelt

*Endlicher Rechtstag* – im mittelalterlichen Rechtswesen der Tag der Urteilsverkündigung, ähnlich der heutigen Hauptverhandlung; war im Gegensatz zu den geheimen Voruntersuchungen öffentlich

*examinieren* – eine Prüfung abnehmen

*Findelhaus* – Vorgänger der staatlichen Waisenhäuser, zumeist von der Kirche betreut

*Fischbrunnen* – Brunnen am Fischmarkt, an Stelle des heutigen Bertoldsbrunnens

*Fischmarkt* – einst zentraler Markt an Stelle des heutigen Bertoldsbrunnens

*Frauenhaus* – alter Name für Bordell, Hurenhaus; im Spätmittelalter von der Stadt an Wirtsleute verpachtet, später meist unter der Aufsicht des Scharfrichters

*Frauenwirt* – Hurenwirt, Leiter / Pächter eines Bordells

*Gerechtsame* – (auch Gerechtigkeit) alter Rechtsbegriff für Berechtigung, Lizenz, Konzession

*Gerichtslaube* – offene Laube am Freiburger *Fischmarkt*, wo öffentlich Gericht gehalten wurde; das heute Gerichtslaube genannte Gebäude hieß früher *Ratsstube*

*Gotteslohn* – um Gotteslohn: umsonst

*Große Gass* – heutige Kaiser-Joseph-Straße. War damals Haupt- und Marktgasse mit zahlreichen Verkaufsständen

*Haberkasten* – Gefängniszelle im ehemaligen *Predigerturm*; für die «besseren» Bürger vorgesehen

*Hafner* – süddt. für Töpfer

*Hausarme* – einheimische «ehrbare» Arme, die Almosen erhielten und nur zu bestimmten Zeiten als Bettler in Erscheinung treten durften

*Heilig-Geist-Spital* – bürgerschaftliche Freiburger Einrichtung der öffentlichen Fürsorge als eine Art Alten- und Pflegeheim, die im Laufe des Mittelalters immer vermögender wurde; befand sich an der heutigen Kaiser-Joseph-Straße zwischen Marktgasse und Münsterstraße

*Heimliche Räte* – Ermittlungsrichter und öffentliche Ankläger im spätmittelalterlichen Gerichtsverfahren Freiburgs. Ihnen (in der Regel zwei) stand jeweils ein Beisitzer zur Seite

*Herrenpfründner* – siehe *Pfründner*

*Hintersasse* – Einwohner, der zwar kein Bürgerrecht hatte, aber dennoch der Stadtgemeinde angehörte

*Hirschgraben* – in Freiburg wie auch anderswo wurden in Friedenszeiten die breiten inneren Stadtgräben trockengelegt, und man ließ Wild darin laufen

*Hübschlerin* – alte Bezeichnung für Prostituierte. Dazu viele weitere Umschreibungen, wie leichte Fräulein, freie Töchter, offene / gemeine Frauen oder heimliche freie Frauen

*Inquisition* – hier im eigentlichen Sinne für gerichtliche Untersuchung

*Johanni* – Datumsangabe nach Johannes dem Täufer («Baptist»): 24. Juni. Traditionell wurde an diesem Tag der Magistrat neu gewählt

*Johannes Baptist* – siehe *Johanni*

*Junker* – im Spätmittelalter: Angehöriger des niederen Adels

*Kanzlei* – städtischer Verwaltungssitz. Die erste Kanzlei Freiburgs war ein bescheidenes Häuschen an Stelle des heutigen Alten Rathauses. Siehe auch *Ratsstube*

*Karfunkelstein* – veraltete Bezeichnung für rote Edelsteine

*Kaufhaus* – im alten Sinne Handelstreffpunkt der Kaufleute; hier ist der Vorgängerbau des bekannten Historischen Kaufhauses in Freiburg gemeint

*Kehricht* – süddt. für Dreck; das, was man auffegt

*Kleiner Rat* – in Freiburg wie auch anderswo: Ausschuss von Ratsherren, der die niedere Gerichtsbarkeit (Zivilgericht) innehat und gute Sitten, Zucht und Ordnung überwacht

*Klingelhut-Badstube* – Vorläufer des Schwabsbades, Standort Gerberau 48 nahe des Schwabentors

*Kompresse* – Wundauflage aus weichem Tuch, meist in Verbindung mit Salben

*Konsultation* – Beratung, Sprechstunde

*Konzil von Konstanz* – unter König Sigismund einberufene Versammlung (5.11.1414 bis 22.04.1418), die zur Zeit des Schismas (Papst, Gegenpapst und Drittpapst) die Einheit der Kirche wiederherstellen sollte

*Legenda aurea* – (lat.: goldene Legende) Sammlung von Heiligenlegenden aus dem 13. Jahrhundert, als Volksbuch im Mittelalter äußerst populär

*Lehener Vorstadt* – ehemalige westliche Vorstadt im Bereich heutige Bertoldstraße / Stadttheater; locker bebaut, mit Gärten, Rebland und zwei Frauenklöstern

*linnen* – aus Leinen

*Lugstühle* – zunächst hölzerne, später in Stein gebaute Verkaufslauben an der Nordseite der Münstergasse

*Magister* – lat. für Meister; bereits im Mittelalter als akademischer Titel gebraucht

*Malefizglocke* – von lat. Missetat: Gerichtsglocke bei der Urteilsverkündung

*Malefizkerl* – von lat. Missetat: Draufgänger, übler Bursche

*Malefikant* – von lat. Missetat: Übeltäter, Verbrecher

*Marterhäuslein* – Folterkammer, an den Freiburger *Christoffelsturm* angebaut

*Martini* – Datumsangabe nach dem heiligen Martin: 11. November

*Medicus* – (auch Physikus, doctor medicinae) studierter Arzt, der im Gegensatz zum Wundarzt, dem Vorläufer des Chirurgen, für die angesehenere Innere Medizin zuständig war

*Meister Hans* – häufig wurde der gefürchtete Scharfrichter mit umschreibenden Namen versehen, wie Meister Hans, Meister Hämmerlein oder Angstmann

*Mönchstor* – ehemaliges Stadttor vor der nördlichen Neuburgvorstadt, auf Höhe der heutigen Kreuzung Johanniter- mit Habsburgerstraße

*Mumia* – in Apotheken als Heilmittel verkaufte Substanz aus angeblich zermahlenen ägyptischen Mumien (pulvis mumiae)

*Neuburg(vorstadt)* – ehemalige nördliche Vorstadt rechts und links der heutigen Habsburgerstraße. War eher ärmlich, mit Einrichtungen der städtischen Fürsorge

*niedere Gerichtsbarkeit* – auch Niedergericht: für «Zivilklagen» und kleinere Frevel

*Nikolauskirche, Sankt Nikolaus* – einstige Freiburger Pfarrkirche in der nördlichen Neuburgvorstadt

*Non* – klösterliches *Stundengebet* zur neunten Tagesstunde (je nach Zeitrechnung um 15 Uhr bzw. 16 Uhr)

*Nothelfer* – Gruppe von vierzehn (Volks-)Heiligen, die jeweils in einer bestimmten Situation um Hilfe angerufen werden

*Obertor* – alter Name des heute noch bestehenden Freiburger

Schwabentors; Turm zur Stadtseite hin ursprünglich offen, erst 1547 mit einer steinernen Wand geschlossen

*Offizin* – Verkaufsraum einer Apotheke

*Pankratius* – Datumsangabe nach dem römischen Märtyrer und Heiligen: 12. Mai. Gehört noch heute zu den fünf Eisheiligen

*peinliche Befragung* – im ursprünglichen Sinn: schmerzhafte Befragung, also Folter

*Pfründner* – hier: Insassen des *Heilig-Geist-Spitals*. Freiburger Bürger konnten sich ins Spital einkaufen, um dort den Lebensabend zu verbringen; je nach Besitz unterschied man zwischen der kärglichen Armenpfründe, der Mittelpfründe mit eigener Kammer und der gut ausgestatteten Herrenpfründe

*Predigerturm, Predigertor* – ehemaliges Freiburger Stadttor, bis 1866 an der Ecke Rotteckring / Unterlinden. Im oberen Stockwerk war der sog. Haberkasten, eine «bessere» Gefängniszelle (wohl mit Fensteröffnung) für Gefangene mit Bürgerstatus. Auch im Martins- und *Christoffelstor* befanden sich Gefängnisse, ebenso im *Heilig-Geist-Spital*.

*Predigervorstadt* – ehemalige westliche Vorstadt mit Gärten und Badstuben (westlich des heutigen Rotteckrings und Unterlinden); ging im Süden in die *Lehener Vorstadt* über

*Rappenpfennig* – alte Freiburger Silbermünze

*Ratsstube* – ältestes Freiburger Rathaus (Turmstraße), das heute fälschlicherweise «Gerichtslaube» genannt wird. Die ursprüngliche *Gerichtslaube* als öffentlicher Gerichtsort lag am heutigen Bertoldsbrunnen, mitten im Marktgeschehen. Von der Ratsstube räumlich getrennt gab es noch die Rats*kanzlei*, an der Stelle des heutigen «Alten Rathauses»

*Reichsstadt* – Freiburg war kurzzeitig zwischen 1415 und 1427

freie Reichsstadt, also nur dem König bzw. Kaiser untertan und steuerpflichtig

*Remise* – Wirtschaftsgebäude für Wagen und Geräte

*Reuerinnen* – volkstümlich für den Orden der heiligen Maria Magdalena, der ursprünglich als Sammlung bußfertiger Straßendirnen gedacht war

*Roter Bär* – Das Freiburger Gasthaus in Oberlinden 12 ist eines der ältesten Gasthäuser Deutschlands, erstmals 1311 erwähnt

*Sammlung* – (deutsches Wort für Konvent): *Beginen*haus, auch Regelhaus oder Einung genannt

*Sattelgasse* – alter Name der Freiburger Bertoldstraße

*Scharwache, Scharwächter* – bewaffnete Wachmannschaft, die anfangs von Stadtbürgern gestellt wurde, später von besoldeten Wächtern in städtischen Diensten

*Schelm* – im Gegensatz zu unserem heutigen Gebrauch bedeutete Schelm ursprünglich Aas und Abdecker und war damit eine schwere Beleidigung

*Schlupfhure* – heimliche Prostituierte, Straßendirne

*Schneckenvorstadt* – südliche Handwerkervorstadt vor dem Freiburger Martinstor; heute noch weitgehend erhalten

*Schneckentor* – ehemaliges äußeres südliches Stadttor, der Schneckenvorstadt vorgelagert; im Bereich Kaiser-Joseph-Straße / Ecke Holzmarkt

*Schultheiß* – vom Landesherrn eingesetzter Amtsträger, Gemeindevorsteher mit Gerichtsgewalt. Auf dem Dorf Schultes oder Schulze genannt

*Schwesternsammlung* – siehe *Beginen*

*Spezereien* – alter Begriff für Gewürze; damit wurde auch bei der traditionellen Totenwaschung der Leichnam eingerieben

*Stadtphysikus* – Stadtarzt, siehe *Medicus*

*Stockwart* – Gefängniswärter

*Strohkranz* – ein Strohkranz auf dem geschorenen Schädel war häufiges Attribut der Ehren- und Leibesstrafe bei Unzucht

*Theriak* – bis in die Neuzeit gebräuchliches, opiumhaltiges Allheilmittel, das aus bis zu siebzig verschiedenen Stoffen zusammengebraut war. Enthielt neben pflanzlichen Stoffen auch Substanzen wie Entenblut, Vipern- und Krötenextrakte.

*Tiegel* – kleines Gefäß, meist mit Deckel

*Torgeld* – auch Pflastergeld: Eine Art Verkehrszoll für Kaufleute und Ortsfremde beim Einlass in die Stadt

*Traminer* – sehr alte Rebsorte

*Trippen* – Unterschuhe aus Holz, die wegen des Straßendrecks unter die normalen Schuhe geschnallt wurden

*Turm* – Kurzform für Gefängnisse, die damals häufig in den Stadttürmen eingerichtet waren

*Untertor* – heutiges Martinstor, damals auch Norsinger Tor genannt

*Urfehde* – Schwur von Racheverzicht und Urteilsgehorsam gegenüber der Obrigkeit, nach Entlassung aus dem Gefängnis oder vollstrecktem Urteil geleistet. Auch der Schwur, den Landesverweis einzuhalten, wurde Urfehde genannt. Auf seinen Bruch stand schwere Strafe

*Urgicht* – auch Vergicht: Geständnis eines Missetäters vor Gericht

*Urinschau* – Prüfung des Morgenurins auf etwaige Krankheiten; von der Antike bis in die frühe Neuzeit wichtigstes Mittel der medizinischen Diagnose

*Weißbeck* – Bäcker für Ware aus hellem Weizenmehl

*Wilhelmiten* – Mönchsorden, der in Freiburg in der östlichen *Schneckenvorstadt* ansässig war

*Wimpel* – kleine, meist dreieckige Fahne

*Winkelbordell* – heimliches Hurenhaus

*Winkelhuren* – heimliche Huren, die nicht offiziell im städtischen Bordell arbeiteten

*Wundarzt* – Vorläufer des Chirurgen; im Gegensatz zum gelehrten *Medicus* ein Handwerksberuf (Arzt der kleinen Leute). Untersteht, wie die städtische Hebamme und der Apotheker, dem in der Regel studierten Stadtarzt

*Zunft* – christliche Genossenschaft von Handwerkern zur Wahrung gemeinsamer Interessen, vom Mittelalter bis ins 19. Jahrhundert

## Weitere Titel von Astrid Fritz

Das Mädchen und die Herzogin

Der Hexenjäger

Der Pestengel von Freiburg

Der Ruf des Kondors

Die Bettelprophetin

Die Himmelsbraut

Die Räuberbraut

Die Vagabundin

Henkersmarie

Unter dem Banner des Kreuzes

Wie der Weihnachtsbaum in die Welt kam

*Die Hexe von Freiburg*

Die Hexe von Freiburg

Die Tochter der Hexe

Die Gauklerin

*Serafina*

Das Aschenkreuz

Hostienfrevel

Das Siechenhaus

Tod im Höllental

Die Tote in der Henkersgasse

MIX
Papier aus verantwortungsvollen Quellen
FSC® C014496
FSC
www.fsc.org

Das für dieses Buch verwendete Papier ist FSC®-zertifiziert.